古典詩歌研究彙刊

第三一輯

龔鵬程 主編

第 2 冊

〈洛神賦〉的傳播與接受（下）

簡 瑞 隆 著

國家圖書館出版品預行編目資料

〈洛神賦〉的傳播與接受（下）／簡瑞隆 著 -- 初版 -- 新北市：
花木蘭文化事業有限公司，2022〔民 111〕
目 4+190 面；17×24 公分
（古典詩歌研究彙刊 第三一輯；第 2 冊）
ISBN 978-986-518-675-3（精裝）
1.CST：三國文學 2.CST：研究考訂
820.91   110022037

ISBN-978-986-518-675-3

9 789865 186753

古典詩歌研究彙刊
第三一輯　第 二 冊   ISBN：978-986-518-675-3

〈洛神賦〉的傳播與接受（下）

作　　者　簡瑞隆
主　　編　龔鵬程
總 編 輯　杜潔祥
副總編輯　楊嘉樂
編輯主任　許郁翎
編　　輯　張雅淋、潘玟靜、劉子瑄　美術編輯　陳逸婷
出　　版　花木蘭文化事業有限公司
發 行 人　高小娟
聯絡地址　235 新北市中和區中安街七二號十三樓
　　　　　電話：02-2923-1455／傳真：02-2923-1452
網　　址　http://www.huamulan.tw 信箱 service@huamulans.com
印　　刷　普羅文化出版廣告事業
初　　版　2022 年 3 月
定　　價　第三一輯共 7 冊（精裝）新台幣 13,000 元

〈洛神賦〉的傳播與接受（下）

簡瑞隆　著

目

次

第七章 古典小說與傳統戲曲對〈洛神賦〉的改編

　　透過《文選》李善引注〈感甄記〉,〈洛神賦〉的神話題材與三國歷史人物相結合,將繾綣纏綿人神戀愛的悲劇,賦予濃郁的抒情意味和絢麗的傳奇色彩,留給後世無限的想像。因此,從唐代段成式《酉陽雜俎》〈妒婦津〉開始,杜光庭〈洛川宓妃〉、裴鉶《洛神傳》,清代蒲松齡《聊齋志異》的〈甄后〉、樂鈞《耳食集》的〈宓妃〉及管世灝《影譚》的〈洛神〉等小說,甚至曹雪芹《紅樓夢》,紛紛改編或從〈洛神賦〉吸取養分,創作了膾炙人口的作品。由於〈洛神賦〉與〈感甄記〉所描述、體現的絕美愛情具有強烈的藝術感染力,非常有利於戲曲的鋪陳與烘托,從元代傳奇《甄皇后》,明代汪道昆雜劇《洛水悲》、清代呂履恆傳奇《洛神廟》、黃燮清傳奇《凌波影》等,均延續或改編〈洛神賦〉情節,形成豐富多彩的版本。

第一節 〈洛神賦〉與人神戀愛、才子佳人故事

一、〈洛神賦〉的人神戀愛故事

　　人神戀愛主題的文學作品並非始自〈洛神賦〉,其實早在先秦時期就有脈絡可循。屈原據民間傳說加工改寫而成《楚辭·九歌》,即保留

神話傳說和民間祭歌。〔註1〕〈九歌〉中〈湘君〉、〈湘夫人〉與〈山鬼〉主角對於愛情都非常執著，如〈湘夫人〉「駕飛龍兮北征，邅吾道兮洞庭」、「望涔陽兮極浦，橫大江兮揚靈」、「鼉騁騖兮江皋，夕弭節兮北渚」〔註2〕，〈山鬼〉「路險難兮獨後來」〔註3〕，為與心上人相見均不辭勞苦。人神戀愛的結局都是「時不可兮再得，聊逍遙容與」〔註4〕與「思恭子兮徒離憂」〔註5〕不得交接，人神戀愛都只是意向性、象徵性的，是可望而不可及的。清林雲銘（1628～1697）即云：

> 雲為章於天，無遠不到，或行或止，使人可望而不可即，其
> 為神亦猶是也。〔註6〕

其後宋玉〈高唐賦〉和〈神女賦〉所創造的巫山神女，對人神戀愛情節有進一步發展，因此成為後世文人筆下神女的原型。〈高唐賦〉中神女最引人注目是其「聞君遊高唐，願薦枕席」，自由奔放、大膽追求愛情的舉動。巫山神女另一個重要特徵是其神奇變化，且看「旦為朝雲，暮為行雨」〔註7〕，行蹤飄忽不定。〈神女賦〉雖接續〈高唐賦〉，但神女性情較之前者卻大不相同，〈神女賦〉：

> 其始來也，耀乎若白日初出照屋梁；其少進也，皎若明月舒
> 其光。須臾之間，美貌橫生：曄兮如華，溫乎如瑩。五色並
> 馳，不可殫形。詳而視之，奪人目精。其盛飾也，則羅紈綺

〔註1〕 王逸注「〈九歌〉者，屈原之所作也。昔楚國南郢之邑，沅、湘之間，其俗信鬼而好祠。其祠，必作歌樂鼓舞以樂諸神。屈原放逐，竄伏其域，懷憂苦毒，愁思沸鬱，出見俗人祭祀之禮，歌舞之樂，其詞鄙陋，因作〈九歌〉之曲。」宋・洪興祖：《楚辭補注》，〈九歌章句第2〉，頁55。

〔註2〕 宋・洪興祖：《楚辭補注》，〈九歌章句第2〉，頁60～63。

〔註3〕 宋・洪興祖：《楚辭補注》，〈九歌章句第2〉，頁80。

〔註4〕 宋・洪興祖：《楚辭補注》，〈九歌章句第2〉，頁64。

〔註5〕 宋・洪興祖：《楚辭補注》，〈九歌章句第2〉，頁81。

〔註6〕 清・林雲銘：《楚辭燈》（上海：華東師範大學出版社，2012年6月），頁35。

〔註7〕 梁・蕭統編，唐・李善注，清・胡克家考異：《文選附考異》，卷19，頁270。

續盛文章，極服妙采照萬方。振繡衣，被袿裳，穠不短，纖不長，步裔裔兮曜殿堂，忽兮改容，婉若遊龍乘雲翔。嫮披服，倪薄裝，沐蘭澤，含若芳。性和適，宜侍旁，順序卑，調心腸。〔註8〕

此時神女在宋玉筆下不僅貌美，更多了「薄怒以自持兮，曾不可乎犯干」〔註9〕的矜持。

〈洛神賦〉借鑒〈湘君〉、〈湘夫人〉與〈山鬼〉人神戀愛模式，並同時吸取〈高唐賦〉、〈神女賦〉對神女美貌與熱情的描寫，創造一個完整的女神形象，集合神性與人性、愛情與美貌。張耀元認為：

〈洛神賦〉編織完成了女神「美與愛」、「神性與人性」的雙翼，提升了戀歌中女神形象的審美性，實現了女神從美神到愛神，從性愛女神到情感愛神的飛越。〔註10〕

曹植在〈洛神賦〉將宓妃之美描繪到了無以復加的程度，他先以「驚鴻、遊龍、秋菊、春松、輕雲蔽月、流風迴雪、朝霞、淥波」等意象強調宓妃神采。接著以細筆勾勒宓妃，從肩、腰、頸，逐漸聚焦到眉、唇、齒等局部特徵，並放大到整體儀態神情，以顯現宓妃的溫柔寬和；最後則是極力以服裝、首飾、鞋襪等鋪寫宓妃的高貴與仙人氣質。但面對宓妃的大膽回應，曹植卻始終是「懼斯靈之我欺」、「恨猶豫而狐疑」抱著懷疑的心態，宓妃「雖潛處於太陰，長寄心於君王」一往情深的執著，最終因人神道殊，在一番眷戀徘徊之後倏然而逝，人神戀愛成為幻影，只留下曹植在悲傷氛圍中感歎惆悵。〈洛神賦〉宓妃形象豐滿，曹植將先秦至兩漢文學作品中的宓妃形象發揮得淋漓盡致。王德華認為：

〔註8〕 梁·蕭統編，唐·李善注，清·胡克家考異：《文選附考異》，卷19，頁273。

〔註9〕 梁·蕭統編，唐·李善注，清·胡克家考異：《文選附考異》，卷19，頁274。

〔註10〕 張耀元：〈〈洛神賦〉對先秦人神戀歌文學的繼承與超越〉，《陝西師範大學學報（哲學社會科學版）》第36卷專輯（2007年9月），頁126。

從〈洛神賦〉文本本身來看，有三點值得注意：一是洛神的
曠世之美，這是人神相戀產生的重要基礎；二是相互愛悅，
這是該賦的一個重要的情感特徵；三是人神之間因人神道殊
而不得不以禮自持，導致了愛而不能終相廝守的遺憾與悵
惘。以上三個方面構成了麗色———愛悅———自持———分離—
——悵惘的情感模式。賦雖以「洛神」名篇，但也展示了男性
對神女奇姿豔逸、舉手投足的動情賞悅，乃至於欲以交接的
強烈願望，真實地展示了人神邂逅之際，一種來自於生命本
能的愛悅與內心禮防之間的衝突，以及這一衝突下不得不分
離的悵惘。〔註11〕

「人神戀愛」著重在描繪人與神纏綿悱惻的情意，望穿秋水、心神恍惚
的相思與期盼，是一種拋開現實的精神追求。

　　〈洛神賦〉結局是人神殊途的悲戀，而這樣題材也成為後世神鬼
戀小說的先河。李宗為認為：

曹植〈洛神賦〉的故事性遠過於以往的辭賦作品，敘述的又
是哀豔動人的人神戀愛故事，一旦產生小說的條件成熟，自
然很容易引起有心人的注意。果然，到了唐傳奇產生之初的
初唐，便出現了一篇張鷟的〈遊仙窟〉……。不難看出它受
〈洛神賦〉影響的痕跡。此後唐代傳奇中出現了許多描寫人
神戀愛的作品，又衍生為人鬼戀愛、人妖戀愛的題材，推本
溯源，曹植可以說是始作俑者。〔註12〕

〈洛神賦〉宓妃雖為神女，卻像民間女子一樣多情，不僅「其形也柔
美，其情也魅人」〔註13〕，正是這種吸引力，讓後世文人不斷摹擬〈洛

〔註11〕　王德華：〈漢末魏晉辭賦人神相戀題材的情感模式及文體特徵〉，《浙江
　　　　大學學報（人文社會科學版）》第37卷第1期（2007年1月），頁103
　　　　～104。
〔註12〕　李宗為：《建安風骨》，頁160～161。
〔註13〕　鄭睿：〈女神之苦媚、洛水之絕唱——〈洛神賦〉的藝術形象與文學意
　　　　義淺析〉，《當代藝術》2009年第3期，頁65。

神賦〉「人神戀愛」故事，以滿足接受者對於美好事物的追求和幻想。

二、〈感甄記〉的才子佳人故事

宓妃原為宓羲之女，只是神話中遙不可及的人物，但有了「感甄」說法，宓妃就是甄后。吳冠文認為：

> 〈洛神賦〉的意義內涵在李善注《文選》流傳之後的唐代便發生了轉換。賦中的洛神宓妃融合了甄后身世，賦中君王與宓妃偶然相遇的人神愛戀變成了東阿王曹植與甄后之靈宓妃的「償宿願」式的交集。從這種理解背景再去看其中的宓妃，宓妃便從未加李善注的〈洛神賦〉中美麗、靈慧、渴求愛情的神女，轉變為一個美麗多情、敢於實現愛情的女性，其飄忽的神秘光環有所減弱，增加了很多實實在在的人性色彩。〔註14〕

〈洛神賦〉被附會為曹植與甄后的愛情傳說，宓妃也藉由甄后落入凡間，不再高不可攀，成為現實社會的絕代佳人。關於甄后的來歷：

> 文帝入紹舍，見紹妻及后，后怖，以頭伏姑膝上，紹妻兩手自搏。文帝謂曰「劉夫人云何如此？令新婦舉頭！」姑乃捧后令仰，文帝就視，見其顏色非凡，稱歎之。太祖聞其意，遂為迎取。〔註15〕

> 魏甄后惠而有色，先為袁熙妻，甚獲寵。曹公之屠鄴也，令疾召甄，左右白「五官中郎已將去。」公曰「今年破賊正為奴。」〔註16〕

甄后顏色非凡，卻因袁紹兵敗，在惶恐不安中淪為曹丕的戰利品，雖然

〔註14〕 吳冠文：〈論宓妃形象在中國古代文學史上的演變——兼論由此反映的中國文學發展的趨勢〉，頁39。

〔註15〕 晉‧陳壽撰，南朝宋‧裴松之注：《新校三國志注》上冊，《魏書‧后妃傳第5‧文昭甄皇后》，引《魏略》，頁160。

〔註16〕 南朝宋‧劉義慶編，余嘉錫撰：《世說新語箋疏》（臺北：華正書局，2008年5月）下冊，〈惑溺第35〉，頁917。

後來產下明帝及東鄉公主，但曹丕稱帝後，卻未能封后，反而於黃初二年六月，因怨言曹丕遭遣使賜死，死後還被髮覆面，不獲大斂。〔註17〕

另外，關於曹植：

> 陳思王植，字子建。每進見難問，應聲而對，特見寵愛。……植既以才見異，而丁儀、丁廙、楊脩等為之羽翼。太祖狐疑，幾為太子者數矣。而植任性而行，不自彫勵，飲酒不節。文帝御之以術，矯情自飾，宮人左右，並為之說，故遂定為嗣。〔註18〕

> 文帝嘗令東阿王七步中作詩，不成者行大法。應聲便為詩曰「煮豆持作羹，漉菽以為汁。萁在釜下然，豆在釜中泣。本自同根生，相煎何太急？」帝深有慚色。〔註19〕

曹植原為曹操繼任人選，卻因曹丕操弄權謀，矯情自飾，結納曹操宮人為之美言，最後立為世子。曹丕即帝位後，仍不放棄迫害，令曹植七步成詩，欲除之而後快。

「感甄」是曹植、甄后叔嫂之間撲朔迷離的感情糾葛，曹植是「八斗之才」才子，甄后是「惠而有色」佳人。再加上，「文帝以位尊減才，思王以勢窘益價。」〔註20〕就是這種同情弱者的心理，讓後代對曹植與甄后的遭遇忿恨不平。因此，「感甄」之說，成了後代所樂於接受的內容。于國華也認為：

〔註17〕「《魏略》曰：明帝既嗣立，追痛甄后之薨，故太后以憂暴崩。甄后臨沒，以帝屬李夫人。及太后崩，夫人乃說甄后見譖之禍，不獲大斂，被髮覆面，帝哀恨流涕，命殯葬太后，皆如甄后故事。」晉‧陳壽撰，南朝宋‧裴松之注：《新校三國志注》上冊，《魏書‧后妃傳第5‧文德郭皇后》，引《魏略》，頁166～167。

〔註18〕晉‧陳壽撰，南朝宋‧裴松之注：《新校三國志注》上冊，《魏書‧任城陳蕭王傳第19》，頁557。

〔註19〕南朝宋‧劉義慶編，余嘉錫撰：《世說新語箋疏》上冊，〈文學第4〉，頁244。

〔註20〕梁‧劉勰著，王更生注譯：《文心雕龍讀本》下篇，〈才略第47〉，頁320。

二人相戀的艱難雖然與二人身分的特殊性有關，但與後世
才子佳人因地位懸殊而導致的愛情磨難頗為相似，由是引
起文人的廣泛共鳴。「至於才子佳人等書，則又開口文君，
滿篇子建，千部一腔，千人一面」，千載之下曹雪芹在談才
子佳人時刻意提到曹植，從另一個側面反映了曹植愛情的
典型意義。〔註21〕

因此，後世認為，黃初四年曹植詣京後，途經洛水觸景生情，由神話中
的宓妃聯想到慘死周年的甄后，悲痛難抑，不知如何是好，便在幻想的
世界尋求寄託，宓妃就成為幻想的化身。

〈洛神賦〉的結局是「悵盤桓而不能去」的流連，是失望、哀婉、
眷戀等種種錯綜複雜的情緒，留下千古的憾恨，讓人為之唏噓不已。後
世小說及劇作家為演繹這段才子佳人的未了情緣，不斷延續、改編及
創造各種新的版本，讓洛神傳說不斷發展。

第二節　古典小說對〈洛神賦〉的改編

一、古典小說對〈洛神賦〉的改編

（一）段成式《酉陽雜俎》〈妒婦津〉〔註22〕

〈妒婦津〉描寫段明光性妒忌，只因其夫劉伯玉經常在其面前吟
誦〈洛神賦〉，並表示「娶婦得如此，吾無憾焉」，竟發怒而言「吾死，
何愁不為水神」，投水而亡，死後七日，託夢其夫，果為水神。之後凡
是有美婦渡水者，皆自壞衣枉粧，以免引其妒忌而風波暴發，但由於醜
婦渡水則不妒，醜婦只好自毀形容，以塞嗤笑。因此，齊人語曰「欲求
好婦，立在津口。婦立水旁，好醜自彰。」

〈妒婦津〉以劉伯玉愛慕〈洛神賦〉洛神的美貌，並發出讚歎，
因而牽引出段明光不容美婦渡江，興風作浪的妒忌心，可謂是神來之

〔註21〕　于國華：《曹植詩賦緣情研究》，頁103。
〔註22〕　唐・段成式：《酉陽雜俎》，卷14〈諾皋記上〉，頁132。

筆。之所以會改編成這樣的情節，應該跟唐代女性地位提升有著密切
關聯，如王林飛就指出：

> 洛神變成妒婦的形象，這也是唐代女性在家庭、社會的地位
> 有所提高的映照。〔註23〕

另外，唐代詩人常以洛神指代美人，如駱賓王〈詠美人在天津橋〉、李
德裕〈鴛鴦篇〉、杜牧〈書情〉等，甚至羅虬的「比紅兒」、楊巨源或梁
鍠的「阿嬌」及范元凱的「真珠姬」，均以宓妃來比擬，可見宓妃絕美
的形象已深植人心，才會衍生劉伯玉吟誦〈洛神賦〉時「娶婦得如此，
吾無憾焉」的感慨。

（二）杜光庭〈洛川宓妃〉

〈洛川宓妃〉：

> 洛川宓妃，宓犧氏之女也。得道為水仙，以主於洛川矣。常
> 遊洛水之上，以眾女仙為賓友，自以遊宴為適，或祥化多端，
> 亦猶朝雲暮雨之狀耳。〔註24〕

以宓妃為道教水仙，主於洛川，其「以眾女仙為賓友，自以遊宴為適」，
就是來自〈洛神賦〉中「爾迺眾靈雜遝，命儔嘯侶，或戲清流，或翔神
渚，或采明珠，或拾翠羽。從南湘之二妃，攜漢濱之游女。」然後再以
「感宋玉對楚王之事作〈洛神賦〉」，引出曹植對宓妃神采「其狀也，翩
若驚鴻，婉若遊龍。榮曜秋菊，華茂春松。髣髴兮若輕雲之蔽月，飄颻
兮若流風之迴雪。皎若太陽昇朝霞，灼若芙蕖出綠波」、「體迅飛鳧，飄
忽若神，陵波微步，羅韤生塵」的描述。

〈洛川宓妃〉雖然結語以「蓋文士妖飾之詞，若夫得道登真，體
位高邈，仙凡夐隔，感降良難，宜可方宋玉淫冶之音，所致上仙之一遇
也。」否定曹植與宓妃的邂逅，認為仙凡夐隔，凡人無法得窺上仙風
貌，卻引用賦中對宓妃的描寫，將洛川宓妃改編為道教女神，顯現〈洛

〔註23〕 王林飛：〈洛神故事的演變〉，頁32。

〔註24〕 唐・杜光庭：《墉城集仙錄》，卷5〈洛川宓妃〉，收入陸國強：《道藏》
（上海：上海書店，1996年）第18冊，頁193。

神賦〉對道教神祇原型的影響。

（三）裴鉶《洛神傳》

《洛神傳》後被《太平廣記》收入，更名為〈蕭曠〉。〔註25〕太和處士蕭曠在洛水濱夜半彈琴，由於琴聲悽苦，引起洛神的長歎，現身與其相見，並自言：

> 妾即甄后也，為慕陳思王之才調，文帝怒而幽死。後精魄遇
>
> 王洛水之上，敘其冤抑，因感而賦之。〔註26〕

席間洛神說自己為袁家新婦時，也性好彈琴，尤其是《悲風》及《三峽流泉》常意猶未盡，蕭曠因此為之彈奏《別鶴操》及《悲風》。洛神除讚賞其琴藝外，又問後世對〈洛神賦〉評價及賦中形容其「翩若驚鴻，婉若遊龍」舉止是否得當。蕭曠問起陳思王曹植，洛神答現為遮須國王，然後侍女引洛浦龍君愛女織綃娘子赴宴，蕭曠對「柳毅靈姻之事」極有興趣，織綃娘子除確認其事外，還對龍的神化有諸多對答。蕭曠與洛神、織綃娘子「傳觴叙語，情況呢洽，蘭豔動人，若左瓊枝而右玉樹，繾綣永夕，感暢冥懷。」

當蕭曠與二仙娥情深彌篤之際，忽聞雞鳴，洛神留詩「玉箸凝腮憶魏宮，朱絲一弄洗清風。明晨追賞應愁寂，沙渚煙銷翠羽空。」織綃娘子亦詩曰「織綃泉底少歡娛，更勸蕭郎盡酒壺。愁見玉琴彈別鶴，又將清淚滴真珠。」蕭曠也答二女詩「紅蘭叶豔間夭桃，自喜尋芳數已遭。珠珮鵲橋從此斷，遙天空恨碧雲高。」最後洛神贈明珠與翠羽，織綃娘子贈親織之輕綃。洛神並囑咐「君有奇骨異相，當出世，但澹味薄俗，清襟養真，妾當為陰助。」然後躡空而去，不復見蹤影。

《洛神傳》改編〈感甄記〉曹植與甄后相戀情事，並直接引用賦中對洛神歌詠文字，甚至還將「或戲清流，或翔神渚，或采明珠，或拾翠羽」的明珠與翠羽當成臨別贈物。《洛神傳》洛神不僅是與曹植相戀

〔註25〕宋·李昉：《太平廣記》（北京：中華書局，1961 年 9 月）第 7 冊，卷311，神仙 21，頁 2459～2461。

〔註26〕唐·裴鉶：《洛神傳》，《百部叢書集成》4，《古今說海》5，頁 2。

的絕世美女甄后，還是位性好彈琴，能辨琴韻，且善於作詩的才女，更重要的是，洛神多情風流，在洛水之濱與蕭曠成就一段情緣。

（四）蒲松齡〈甄后〉〔註27〕

〈甄后〉中劉仲堪資質魯鈍卻喜好古籍，常常閉門苦讀，某日正讀書時，一位簪珥光采的絕世美人帶領眾侍女出現眼前。仲堪驚伏於地問「何處天仙，未曾拜識，前此幾時有侮？」美人笑答「你不是劉楨的後身嗎？」然後展開錦韉，與之對飲談論古今，但仲堪茫茫不知所對，原來劉楨經過幾次轉世，已聰明殆盡。仲堪在美人命侍女以湯沃水晶膏餵食後，忽然心神澄徹，到了晚上「與美人息燭解襦，曲盡歡好」。天尚未明，美人準備離去，仲堪苦苦挽留，美人才「告即不妨，恐益君疑耳。妾甄氏，君公幹後身，當日以妾故罹罪，心實不忍，今日之會，亦聊以報情癡也。」接著就以玉脂贈別，乘著龍輿在雲霧中掩沒。

仲堪雖然從此文思大進，卻因思念甄后而病重瀕死，甄后從劉家老婦口中，得知仲堪處境，以因罪謫人間的銅雀故妓陳司香暫使給役，長侍牀簀。忽一日，有隻黃狗發狂咬斷繩索，一再地追咬司香，原來黃狗是曹操的化身，怒其「不守分香之戒也」。

〈甄后〉是以〈感甄記〉及《三國志‧魏書‧劉楨傳》：

> 其後太子嘗請諸文學，酒酣坐歡，命夫人甄氏出拜。坐中眾
>
> 人咸伏，而楨獨平視。太祖聞之，乃收楨，減死輸作。〔註28〕

改編而成，文中甄后批評曹丕「不過賊父之庸子耳，妾偶從富貴者遊戲數載，過即不置念慮。」對曹植卻是「時一見之」，但為報劉楨當年癡情罹罪之意，竟在身後千餘年，再乘龍輿下凡與其後身劉仲堪相會，並熄燭解襦，曲盡一宿歡好。洪順隆認為：

〔註27〕清‧蒲松齡：《聊齋志異》（臺北：里仁書局，1983 年 1 月），頁 437～439。

〔註28〕晉‧陳壽撰，南朝宋‧裴松之注：《新校三國志注》上冊，〈魏書‧王魏二劉傳傳第 21〉，引《典略》，頁 601～602。

在這篇小說中，甄后已失去仙人的氣質，成為一位不貞的婦女。

她那不貞的心性，正是為使她報復奸瞞篡子而創造。〔註29〕

正是「奸瞞之篡子，何必有貞婦哉？」至此曹植與甄后相戀情節，已被蒲松齡據史料改編為甄后報答劉楨昔日癡情的露水姻緣，甄后卻也因此失去專情與貞潔形象。

（五）樂鈞〈宓妃〉

妒婦段明光因其夫劉伯玉吟誦〈洛神賦〉，並加褻語，以致怒而投水通津，死後役使鱗介毀損渡津美人容妝。千餘年後又遷怒洛神，興兵犯洛水，宓妃請救於遮須國王曹植，曹植疲於奔命，無功而返。宓妃乃託夢轉求家住洛水旁書生，並自言：

> 黃初三年，偶踰閒束，稅履江皋，邂逅東阿，因不及掩避，
> 初未嘗流連盼睞，致蹈解珮之嫌。乃東阿詞人，好為誇飾，
> 妍詞豔語，借局抒才，致驚鴻游龍之談，為輕薄者所藉齒。
> 而臨濟劉伯玉者，竟雜誦於其妻段氏明光之前，加以褻語，
> 遂致觸怒悍婦。〔註30〕

不久洛水常黑風捲浪，勢若山崩，書生向戎間總帥借三千遂籍已歿軍士，牒送洛水。但新集之兵，未經訓練，且又倉促應戰，三戰三敗，宓妃素知書生深諳韜略，用策如神，有行俠仗義之志，請為將帥。書生果然不負使命，「分布要害，設伏誘之。偽以羸師挑戰，詐敗而南」。最後，「賊師披靡，斬首數萬級」，並生擒妒婦段明光，車裂以徇。慶功宴中，「湘靈為鼓瑟，江妃為起舞，極音節神態之妙，真使蒼梧雲停、漢皋月白，殆非語言所能喻矣！」書生辭歸之日，「妃知不可留，徘徊眷戀，悽然淚落。顧視諸女，亦皆神意酸楚。」宓妃還與書生相約，「後二十年，君當厭棄富貴，服食還仙，此妾與君相見之秋也。」二十年

〔註29〕 洪順隆：〈論洛神形象的襲用與異化──由〈洛神賦〉到明清戲曲小說的脈絡〉，《辭賦論叢》，頁198。

〔註30〕 清·樂鈞：《耳食錄》，卷2，收入《筆記小說大觀》（臺北：新興書局，1978年）1編第7冊，頁4047。

後，書生果然與數麗人共遊於洛水上。

　　《太平廣記》〈靈應傳〉〔註31〕亦有類似情節，只是宓妃、書生換成「九娘子神」與「鄭承符」，地點由洛水一變而為「善女湫」。其中九娘子神向節度使周寶借遂籍已歿軍士，周寶「命按軍籍，選亡歿者名，得馬軍五百人，步卒一千五百人，牒送善女湫神收管」，剛開始作戰都是「設伏不密，反為彼軍所敗」，最後差制勝關使鄭承符以代「分布要害，明懸賞罰，號令三軍，設三伏以待之」，「先使輕兵撈戰，示弱以誘之」，戰爭結果「彼軍敗績，死者如麻」，〈宓妃〉與〈靈應傳〉均如出一轍。樂鈞在接受〈洛神賦〉後，巧妙結合〈靈應傳〉其中情節，並接續段成式《酉陽雜俎》〈妒婦津〉，妒婦段明光不僅毀損渡津美人容妝，竟又遷怒洛神，以兵相犯，逼得宓妃只能先求遮須國王曹植，後告洛水旁書生相救。宓妃雖責備曹植文壇不戢，〈洛神賦〉是「妍詞豔語，借局抒才」，以致兵連禍結。但隨後借書生之口，「以妃主之幽貞，無從伺影，而陳思忽然靚止，作賦留傳，翠羽明珠，恰傳阿堵。此皆天假之緣，使昭其美，而欲世間之知有妃也。」肯定〈洛神賦〉的價值。至於如段明光之流「嫉美如仇，罪實貫盈，正宜殲滅」，文中保留諸多賦中文句，如「驚鴻」、「游龍」、「羅襪」，「江妃湘君湘夫人」即「南湘之二妃」。而此時的宓妃保持冰清玉潔之仙人風采，為報答書生借兵滅寇之恩，相約二十年共遊於洛水之上。

二、古典小說對〈洛神賦〉的創新

（一）曹雪芹《紅樓夢》

　　《紅樓夢》第五回中〈警幻仙姑賦〉〔註32〕，明顯脫胎於〈洛神賦〉，華唐就認為：

　　　翻讀小說，曹雪芹筆下的那個警幻仙姑，其容貌與洛神宓妃

〔註31〕宋・李昉：《太平廣記》第 10 冊，卷 492，雜傳記 9，頁 4037～4044。
〔註32〕清・曹雪芹：《紅樓夢》（臺北：廣文書局，1973 年 6 月）上冊，頁 228～229。

是多麼相似，兩相對照，簡直就如一對孿生姊妹。〔註33〕
〈警幻仙姑賦〉除摹擬〈洛神賦〉外，賦中並繼承〈洛神賦〉對女性容貌與裝飾之美的細膩描寫。其中更不乏相似的詞句，如「風迴雪舞」與「流風之迴雪」，「耀珠翠之輝煌兮」與「披羅衣之璀粲兮」，「徘徊池上兮，若飛若揚」與「竦輕軀以鶴立，若將飛而未翔」，「將言而未語」與「含辭未吐」，「蓮步乍移兮，待止而欲行」與「進止難期，若往若還」。

　　另外，第四十三回，寶玉為焚香悼念金釧生日，至水仙庵借爐炭，由於供奉的是洛神，因此大發議論：

> 我素日因恨俗人不知原故，混供神，混蓋廟。這都是當日有
> 錢的老公們和那些有錢的愚婦們，聽見有個神，就蓋起廟來
> 供著，也不知那神是何人，因聽些野史小說，便信真了。比
> 如這水仙庵裏面，因供的是洛神，故名水仙庵；殊不知古來
> 並沒有個洛神，那原是曹子建的誑語。誰知這起愚人就塑了
> 像供著。〔註34〕

但見到洛神「翩若驚鴻，婉若遊龍之態」，「荷出綠波，日映朝霞之姿」的塑像，卻不禁滴下淚來。曹雪芹雖以賈寶玉之口，否定曹植賦中洛神，卻深受〈洛神賦〉影響，除在情節中選擇供奉洛神的水仙庵悼念金釧，更以洛神為原型創作警幻仙姑，並借用〈洛神賦〉名句。《紅樓夢》藉對〈洛神賦〉獨特的解讀，以豐富小說內容，其中可見與〈洛神賦〉之互文現象。

（二）管世灝〈洛神〉

　　泰安諸生甄瑜，會省試歸，搭救為獵者所逐並身負巨創之瀍水狐，狐後化身成美少年袁復，自言應泰山娘娘之命，調征黃河水母而還，誤入圍場為飛銃所傷，所幸為甄瑜所救，於是人狐結為至交。袁復嘗在洛水娶甄氏婦之女輕燕，輕燕有姊寡居名驚鴻，母女三人皆狐化身，花燭

〔註33〕　華唐：〈〈洛神賦〉的原型與流變〉，頁128。
〔註34〕　清‧曹雪芹：《紅樓夢》中冊，頁906。

之夜，袁復奉命出征，三載未歸。後因身負重傷，與甄瑜同歸泰安，兩人經常喝酒下棋，水乳交融，相見恨晚。某天夜裏，袁復倉皇告知甄瑜將有雷殛之禍，要其避走千里之外，甄瑜避禍揚州，巧遇甄氏母女，同返泰安與袁復相會。禍至之日，甄婦作法，移禍於甄瑜之姪甄瑛，甄瑛因淫心不戢，調戲驚鴻，代叔受罪。不久甄瑜妻病逝，驚鴻與輕燕代為撫育江、漳二子，教之句讀，授之經史，不遺餘力。後上帝降旨：

> 敕獄瀆諸神，查天下女狐，以節孝著及才德俱全者，予以旌
> 賞。神將鴻姊及燕申奏，帝嘉姊節，敕授洛神，使燕佐理其
> 職，俟某十年差滿，即可同日榮歸矣。〔註35〕

〈洛神〉中洛神已不是〈洛神賦〉的宓妃或甄后，而是狐仙驚鴻，狐只要節孝有才德，也可成為神仙。〈洛神〉受〈洛神賦〉影響，小說內容雖屬新創，但洛神仍為甄姓，其名亦出自賦中「翩若驚鴻」。文末絕句「玉骨冰姿絕點塵，喬家姊妹是前身；菖漁已老留仙死，誰繼陳思賦洛神。」仍舊保留〈洛神賦〉血脈。

　　古典小說對〈洛神賦〉的接受，除段成式《酉陽雜俎》〈妒婦津〉與樂鈞〈宓妃〉為了彰顯宓妃絕美容貌，衍生妒婦段明光「壞渡津美人衣粧」，甚至「興兵相犯洛神」一連串報復行為外。另可歸納為報恩及節孝兩個主題，在報恩主題方面，裴鉶《洛神傳》中洛神與織綃娘子不僅與蕭曠「傳觴叙語、繾綣永夕」，臨別之際還贈輕綃一匹，甚至助蕭曠成仙。蒲松齡〈甄后〉中的劉仲堪是劉楨的後世，甄后為報劉楨昔日的癡情，竟不惜下凡與其「息燭解襦，曲盡歡好」，在劉仲堪因思念甄后病重瀕死之際，還謫銅雀故妓陳司香暫使給役，長侍牀簀。至於在節孝主題，蒲松齡〈甄后〉甄后「始於袁，終於曹，而後注意於公幹」，似乎仙人不應若是，但那不貞的心性正是為報復曹瞞父子之不忠，不忠的罪惡也只有婦女失貞可以相抵。管世灝〈洛神〉主角雖不是宓妃或甄后，而是狐仙驚鴻，「天下女狐，以節孝及才德俱全者，予以旌賞」

〔註35〕　清·管世灝：《影譚》，卷4，收入《筆記小說大觀》（臺北：新興書局，1978年）2編第1冊，頁627。

只要節孝有才德，也可成為神仙。

第三節　傳統戲曲對〈洛神賦〉的改編

一、傳統戲曲對〈洛神賦〉的演繹

（一）傳奇《甄皇后》

此戲不見著錄，《三國志・魏書》有傳。戲的材料當以〈洛神賦〉為主題。現僅存佚曲一支，【仙呂過曲】【三疊排歌】：

> 似奇花，肌體溫，比玉還滋潤。如月瑩無塵，如柳更精神。
> 據他國色，回頭一笑，嫣然百媚生。天香豈可世間聞？假饒
> 今世有昭君，怎比他髻綰巫山一段雲？人初靜，酒半釂，昭
> 陽宮殿閉重門。流蘇帳，鴛被溫，今宵誰夢楚臺雲？〔註36〕

此曲應為甄后入宮之後，宮人所唱，頌美甄后之辭。

（二）汪道昆雜劇《洛水悲》

又名《陳思王悲生洛水》，甄后自述：

> 妾身甄后是也，待字十年，傾心七步，無奈中郎將弄其權柄，
> 遂令陳思王失此盟言。嘉偶不諧，真心未泯，後來郭氏專寵，
> 致妾殞身。……如今帝子已度伊闕，將至此川，不免托為宓妃，
> 待之洛浦，正是漢主不須求地下，楚妃準擬到人間。〔註37〕

曹植行到陽林，倚杖片刻，河洲之上，有一麗人「翩若驚鴻，婉若游龍。榮曜秋菊，華茂春松。穠纖得中，修短合度。芳澤無加，鉛華弗御。踐遠遊之文履，曳霧綃之輕裾。體迅飛鳧，飄忽若神，陵波微步，羅襪生塵。髣髴若輕雲蔽月，飄飄若流風迴雪。動無常則，若危若安。進止難期，若往若還。含辭未吐，氣若幽蘭。華容婀娜，令我忘餐。」兩人

〔註36〕王季思：《全元戲曲》（北京：人民文學社出版，1999 年），第 12 卷，
　　　　頁 554～555。
〔註37〕明・汪道昆：《洛水悲》，《盛明雜劇初二三集》（臺北：廣文書局，1979
　　　　年 6 月），卷 4，頁 1～2。

相見後，曹植言「寡人陳思王曹植，應詔入朝，畢事之國，願聞仙子起居。」甄后答「妾乃洛水之神，居此數千年矣。」曹植背語「你看宓妃容色，分明與甄后一般，教我追亡拊存，好生傷感人也。」將懷中佩玉贈甄后，甄后則回贈以明珠。臨別時，甄后悲傷難抑，「妾身雖以私心自效，終難以遺體相從，侍人促行，就此告別，幸王自愛，永矢不忘。」

《洛水悲》延續〈感甄記〉曹植與甄后戀情，連兩人相會時都互贈玉佩與明珠，結局也是「離別永無會，執手將何時」的人神殊途。劇中情節依循〈洛神賦〉推展，曹植形容甄后之美，皆取自賦中文句重新編排。《洛水悲》最大特色，就是甄后化身洛水之神宓妃，最終雖遭曹植識破，卻平添些許懸疑氣氛。

（三）《洛神》

作者不詳，為遼寧綏中縣人吳曉玲手抄梅蘭芳書室綴玉軒的殘本，存二、三、六場。第二場，洛神自言：

> 吾乃洛川神女是也，掌握全川水印，修成一點仙心。因與曹
> 王子建，尚有未盡之緣，猶負相思之債，今日聞他駐札本驛，
> 為此御雲而來，在他夢中略表因由，藉通誠愫。〔註38〕

第三場，洛神見曹植早已酣睡，一燈搖影，獨自淒清，有意將他喚醒，「羞怯、羞怯，只覺得難以為情，看他懷抱之中，乃是玉鏤金帶枕，睹物傷情，益增悲感。」因此夢中約他，明日川上相會。第六場，洛神邀兩位仙妹帶同儀仗，赴洛川與曹植相見，「子建，你我一別十有餘年，可還記得小仙麼？感君相念，亦是宿緣，只是不可越禮。」但曹植忘卻前事，說是昨夜才見。洛神上前解釋，「子建不要如此，小仙偶蹈塵緣，昔日曾在宮中，與殿下兩相愛慕，難道果真忘懷了。」並將耳珠贈予曹植，最後，「你我言盡於此，後會無期，望殿下萬千珍重，小仙告別了。」

《洛神》仍延續〈感甄記〉，甄后與曹植有段未盡之緣，曹植途經

〔註38〕《綏中吳氏藏抄本稿本戲曲叢刊》（北京：學苑出版社，2004 年）第
29 冊，頁 327。

洛川，甄后演繹〈洛神賦〉中「屏翳收風，過南岡，越北沚，雜遝眾靈，飛鳧體迅，曳瓊琚，翔神渚，拾翠羽、采明珠，動無常，若危若穩，竦輕軀似鶴立，永慕長吟，徙倚傍徨，神光離合乍陽陰。」曹植雖有所醒悟，但仙凡路殊，後會已無期。

二、傳統戲曲對〈洛神賦〉的改編與創新

（一）黃燮清傳奇《凌波影》

又名《宓妃影》，為典型的南雜劇，共四齣。第一齣〈夢訂〉，雍邱王曹植「朝覲禮畢，承命歸藩」，天色將晚，駐札洛川驛。「前日入朝之時，蒙上以玉鏤金帶枕見賜。」在撫玩枕兒時，「一時疲倦起來，只索伏枕而睡。」接著，洛神出場並自言：

> 我乃洛川神女是也，掌握全川水印，修成一點仙心。作翠水
> 之遊，已離几劫，戀紅塵之影，未斬情恨，因與曹玉子建，
> 尚有未盡之緣，猶負相思之債，今日聞他駐札本驛，為此御
> 雲而來，到他夢中，略現因由，藉通誠愫。〔註39〕

接著入曹植夢「了建呵，我與你未了三生，尚當一面，來日待君於洛川之上，幸勿爽約。」

第二齣〈仙懷〉，洛神「因慕曹玉子建才調，昨宵約他川上相會，并非密訂幽歡，只願稍伸積愫，仙亦多情，何況人間兒女，這虛無杳渺的相思，好沒來由也。」當侍女「娘娘既是這般心思，與他成就好事如何。」洛神斥道「胡說，我們相契以神，不過是空中愛慕，一涉形跡，便墮孽障，千古多情之人，從無越禮之事。」

第三齣〈達誠〉，洛神於洛川上與曹植相見「呵子建！呵子建！蒙君繾綣，添我纏綿，豈不爾思，其如禮不可越。」曹植依稀只在夢中見過洛神，卻不知其來踪去跡，因此乞道其詳。洛神「我的踪跡，說起來要親就親，要疏就疏，煞是惱悅哩。」曹植「聽他語言迷離，使我神魂

〔註39〕　清‧黃燮清：《凌波影》，《倚晴樓七種曲》（臺北：廣文書局，1979 年 6 月）第 2 冊，頁 79。

飄颻，我欲近前親熱一番，多少是好。」欲前忽止「雖說鍾情，豈宜越禮。不可阿！不可！」洛神亦正色，「渺渺此情，豈有終極，割愛貴忍，王其作速回頭，稍涉流連，便有魔障來也。」第四齣〈賦豔〉，曹植「依依不捨，忽忽若忘，不知那仙子究竟是何神明。」問當地僕夫，僕夫「小人聞得洛川之神，名曰宓妃，王爺所見，莫非就是她嘛。」曹植為感念宓妃，作〈洛神賦〉並賫往洛川，「這賦流向川中，也見我與洛神，情不能已，分不能干，仙路有之，定應垂鑒也。」最後，曹植命內侍「訪一妙手，就將此事寫他一幅《凌波影》，使普天下人見之，皆知我輩鍾情，庶合國風好色也。」

《凌波影》據〈洛神賦〉及〈感甄記〉改編，曹植卻不知洛神就是玉鏤金帶枕的主人甄后，雖然似曾相似，卻以為是人神戀愛的奇遇。《凌波影》從序即強調「好色而不淫」，認為〈洛神賦〉不應為越禮者所藉口，強調「申禮防以自持」的存理滅欲觀念。因此安排恨水浪仙、淚泉童子、愁湖總管、癡鑾散人等魔障，專與世上有情人作祟，欲引洛神與曹植入魔道，使其拖泥帶水，一世不得乾淨。但最終曹植「雖說鍾情，豈宜越禮。不可阿！不可！」洛神也請「王其作速回頭，稍涉流連，便有魔障來也。」《凌波影》中曹植與洛神儘管相愛，卻只能求一點犀通，稍伸積愫，慰藉那虛無杳渺的相思。

（二）呂履恆傳奇《洛神廟》

共四十四齣，何仲虎妻有娘美而體弱多病，聞知洛神最是靈驗，要仲虎代為祈禱，卻巧遇綠華為當年舊病還願。洛神廟中，兩人相互傾心，也因仲虎拾到綠華遺落之香墜「返魂香」，而「鸞膠續斷絃」。洛神廟外，仲虎對窮途潦倒草莽英雄李際遇刮目相看，贈銀相助，兩人遂結為知己。仲虎同學余君游不學無術，被戲呼為「村牛」，並覷覦綠華美貌，再三歪纏。有娘要仲虎赴京求取功名，卻因村牛挾怨報復，張貼布告誣陷仲虎行賄，使得主司「畏避功令，只得留待別科高取。」仲虎不第，且聞有娘病逝，又李闖作亂阻斷歸程，憂思難解貧病交集。有娘病

逝後，遺言交代要侍女素馨將香墜送還廟中供養，洛神廟住持李虛真知香墜為仙家異寶，助有娘返魂。

　　綠華為避李闖之亂，與奶娘逃往緱氏山，寄居周奶奶家，此時洛陽為賊兵所破，有娘與素馨失散，正走投無路之際，投崖為奶娘所救，與綠華結為姊妹，因見另一枚香墜，才知綠華為香墜故主，認為是天意作合，要「重會何郎，即不分大小，一同廝守。」仲虎落魄，以賣字畫為生，好友吳士恭授玉田令，邀同赴任所，並薦赴京應試，仲虎廷對詳明，「欽賜榜眼，即授編修，外加安撫使之職，招撫李際遇，興師討賊。」際遇接受招安，封中府都督征西大元帥，爵稱助義侯，征勦李自成，並告知有娘安然無恙。仲虎與有娘歷經生死久別重逢，赴洛神廟拜謝重生之恩，才知仲虎前身是荀彧，有娘前身為曹洪之女，當年賚恨神傷，今世又成情種，因癡嗔太重，天教三載分離，自此以後，生生世世永為二生石。李闖兵敗被誅，仲虎苦尋綠華下落，最後藉由香墜為信，迭遭波折才得以相聚。杜培嚮、黃義樞認為：

> 《洛神廟》在題材內容上，除了將之置於動盪歷史背景中，
> 更是大膽虛構，以製造奇巧情節。洛河水畔確有洛神廟，又
> 稱宓妃廟，但洛神本為宓羲之女，稱宓妃，因渡洛河溺死，
> 遂成洛河女神，曹植作〈洛神賦〉，後人認為是感念其兄魏文
> 帝曹丕之后甄氏，《洛神廟》中，呂履恒大膽地進行藝術虛構，
> 讓甄妃化身為洛神，司掌一方姻緣，庇佑何氏夫婦，並相助
> 何寅（仲虎）與賈綠華成就姻緣。〔註40〕

　　《洛神廟》敘書生何仲虎與巫有娘、賈綠華之離合情緣，穿插明末李自成之亂，並用仙家異寶「返魂香墜」結合情節關目。其中第六齣〈遺香〉，洛神白言：

> 吾乃魏朝甄后是也，生為帝后，死列仙班。所恨曹兒薄倖，

〔註40〕杜培嚮、黃義樞：〈論呂履恒《洛神廟》傳奇思想藝術及傳統遵循〉，
　　　　《湖南科技大學學報（社會科學版）》第 15 卷第 1 期（2012 年 1 月），
　　　　頁 138。

負俺癡心。竟遭郭氏摧殘，飽伊毒手，虧得陳思王賦中，將我託名宓妃，情詞哀切，感得上帝見憐。准我超脫人寰，皈依天界，即掌此方香火，兼司世上姻緣。若遇有情人，海枯石爛，允許你朽骨重生，逢著負心的雨覆雲翻，便教他披毛永墮。〔註41〕

洛神因為仲虎的祈禳，綠華的還香願，且前生都是一會中人，但因天機不可洩露，只得暗中保佑。在有娘病逝時，也囑咐塵緣未盡，仙果還遲，助其返魂。當中牽連三國故事，指出仲虎前身為荀彧，有娘前身為曹洪之女，因當年賚恨神傷，今世又成情種。〔註42〕《洛神廟》雖然還保留〈感甄記〉甄后，主要人物與情節都是新創。甄后不但是洛水神仙，且司男女姻緣兼掌人間壽算，全劇藉由洛神與洛神廟為主軸，貫串才子佳人故事，助仲虎與有娘、綠華結成良緣。

由於從元代起諸多劇本未妥善保存，造成只剩殘本，甚至全本佚失，僅錄劇名。如明汪宗姬（1560～？）傳奇《續緣記》，此戲不見著錄；《傳奇彙考標目》別本補有此本，注云「洛神事。」〔註43〕清李玉（？～1681？）傳奇《洛神廟》〔註44〕，《傳奇彙考標目》別本補有此目。令後世之人無法窺其接受情形，是傳統戲曲對〈洛神賦〉接受史上很大的遺憾。

關於傳統戲曲對〈洛神賦〉的接受，雖仍依循〈感甄記〉背景，同情曹植與甄后遭遇，但卻強調節孝觀念，劇中曹植與甄后均只「稍伸積愫」，不可越禮。如汪道昆《洛水悲》甄后「妾身雖以私心自效，終難以遺體相從」。黃燮清《凌波影》中曹植欲向前與甄后親熱，甄后急

〔註41〕　清‧呂履恆：《洛神廟》（上海：上海古籍出版社，1985 年 3 月），頁16。

〔註42〕　「荀奉倩與婦至篤，冬月婦病熱，乃出中庭自取冷，還以身熨之。婦亡，奉倩後少時亦卒。」南朝宋‧劉義慶編，余嘉錫撰：《世說新語箋疏》下冊，〈惑溺第35〉，頁918。

〔註43〕　莊拂：《古典戲曲存目彙考》（上海：上海古籍出版社，1982 年）中冊，卷9，頁954。

〔註44〕　莊拂：《古典戲曲存目彙考》中冊，卷 11，頁 1152。

忙喝止，「雖說鍾情，豈宜越禮。不可阿！不可！」綴玉軒抄本《洛神》甄后亦是「感君相念，亦是宿緣，只是不可越禮」。「發乎情，止乎禮」或許正反映當時社會思想觀念。

第四節　小結

　　文本會利用交互指涉的方式，將前人的文本加以摹仿、降格、諷刺和改寫，利用文本交織且互為引用、互文書寫，提出新的文本；或是故意採用片段零碎的方式，對其他文本加以修正、扭曲與再現。這種「互文性」在古典小說與傳統戲曲對〈洛神賦〉的接受中最為顯著，無論是接受後的改編或是再創作，都是根據接受者的記憶、認知、詮釋的創造性和玩味的心理改寫自〈洛神賦〉，或是採用其中片段，以提出新的文本。〔註45〕

　　另外，古典小說與傳統戲曲對〈洛神賦〉的接受，均以〈感甄記〉為主軸，如小說中裴鉶《洛神傳》，後被《太平廣記》收入，更名為〈蕭曠〉，不僅充分發揮〈感甄記〉曹植與甄后相戀情事，絕世美人甄后，還是位性好彈琴，能辨琴韻，且善於作詩的才女。蒲松齡〈甄后〉，是以〈感甄記〉及《三國志》史料渲染而成，但已無關曹植與甄后人神殊途的悲劇。戲曲中元傳奇《甄皇后》，雖僅存佚出一支，應該是甄后入宮之後，宮人所唱，頌美甄后之辭。汪道昆《洛水悲》，完全繼承〈感甄記〉曹植與甄后戀情，連兩人相會時都互贈玉佩與明珠，結局也是「離別永無會，執手將何時」。黃燮清《凌波影》，以〈洛神賦〉及〈感甄記〉鋪衍劇情，曹植卻不知洛神就是玉鏤金帶枕的主人甄后，以為是人神戀愛的奇遇。呂履恆《洛神廟》，洛神自言「吾乃魏朝甄后是也，生為帝后，死列仙班。」以洛神與洛神廟貫串何仲虎與巫有娘、賈綠華

〔註45〕以上參考廖炳惠：《關鍵詞200──文學與批評研究的通用辭彙編》（臺北：城邦文化事業股份有限公司，2003年9月），頁145。〔法〕蒂費納・薩莫瓦約（Tiphaine Samoyault）著，邵煒譯：《互文性研究》，頁82。

才子佳人故事。綴玉軒抄本《洛神》亦延續〈感甄記〉，甄后與曹植有段未盡之緣，曹植途經洛川，甄后對舊情念念不忘，夢中約其明日川上相會，但結局終是仙凡路殊，後會已無期。但至此〈洛神賦〉宓妃也不再是洛水旁女神，而是由〈感甄記〉甄后所取代。

　　古典小說與傳統戲曲對〈洛神賦〉的接受，亦受到時代因素影響，段成式《酉陽雜俎》〈妒婦津〉，之所以會產生段明光不容美婦渡江的情節，或許源於唐代女性地位的提升與自我意識的覺醒。杜光庭〈洛川宓妃〉，將宓妃尊為道教女神，應該也與李唐王朝遵奉老子為祖先，以道教為國教有關。有清一代，強調守禮心性，蒲松齡〈甄后〉，甄后為報劉楨當年癡情罹罪之意，竟下凡與其後身劉仲堪相會，並熄燭解繻，曲盡一宿歡好，但那不貞的心性，正是為使其報復奸瞞篡子而創造的。樂鈞〈宓妃〉，段明光因其夫劉伯玉吟誦〈洛神賦〉，竟遷怒洛神，興兵犯洛水，所幸書生仗義相助，擊退來寇，宓妃雖欲報答書生借兵滅寇之恩，「徘徊眷戀，悽然淚落」，仍保持冰清玉潔之仙人風采。黃燮清的《凌波影》，陳其泰作序即云：

> 《凌波影》所以牖賢智，言情之書也，詩之防於未然也。弼直主敬近乎頌，規諷近乎風。不然陳思一賦，不幾為越禮者所藉口，縱恣於欲而假托於情，以文過而遂孽哉，然則鍾情者，可以知所止矣。〔註46〕

洛神雖與曹植，尚有未盡之緣，猶負相思之債，但強調「相契以神，不過是空中愛慕，一涉形跡，便墮孽障，千古多情之人，從無越禮之事。」

　　〈洛神賦〉創作至今已將近二千年，一篇〈洛神賦〉，受到後世如此欣賞與重視，並不斷將「人神戀愛」與「才子佳人」情節改編成新的古典小說與傳統戲曲，或許就如同曹植眷念宓妃般「遺情想像，顧望懷愁」，甚至是「悵盤桓而不能去」。

〔註46〕清·黃燮清：《凌波影》，《倚晴樓七種曲》第 2 冊，頁 74。

第八章　現當代藝術對〈洛神賦〉的發展

　　進入現當代以後，大眾看待文學與藝術的眼光不同，接受的視野更為寬闊，隨著傳播載體及方式多元化與多樣化，〈洛神賦〉的傳播與發展，有了顯著不同的方向，其意義與價值也更為之深化。尤其拜新興媒體之賜，在〈感甄記〉的背景下，電影、電視劇前呼後應不斷改編曹植與甄后才子佳人故事。以洛神為主題的小說除以不同角度演繹外，武俠小說中亦可見宓妃身影。戲曲如歌仔戲、京劇、粵劇、潮劇、豫劇及桂劇等均以富於地方特色的表演型態接力搬演，甚至舞劇、音樂都能占得一席之地。

第一節　現當代小說與戲曲對〈洛神賦〉的發展

一、現當代小說對〈洛神賦〉的發展

　　現當代小說雖深受西方文學及思潮影響，但仍有不少作品取資於傳統題材，重新改編賦予新意，因此現當代小說在文學及歷史本身意義之外，還能在社會傳播型態下發展出特殊的文化性和多層次藝術性。就以深受廣大讀者喜好的歷史小說和武俠小說而言，〈洛神賦〉結合神話傳說與三國歷史人物，歷代以來雖迭經改寫，但仍吸引現當代小說

家的目光，紛紛重新改編洛神故事或擷取〈洛神賦〉內容。

（一）南宮搏《洛神》

南宮搏（本名馬彬，1924～1983），筆名史劍、許劍、馬兵、碧光、齊簡等，著有多部歷史小說，其歷史小說以官史所記之事為經，一個特定人物為主線，主角的時代背景為陪襯，強調人性中的真愛為其特色。《洛神》初版於 1958 年，是其歷史小說之一，小說設定建安十年的秋天，曹植隨著曹操渡過黃河抵達鄴城，此時的曹植僅十三歲。住在舊日袁紹宅邸的曹植，無意間在花園邂逅美豔的少婦甄大姑，從此一見鍾情。作者還故意曲解甄后的小字「宓」：

> 玉珮的反面鏤一個篆文「宓」字，子建笑出來「原來如此！
> 水仙，水中的女仙。」他凝視著「對你，這適合極了！你的
> 神韻，也正像一位水中的仙女！」〔註1〕

宋詞常以超塵絕俗的水仙歌詠宓妃高貴神韻，如辛棄疾〈賀新郎・賦水仙〉「羅襪塵生凌波去，湯沐煙江萬頃」，趙聞禮〈水龍吟・水仙花〉「衣薰麝馥，鞿羅塵沁，凌波步淺。鈿碧搔頭，膩黃冰腦，參差難翦」等，將宓妃與水仙意象重合為一，其創作意念大致受此風影響。

《洛神》以〈感甄記〉為主軸，並將當時史實附和〈感甄記〉的發展，其以曹植所作〈妾薄命〉其一：

> 攜玉手，喜同車，北上雲閣飛除。釣臺蹇產清虛，池塘觀沼
> 可娛，仰汎龍舟綠波，俯擢神草枝柯。想彼宓妃洛河，退詠
> 漢女湘娥。〔註2〕

作為追記與甄宓同遊漳水歲月的定情詩。建安十四年，曹植十八歲時兩人私訂終身，曹植欲娶甄宓為妻，甄宓建議請崔琰作伐，無奈崔琰包藏私心，以為曹植將為世子，竟向曹操自薦姪女崔氏，將甄宓說予曹

〔註 1〕南宮搏：《洛神》（臺北：時報文化出版企業有限公司，1975 年 6 月），頁 13。南宮搏《洛神》最初由香港友聯出版社於 1958 年出版，今據時報文化出版企業有限公司 1975 年 6 月版本。
〔註 2〕魏・曹植著，趙幼文校注：《曹植集校注》，卷 3，頁 480。

丕,從此曹植就對崔琰懷恨在心。但兩人無視名分仍藕斷絲連,並因此有了曹叡,甄宓為思念隨軍出征張魯的曹植,寫下〈塘上行〉:

> 蒲生我池中,其葉何離離。傍能行仁義,莫若妾自知。
>
> 眾口鑠黃金,使君生別離。念君去我時,獨愁常苦悲。
>
> 想見君顏色,感結傷心脾。念君常苦悲,夜夜不能寐。
>
> 莫以豪賢故,棄捐素所愛。莫以魚肉賤,棄捐蔥與薤。
>
> 莫以麻枲賤,棄捐菅與蒯。出亦復苦愁,入亦復苦愁。
>
> 邊地多悲風,樹木何修修。從軍致獨樂,延年壽千秋。〔註3〕

雖然此詩是否為甄后所作仍有疑問,但對照詩中「念君去我時,獨愁常苦悲。想見君顏色,感結傷心脾。念君常苦悲,夜夜不能寐」相思之切;曹植西征的「邊地多悲風,樹木何修修。從軍致獨樂,延年壽千秋」場景,卻又符合其中環節。

崔琰深恐曹植報復,在曹操欲立世子時,以「蓋聞《春秋》之義,立子以長,加五官將仁孝聰明,宜承正統。琰以死守之。」〔註4〕一言而定曹丕世子之位。曹操臨終時從曹植口中得知崔琰的作為,就藉口將崔琰賜死,崔氏也以衣繡違制令自盡,然一切已無法挽回。曹丕早知曹植與其妻的私情,卻隱忍不發,直到篡漢自立後,才先逼曹植七步成詩,後又賜死甄宓。曹叡即位後從母親貼身侍女幼蟬口中得知自己身世,不僅下詔燒毀謗曹植奏章,還將曹植作品抄錄多份副藏內外,並把〈感甄賦〉改為〈洛神賦〉。

南宮搏學識淵博,精心布局,不僅上溯《楚辭》,考究宓妃與后羿的感情糾葛,最成功的是將三國史實與傳說,不著痕跡的滲透至小說情節中,並巧妙安排曹植、甄后作品佐證故事的發展,將寥寥數十字的〈感甄記〉,鋪衍成長篇歷史小說。《洛神》取材廣泛多元,故事情節偏重情愛的描寫,如甄宓於銅雀臺私會曹植:

〔註3〕陳·徐陵編,清·吳兆宜注:《玉臺新詠箋注》,卷2,頁56。

〔註4〕晉·陳壽撰,南朝宋·裴松之注:《新校三國志注》上冊,《魏書·崔毛徐何邢鮑司馬傳第12》,頁368~369。

「子建……。」她哭了「我不能不來，不來，我也會枯死的，子建，我冒險，我用我的生命冒險，我通過守衛……子建，我要見你啊！就是要我死，我也得見你……。」

他惑亂了！這些話似乎呼吸間的哀號，人是應該為愛而死的嗎？〔註5〕

江俊逸批評其小說不合邏輯處：

一、凡事多牽扯到愛情性愛上，缺乏將小說題材擴大的企圖；二、人物情愛永恆不變，即使女性色衰珠黃亦然，不符人類本能之好惡；三、人物言談舉止不合身分。南宮搏將國家大事，一律轉為男女情愛，國家大事背後必有男女之情，這是簡化的思考，將真正、複雜的歷史窄化。〔註6〕

雖然如此，但其成功推廣曹植與甄后的才子佳人故事，且出版最早，成為之後表演藝術取法的對象。

（二）彭碧玉《洛神賦——曹子建與甄后的戀情》

《洛神賦——曹子建與甄后的戀情》於1987年出版，為中華兒童故事寶庫系列之一，該系列童書為專家學者針對臺視歌仔戲天王楊麗花歷年來所演出的歌仔戲精華加以改寫。作者於前言自述「本篇故事，即根據正史記載和〈洛神賦〉的描述改寫而成。」〔註7〕故事卻是完全循著〈感甄記〉內容鋪衍，甄宓與曹植彼此心儀，但為曹丕橫刀奪愛，曹丕在逼曹植七步成詩後，雖依甄宓的遺言將金鏤玉帶枕轉交給曹植，但曹植返回封地途經洛水時，甄宓因自慚形穢，終究沒有和曹植見面，書中另附有不少古今名人所繪洛神插圖。

《洛神賦——曹子建與甄后的戀情》雖是兒童故事書，卻大膽揭

〔註5〕南宮搏：《洛神》，頁149。

〔註6〕江俊逸：《南宮搏歷史小說研究》（臺北：中國文化大學中國文學研究所博士學位論文，2004年12月），頁195。

〔註7〕彭碧玉：《洛神賦——曹子建與甄后的戀情》（臺北：臺視文化公司，1987年3月），頁6。

露曹植與嫂嫂的隱情：

> 跟曹丕結婚這幾年裏，與情郎曹植重逢的景象，她不知想過
> 多少回，那怕是只看一眼也是好的。〔註8〕

甚至敘及郭貴妃為奪后位，工於心計的宮廷鬥爭，如內侍從甄宓寢宮搜出曹丕生辰年庚的桐木偶人：

> 這是一種害人的妖術，就是在桐木偶人上，貼上青面鬼像，
> 背面寫上被害人的生辰年庚，刺心釘眼，再著道人加符念咒，
> 可以害人生病，甚至把人害死。〔註9〕

　　或許《洛神賦——曹子建與甄后的戀情》對〈洛神賦〉傳播向下扎根有值得肯定之處，但這些超齡的情節，是否適合兒童閱讀仍值得商榷。

（三）畢珍《洛神》

　　畢珍（本名李世偉，1929～1998），筆名奇珍子、九指書生、白雲殘夫，作品多達百餘本，並且種類繁多，包括鄉野傳奇、仙道靈異、宮廷祕聞、清宮斷案、虎將殺敵、青樓豔史、浪漫戀情等，《洛神》出版於1993年，為其浪漫戀情經典作品之一，開場則云：

> 美麗，注定了她兩段愛情的悲劇。愛情，沒有回頭的路，即
> 使與良緣擦身而過……。〔註10〕

小說描寫曹植與甄宓的兩世情緣，故事從天帝派羿下凡教訓十個危害凡間的太陽王子開始，但羿在洛水旁為宓妃美貌所吸引，宓妃則為羿的多情及報復丈夫河伯的風流而獻身。在羿射殺九個太陽王之後，天帝也為宓妃穢亂仙界，懲罰謫往人間。甄逸夫人產下第五女，取名宓，羿的後世則化身為曹植，兩人展開二世情緣。甄宓先遭袁術逼迫嫁給袁熙，後又在曹丕威脅之下改嫁，曹植就在奉曹操令前往樊城解救曹仁前夕，遭曹丕以甄宓為誘餌，醉酒誤事，使曹丕最終成為世子。曹丕

〔註8〕彭碧玉：《洛神賦——曹子建與甄后的戀情》，頁49。
〔註9〕彭碧玉：《洛神賦——曹子建與甄后的戀情》，頁58。
〔註10〕畢珍：《洛神》（臺北：太雅出版有限公司，1993年8月），頁3。

即帝位後，先賜死甄宓，又不斷徒降曹植封地與爵位。曹植在返回雍丘途中，從李貴嬪手中收到甄宓的金鏤玉帶枕：

> 他聞了聞，聞到髮際的微香，他抱在懷中，坐在水邊，直到
> 東方發白。這時，他看到有一個人，從自己身邊離去，是個
> 女子，他責怪自己，為什麼沒有發覺那女子就在身邊。那女
> 子不是別人，就是甄后，不是甄后，是洛神。〔註11〕

曹植百感交集提筆寫下〈感甄賦〉，後改為〈洛神賦〉。

　　小說以洛神的前世今生為背景，由於甄宓為宓妃投胎所生，因此總會從睡夢中憶起前世的種種，甚至五歲之前都有仙女為其披覆玉衣。曹植與甄宓後來雖都知悉前世姻緣，仍無法擺脫今世的磨難，宓妃嫁給河伯卻深愛羿，甄宓鍾情曹植而屬曹丕，最後都無法有情人終成眷屬。雖以兩世情緣鋪陳劇情，但情節未能跳脫以往框架，糾纏之餘顯得治絲益棼。小說援引之詩，亦未能緊密連結劇情；濃筆房帷之私，未有細緻的感情描寫配合，故顯得煽情露骨。

（四）簡遠信《洛神》

　　簡遠信，出身歌仔戲世家，電視劇編劇和製片人，作品多元，不論是現代劇或古裝劇均能別出心裁製造緊湊劇情，《洛神》為楊麗花歌仔戲原著劇本，於1994年出版。曹植於暴風雨中暫避破廟，半夢半醒中邂逅洛神，醒來才知身處洛神廟，且拾獲一塊玉玦。建安九年八月，曹操攻破鄴城，曹丕在袁紹舊邸見袁熙之妻甄宓緊緊依偎著袁紹遺孀劉氏，曹丕以袖擦其臉，只見明豔不可方物，但甄宓卻突然撞牆尋死，幸虧曹植在旁及時攔阻，曹植懷抱的以為是夢中的洛神，而甄宓見到曹植亦有親切之感。曹操請剛歸降的陳琳當說客，希望納甄宓為妾，陳琳假意歸降，希望甄宓效法西施，計謀曹家，正當曹操欲染指甄宓之時：

> 曹操將甄宓壓倒在床，一嘴鬍鬚呵著酒氣愈強吻甄宓，甄宓

〔註11〕 畢珍：《洛神》，頁317。

> 粉拳亂捶抵死不從。「砰！」一聲，房門被踢開。兩人一驚，乍見足踏醉步、滿臉通紅、兩隻眼睛像要噴火的曹丕。

> 曹丕飛奔衝到床前抓住曹操，一把甩出去。曹操踉踉蹌蹌，跌撞在牆下。〔註12〕

曹丕惹怒曹操，所幸在生母卞夫人、曹植及清河公主求情下，僅受鞭打之責。曹丕傷癒後，與曹植、甄宓出城郊遊，不料袁熙卻於此時帶兵，趁隙擄走曹植與甄宓，就在袁熙欲一劍刺死曹植時，甄宓撲身相救而受重傷，曹植獲忠僕無言奮不顧身搭救，不久曹丕也從袁熙手中搶回甄宓。曹丕侍妾郭笑為助其奪世子之位，百般離間曹操與曹植，並對甄宓下藥以失身於曹丕，還因此有了身孕。甄宓強忍悲傷，要曹丕將世子之位讓予曹植，否則寧可自盡也不順從，在曹丕承諾後，漢獻帝為曹丕與甄宓、曹植與崔妍主婚。後曹丕篡漢自立，欲封甄宓為后，卻遭其上書拒絕：

> 今踐祚之初，誠宜登進賢淑、統理六宮。妾身自省愚陋，不任柔盛之事，加以寢疾，敢守微志。故懇切求陛下重選其人，以興內教。〔註13〕

曹丕三度下旨，甄宓抗旨不從，隨即貶至冷宮，後遭賜死。郭笑獲封為后，先以毒棗害死曹彰，又煽動曹丕誣賴曹植造反，曹丕詔回曹植意欲處死，最後為曹植七步成詩所感動，並將金鏤玉帶枕賜還曹植。曹植返回鄄城，途經洛水，與甄宓洛神廟重逢。

小說主軸為曹操、曹丕及曹植父子三人爭奪甄宓的恩怨情仇，以及甄宓周旋於袁熙、曹植與曹丕間的錯綜感情，其中又混雜陳琳假意歸降曹操，欲裏應外合，恢復袁氏家業情節。故事一改袁熙已死史實，而是伺機圖謀報復，袁熙擄走甄宓、曹植，甄宓與袁熙重逢後非但沒有歡喜之意，卻反而認清其殘忍無情本性，患難之中情定曹植，再也不願

〔註12〕　簡遠信：《洛神》（臺北：希代出版有限公司，1994 年 2 月），頁 74～75。

〔註13〕　簡遠信：《洛神》，頁 233。

為袁家效力。為配合戲劇的效果，角色個性鮮明單一，曹操好色殘忍，曹丕狡詐利欲薰心，曹植仁厚多情文質彬彬，甄宓聰慧絕美委曲求全，郭笑用盡心計不擇手段。情節更常有誇張的安排，如甄宓動輒撞牆、懸梁、持利剪尋死以示其貞潔，曹植、曹丕等人亦是數度瀕死之際，皆能轉危為安，藉以增加戲劇張力。雖為歌仔戲原著劇本，有別於以往傳統歌仔戲《洛神》套路，而能另闢蹊徑增加歷史人物與事件。劇中配合劇情，亦自創唱詞，收畫龍點睛之效。

（五）胡曉明、胡曉暉《洛神》

　　胡曉明、胡曉暉，兩人為兄弟，現為湖北省廣水市文學創作室專業作家，已發表長篇歷史小說《春秋英雄傳》、《戰國英雄傳》及《唐太宗》等，其《洛神》於 1999 年獲得第二屆羅貫中歷史小說創作獎首獎，並於同年出版。曹操急於攻破鄴城，是為了袁熙新婦甄宓，曹丕想起大哥曹昂因父親貪圖張繡嬸母美色而死，決意先一步斬除甄宓，臨下手時為其絕色容貌傾倒。甄宓為曹丕所奪，曹操雖功虧一簣仍念念不忘，曹植也為「其美無雙」所吸引，甄宓心懷曹氏父子的強奪之恨，卻為曹植真情所感動。故事沿著曹操心目中繼位人選曹沖早夭而亡，諸子、諸臣為世子及興漢、代漢展開一連串權謀與鬥爭發展，甄宓深陷漩渦中，一個是曹叡之父曹丕，一個是仁厚多情曹植，甄宓身不由己：

> 司空大人為什麼要我做曹丕的「賢妻」，又為什麼要我成為曹植的「賢嫂」？他是又要兒子們爭鬥，又想讓兒子們得到保全啊！或許我難以做曹丕的「賢妻」，但我一定要成為曹植的「賢嫂」。曹植他太年輕，太意氣用事，根本不知道他已處在險惡的境地中。〔註14〕

曹植雖文才為曹操所喜，終究敗在仁厚，曹丕憑著司馬懿代漢自立的

〔註14〕　胡曉明、胡曉暉：《洛神》（臺北：實學社出版股份有限公司，1999 年6 月）上卷，頁 165。羅貫中歷史小說創作獎由實學社出版股份有限公司策畫，並將得獎作品出版；隨後，瀋陽市春風文藝出版社亦將胡曉明、胡曉暉《洛神》於 1999 年 9 月出版。

建議，突破曹操心防，使曹操選擇曹丕。曹丕登基後，甄宓知其「做太子時能夠忍受的事，做了皇帝就未必能忍受。」〔註15〕在得不到「人世間真情」下已有尋死決心，曹丕果然無法容忍爭世子時，為討曹操歡心的墊腳石──甄宓，將其賜死。曹植在七步成詩後也貶為安鄉侯，最後在離開鄴城途經漳河時，河水之上只見神女宓妃款款而來，宓妃與甄宓都有一個「宓」字，她就是洛水之神。

作家平路（本名路平，1953～）認為：

> 小說的思維，打破了善惡二分法，提出對歷史人物刻板評價的反思；再者，讓人重新思索歷史與人性的複雜面；而曹操、曹丕、曹植與甄宓的愛情夾雜其中，增添了故事的可看性。〔註16〕

胡曉明、胡曉暉《洛神》將歷史場景設定為曹操選擇繼位人選之爭，及繼位人選所代表的興漢或代漢的權謀算計，透過想像、虛構及渲染，將這段歷史藝術化。因篇幅較長，小說主角有許多內心對話，個性漸趨深刻豐富，愈見人情，面對鉤心鬥角爾虞我詐的競爭，每個人都能顯現出本身的盤算與顧慮，父子、兄弟、夫妻及君臣間互相猜忌、欺瞞，赤裸裸呈現人性中最黑暗一面而不落入俗套。每個臣僚提出的決策，都關乎自身的利益，所謂黃雀捕蟬螳螂在後，司馬懿助曹丕篡漢，實為司馬家代魏而起的長遠謀劃。

小說與三國歷史緊密結合，場景也由曹家世子之爭，牽動到三國爭霸的大勢發展。小說大量援引曹操、曹丕及曹植父子三人詩文，以表達當事人才華與抱負。甄宓是悲劇性角色，她以絕世美貌先嫁袁熙不久，就又為曹氏父子所俘獲，曹操有意染指，又被曹丕捷足先登，並淪為曹丕爭奪世子的籌碼，與曹植情意相投，卻無法下定決心勇敢追求。在曹操威逼下，要其成為曹植的「賢嫂」及曹丕的「賢妻」，甚至是曹叡的「賢母」，因此不得不割捨愛情，在傳統與理智下低頭，最終被賜

〔註15〕　胡曉明、胡曉暉：《洛神》下卷，頁333。
〔註16〕　胡曉明、胡曉暉：《洛神》上卷，頁十一。

予白綾,結束紅顏薄命的一生。

（六）夏雪緣《美人吟‧飛花弄影》

夏雪緣,作品夢幻惟美,是新一代言情類網路小說作家,《美人吟》敘述三生三世的愛情故事,分《美人吟‧陌上花開》第一世至第三世及《美人吟‧飛花弄影》〔註17〕第四世至第六世兩冊,其中《美人吟‧飛花弄影》〈第五世洛神〉從銅雀臺遺址懷想當年鄴下諸子於銅雀臺歡宴賦詩的盛況開始,接著以甄后墓為洛神墓,並取李商隱〈無題四首〉其二「宓妃留枕魏王才」,連接甄后與曹植關係。最後以曹植故意把洛神具象化,藉〈洛神賦〉引領世人將水仙、凌波仙子、洛神、甄宓、曹植、曹丕融於一體;故意讓世人通過有水仙、凌波仙子之名的水仙花,在年年的歲末隆冬花開時節,清楚記起洛神的故事、甄宓的遭遇、曹植的不平、曹丕的不仁作為結束。

《美人吟‧飛花弄影》難脫「至於才子佳人等書,則又開口文君,滿篇子建,千部一腔,千人一面」〔註18〕的傳統窠臼,對洛神有所著墨,但因篇幅有限,洛神故事未有充分開展,但足以證明〈洛神賦〉對現當代小說的影響力。

（七）金庸《天龍八部》

除了以洛神為主題的小說外,金庸《天龍八部》在現當代小說對〈洛神賦〉的發展具有非常重要的地位,金庸（本名查良鏞,1924～2018）,是現當代武俠小說泰斗,作品風靡華人世界。《天龍八部》中,段譽墜入無量山谷遍尋不到出路,卻無意間在山洞發現宮裝美女玉像,且由愛生敬,由敬生癡,隨即謹遵神仙姊姊驅策「磕首千遍」,並從磕首千遍後的蒲團下取得逍遙派武功精要,其中就有「陵波微步」神功:

> 捲到捲軸末端,又見到了「凌波微步」那四字,登時便想起
> 〈洛神賦〉中那些句子來「凌波微步,羅襪生塵……轉盼流

〔註17〕夏雪緣:《美人吟‧飛花弄影》（北京:知識出版社,2009年3月）。
〔註18〕清‧曹雪芹:《紅樓夢》上冊,頁155。

精，光潤玉顏。含辭未吐，氣若幽蘭。華容婀娜，令我忘餐。」
曹子建那些千古名句，在腦海中緩緩流過「穠纖得衷，修短
合度，肩若削成，腰如約素，延頸秀項，皓質呈露，芳澤無
加，鉛華弗御。雲髻峨峨，修眉連娟。丹唇外朗，皓齒內鮮。
明眸善睞，輔靨承權。瑰姿豔逸，儀靜體閒。柔情綽態，媚
於語言……」想到神仙姊姊的姿容體態，「皎若太陽升朝霞，
灼若芙蓉出綠波」但覺依她的吩咐行事，實是人生至樂，當
真百死不辭，萬劫無悔。〔註19〕

金庸以「陵波微步」引介出〈洛神賦〉宓妃欲語還休高貴氣質及飄逸出
塵欲走還留的景象，接著進一步彰顯曹植描繪宓妃形象，從肩、腰、頸
開始，逐漸聚焦到眉、唇、齒等局部特徵，以讚歎宓妃不凡的美貌，然
後借位形容神仙姊姊的姿容體態與神采。

　　閆桂萍認為：

金庸小說的極度流行，是大眾對其廣泛接受的一個文化現象，
而電視劇改編在其小說的傳播過程中起著舉足輕重的作用，
可以說既是一個接受的過程，也是一個傳播的過程。〔註20〕

《天龍八部》除了是武俠小說迷必讀的經典，其更在中、港、臺三地不
斷改編成電視劇集，許多讀者或觀眾都是藉此初識〈洛神賦〉，並神馳於
宓妃絕美出俗的外貌與儀態，因此對〈洛神賦〉的傳播有無比的渲染力。

　　曹植形容宓妃飄飄然輕盈的神姿，竟然在金庸筆下成了絕世輕功：

跨步時漸漸想到〈洛神賦〉中那些與「凌波微步」有關的句
子「髣髴兮若輕雲之蔽月，飄飄兮若流風之迴雪」，「忽焉縱
體，以遨以嬉」，「神光離合，乍陰乍陽」，「竦輕軀以鶴立，
若將飛而未翔」，「體迅飛鳧，飄忽若神」，「動無常則，若危

〔註19〕金庸：《天龍八部》（臺北：遠流出版事業股份有限公司，1987 年 2 月）
　　　　第 1 冊，頁 203。
〔註20〕閆桂萍：〈從接受史的角度論金庸小說的電視劇改編——以《射雕英雄
　　　　傳》為例〉，《重慶電子工程職業學院學報》第 24 卷第 6 期（2015 年
　　　　11 月），頁 92。

> 若安。進止難期，若往若還」。尤其最後這十六個字，似乎更
> 是這套步法的要旨所在，只是心中雖然領悟，腳步中要做到
> 「動無常則，若危若安，進止難期，若往若還」，可不知要花
> 多少功夫的苦練，何年何月方能臻此境地了。〔註21〕

尤其是宓妃顫顫巍巍、搖曳生姿「動無常則，若危若安。進止難期，若
往若還」的步法，更為武功要旨，這將〈洛神賦〉「陵波微步」化為武
功要旨的創新招式，恐怕無人能望其項背。

現當代小說對〈洛神賦〉的接受，仍大多以〈感甄記〉為藍本，
其中包括兒童故事書，金鏤玉帶枕也是其中重要的信物。除了胡曉明、
胡曉暉《洛神》外，曹植都是先與甄宓有情，後才有曹丕的介入與橫刀
奪愛。小說分別偏重感情或政治，結局都是曹植途經洛水，思戀甄宓而
作〈洛神賦〉。其中南宮搏《洛神》偏重情愛的描寫，善寫男女相思，
其自云：

> 我著重在情的方面，因為我們的民族在近世（宋以後）太冷
> 漠，需要情愛來鼓舞生氣。再者，我們是一個沒有宗教的民
> 族，初民時代，就因地廣人多而著力於政治，我們民族，政
> 治的太多了。〔註22〕

故有言情小說精髓，且文字舒放有致，纏綿動人，故事圍繞曹植與甄宓
的相戀過程，對歷史事件與天下大勢避而不談，成功演繹〈感甄記〉，
成為之後洛神故事重要參考。胡曉明、胡曉暉《洛神》則是擺脫傳統洛
神故事框架，以世子爭奪為主軸，曹植與甄宓愛情為點綴，一變纏綿愛
情史詩為權謀鬥爭厚黑史，雖與〈洛神賦〉主旨大相逕庭，但人物刻畫
細膩，歷史場面龐大，是別出心裁的佳作。

二、現當代戲曲對〈洛神賦〉的發展

明代戲曲家徐渭（1521～1593）曾言：

〔註21〕 金庸：《天龍八部》第 1 冊，頁 212。
〔註22〕 南宮搏：《韓信》（臺北：麥田出版社，2002 年 7 月），頁 21。

夫曲本取於感發人心，歌之使奴、童、婦、女皆喻，乃為得
體。〔註23〕

戲曲正是憑藉著通俗與語言的優勢，輕易打動不同語言族群的內心，
再加上〈感甄記〉曹植與甄后叔嫂戀情，〈洛神賦〉人神戀愛故事，造
成即使未讀書識字，對洛神故事也都能耳熟能詳。海峽兩岸，有數不清
的地方戲曲劇團不斷依循著〈洛神賦〉脈絡搬演，而每個劇種與劇團都
憑藉其特色及對〈洛神賦〉接受角度，上演獨樹一格的洛神故事，並傳
達至不同族群與階層，對〈洛神賦〉的傳播具有無可取代的影響力。

（一）拱樂社歌仔戲劇本《洛神》

歌仔戲《洛神》，為內臺孤本劇本，共二十一臺，編劇陳雲川，演
員出身，為「拱樂社」編寫不少劇本，善於「古冊戲」，劇本臺詞較為
典雅。麥寮「拱樂社」在陳澄三（1918～1992）經營下，為五、六〇年
代臺灣家喻戶曉戲曲團體。「拱樂社劇本整理計畫」係國立傳統藝術中
心籌備處，委由國立藝術學院邱坤良教授主持、編輯。劇本第一臺：山
景，節目：洛神，子桓唱：

許將軍今日奉了父帥將令受你相助，能得一戰攻破冀州，袁
紹已死，袁熙兄弟陣亡，崔琰被捉，河北美人甄宓也得到手，
完全是許將軍的功勞。〔註24〕

曹操攻破鄴城，收降崔琰，隨即修書請曹植及家眷至鄴城居住。第四臺
曹植初見甄宓唱：

初次走上愛情路，子建心情變糊塗，
坐立不安無限苦，時刻難忘甄大姑。
大姑美麗賢淑女，勝過越國的西施，
一見鍾情仲我心意，心猿意馬為著伊。

〔註23〕　明·徐渭著，李復波、熊澄宇注釋：《南詞敘錄注釋》（北京：中國戲
　　　　　劇出版社，1989 年 1 月），頁 49。
〔註24〕　陳雲川：《洛神》，《傳統戲劇輯錄·歌仔戲卷·拱樂社劇本》39《班超·
　　　　　洛神》（臺北·國立傳統藝術中心籌備處，2001 年 6 月），頁 40。

舉頭對天訴悲哀，替我傳情呼伊知，

賜我彼此相意愛，心心相印結將來。

為著大姑伊一人，終夜心情沒輕鬆，

子建開始墜落情網，祈求月老替我相幫。

抱定堅強的意志，追求理想的情愫，

鼓起男子的勇氣，哀求文君伴相如，

到者為愛不驚死，過房來去哀求伊。〔註25〕

　　曹操有意納甄宓為妾，遭甄宓婉言拒絕。曹植不顧甄宓已二十三歲，自己僅十三歲，堅持娶甄宓為妻，甄宓擔心影響曹植前程，假意答應，希望熱情變冷。豈知曹植騙開閨門，將甄宓抱入內牀。第六臺，曹丕登臺唱：

奉命出征剿亂黨，歡喜一戰大成功，

來去後房恰妥當，取伊宓好來洞房，

自從初次見宓好，精神全部為伊迷，

來去求親那好勢，第一豔福我一個。

曹丕會著娶著伊，得著蓋世美人兒，

人講牡丹花下死，心滿意足笑咪咪，

到著我著愛勇氣，來去求親趁這時，

來去牛郎會織女，達成理想的情絲。〔註26〕

　　曹丕向甄宓提親，甄宓左右為難。曹植在楊脩的建議之下，託崔琰為媒，但崔琰認為曹植終將為世子，為姪女的榮華富貴，決定出賣曹植的愛情。曹操依崔琰建議將其姪女許給曹植，甄宓配給曹丕，曹植借酒澆愁，崔琰擔心曹植日後報復，主動向曹丕示好。曹丕無意間發現甄宓寫給曹植的情詩，設宴請曹植與甄宓同席，當場拆穿其私情。甄宓在侍女幼蟬協助下密會曹植，告知懷其骨肉，兩人難分難捨，此時曹操召曹植不至，無奈宣布曹丕為世子。曹操死後，曹丕篡漢自立，以曹植不

〔註25〕　陳雲川：《洛神》，頁 46～47。

〔註26〕　陳雲川：《洛神》，頁 52。

參葬罪名押解入京，逼迫其七步成詩，最終曹丕深受感動，兄弟盡釋前嫌。

「拱樂社」《洛神》歌仔戲劇本，唱詞優雅蘊藉，人物生動活潑，角色塑造成功，如甄宓，曹操存心戲弄，遭其言語擠兌，讓曹操知難而退；另外，曹植欲進入甄宓香閨，甄宓在曹植軟硬兼施、苦苦哀求下，節節敗退的窘態；還有曹丕與曹植均欲娶甄宓為妻，甄宓身不由己，左右為難、不知如何是好的尷尬。其他如曹植情竇初開，躍躍欲試的著急模樣，更是入木三分。編劇洞悉人情，對於劇中人性的刻畫有獨到的功力。但甄宓雖有追求愛情的勇氣，卻始終是任人擺布的戰利品，毫無自主權利，對於命運的安排，也只能無奈地接受。全劇以曹植七步成詩，兄弟和好告終，並未言及賜死甄宓，曹植途經洛水，思甄宓而作〈洛神賦〉一節。由於劇本創作功力深厚，對於傳統歌仔戲的推廣，頗具影響力。

（二）拱樂社電視歌仔戲劇本《洛水女神》

「拱樂社」另有《洛水女神》電視歌仔戲劇本殘本，高宜三編劇，序幕布景：

> 洛水悠悠地流在夕陽殘照中，閃耀著金黃色的顏色，幾艘捕
> 漁船張著網在遠處，另外一艘富麗的宮船進在堤岸邊等候它
> 的主人上船。〔註27〕

曹植緊抱金縷玉帶枕，凝望遠山，依著洛水，眼前茫茫的夜，耳邊忽然傳來甄宓的聲音，曹植唸：

> 臨流對月暗悲泣，洛水悠悠東行去，
> 瘦立東風殘陽西，人生最苦是別離。〔註28〕

《洛水女神》與《洛神》劇情與唱詞大致相同，不同的是為配合

〔註27〕 高宜三：《洛水女神》,《傳統戲劇輯錄‧歌仔戲‧拱樂社劇本》61《以德報怨‧洛水女神‧大宋兒女》(臺北‧國立傳統藝術中心籌備處，2001年6月)，頁88。

〔註28〕 高宜三：《洛水女神》，頁89。

電視演出，設定布景安排，增加序幕曹植欲歸封地，途經洛水與甄宓分別一段，崔琰、楊脩的角色改為雀瑣、王修。由於是殘本，只剩一至七場，第七場劇情發展只至甄宓同時與曹丕、曹植交往，故殘缺部分甚多，殊為可惜。

「拱樂社」《洛神》與《洛水女神》劇本中較為特別的是，將曹植塑造成情竇初開的純真少年，而非一般印象中的瀟灑才子，雖然與甄宓有年齡上的差距，卻無損於彼此情意相投。

（三）楊麗花歌仔戲《洛神》1984 年版 （參見附錄二・圖三）

臺灣電視事業股份有限公司製作，1984 年於臺灣電視臺播出，共15 集，顧輝雄導播，蔡天送編劇，司馬玉嬌（本名廖涓玨，1952～）飾甄宓、楊麗花（本名林麗花，1944～）飾曹植、柯玉枝飾曹丕、呂福祿飾曹操。建安十年，曹操進軍官渡，攻打冀州，曹植在袁紹府中對來不及逃走的袁熙之妻甄宓一見鍾情，唱道：

> 千言萬語在心中，神魂顛倒為花容，昨夜夢中訴千遍，見面
> 欲說卻無從。看她美艷似女神，滿懷愛慕口難申，笑如春花
> 無憂慮，怎知我為她夜難眠。

甄宓自小就喜愛水仙，故其叔父取名為「宓」，曹植想起河伯之妻宓妃，而眼前甄宓的神韻亦似水中仙子。曹植無意間得知曹丕亦對甄宓心存愛意，曹植陪同曹操前赴許都，為表達對甄宓的思念，以〈妾薄命行〉其一：

> 攜玉手，喜同車，北上雲閣飛除。釣臺寒產清虛，池塘觀沼
> 可娛，仰汎龍舟綠波，俯擢神草枝柯。想彼宓妃洛河，退詠
> 漢女湘娥。

書寄甄宓，甄宓雖知曹植溫柔又多情，是理想的伴侶，只可惜年齡相差懸殊。曹植先曹操一步趕回鄴城，與甄宓久別重逢珠胎暗結。曹植請崔琰為其與甄宓說媒，但崔琰以曹操有意廢長立幼，背信將姪女崔若蘭

嫁曹植，曹丕娶甄宓。曹植以為將與甄宓結成連理，高興唱：

> 這樁良緣是天送，后羿宓妃配成雙，縱然妳白髮紅顏老，我
> 依舊情愛比山高。

然事與願違，新婚前夕甄宓勸曹植：

> 丞相即將晉封為魏王，大業只有你承當，崔家世代有名望，
> 你娶若蘭門戶相當。萬事你都要忍耐，因為妾身已受胎。

曹植對崔琰怨恨日深，崔琰擔心一旦曹植成為世子，恐遭其報復，乃決定改助曹丕為世子。崔若蘭以甄宓寫給曹植的〈塘上行〉向曹丕揭發其私情，曹丕為謀奪世子之位，在曹操欲宣布世子前夕，以甄宓名義寫信騙取曹植空守銅雀臺，再加上崔琰與司馬懿的擁戴，曹操終立曹丕為世子，並遣曹植回封地臨淄。甄宓抱著曹植昔日所贈的玉縷金帶枕泣訴：

> 金帶枕、金帶枕，聲聲叫你無回音，滿腔委屈淚難忍，萬般
> 悲傷上心，昔日小別難捨情侶，如今天涯兩地相思，我問金
> 帶枕郎在那裏，你不言不語如醉如癡。

曹操病重，臨終之際有意改立曹植為世子，因此召返鄴城，曹植雖返鄴城，卻遭曹丕阻攔未能見曹操最後一面。曹丕逼獻帝禪位，成為大魏皇帝，隨即命曹植朝京，甄宓雖貴為皇后卻私自出城警告曹植，曹丕害人之意。金殿上曹丕對曹植百般刁難，但曹植一心求死反讓曹丕遲遲無法下手，於是以曹植文采為名義，要其七步成詩。曹母突然現身勸道：

> 你們兄弟都是娘的親生兒，自小友愛未曾分離，可記得昔年
> 子建得了病，子桓你榻前伴他到殘更，後來子桓隨父出征去，
> 子建思兄日日盼歸期，昔日兄弟關愛無比，今日相逼，叫為
> 娘怎不心傷悲。

甄宓表明無法忘懷曹植，故遭曹丕下旨賜死，臨死之際囑咐其子曹元：

> 凡事要依從你父皇，日後長大做了皇上，千萬善待你三叔臨

> 淄王，你與三叔關係最親近，孝順他如同孝順參親，此事兒
> 要多謹慎，千萬不可去問他人。

甄宓自盡後，曹丕從甄宓信中得知原委，對曹植盡釋前嫌，將玉
縷金帶枕送還，並封其為鄄城王，曹植來到甄宓的墓前，聲聲呼喚將思
念之情化為〈洛神賦〉。

楊麗花歌仔戲《洛神》鋪衍南宮搏小說《洛神》，曹植初見甄宓已
是許都成名才子，卻仍天真可愛，年紀為配合劇情從長甄宓十歲縮短
至七歲，玉縷金帶枕仍是兩人定情信物。全劇雖在攝影棚內搭景拍攝，
但戰爭場景移師野外，動員不少人員與馬匹，造就戰況激烈，屍橫遍
野。全劇歌頌愛情，甄宓、曹植及曹丕三人都為情所困，甄宓敢愛敢
恨，雖身嫁曹丕，仍心愛曹植，不僅為其身懷骨肉，甚至甘願一死，以
全己志。曹植則是與甄宓兩情相悅，對於曹丕是既有友愛之心，又心懷
愧疚，無意爭奪世子之位。而曹丕面對曹操有意廢長立幼，甄宓又傾心
曹植，因此妒恨交加，才會先逼曹植，後鳩甄宓。但這一切都是崔琰等
群臣，為貪圖富貴，不惜棒打鴛鴦，拆散愛侶所致，最後曹丕終於在甄
宓絕筆信中獲知實情，將崔琰斬首洩憤。劇中巧妙將曹植〈公讌詩〉融
於曹丕與甄宓宴客情境中，並以「飄飆放志意，千秋長若斯」〔註29〕，
表示對甄宓不變的心意。其中甄宓婚後頻頻寫情書給曹植，還派人催
促曹植儘快回信，雖為表達對曹植強烈關懷與愛意，卻顯得不合常理。
故事淒婉動人，男女主角扮相俊俏嬌美，唱詞對白通俗淺顯，廣為大眾
接受，不僅風靡男女老幼，更對〈洛神賦〉傳播的草根化有重大貢獻。

（四）葉青歌仔戲《金縷歌》（參見附錄二‧圖四）

中華電視股份有限公司製作，葉青歌仔戲團演出，1987 年於中華
電視臺播出，共 10 集，余漢祥導演，狄珊編劇，葉青（1947～）飾甄
宓、楊懷民（1953～）飾曹植、許儷齡飾曹丕、陳升琳（本名陳森霖，

〔註29〕 梁‧蕭統編，唐‧李善注，清‧胡克家考異：《文選附考異》，卷20，
頁 288。

1939～）飾曹操。甄宓自幼即通經史，及笄時依叔父之命嫁給冀州牧袁
紹次子袁熙，但袁熙不僅人品庸俗且其貌不揚，甄宓雖自幼心高志也
高，卻只能聽任命運安排。曹操大敗袁紹於官渡，曹丕率兵入袁府，為
來不及逃走的甄宓美貌傾倒，立志娶其為妻。曹植一見甄宓也為之傾
心，甄宓亦對曹植有好感。曹植在陪同曹操進京受封途中自比為后羿，
將甄宓比為婚姻不如意的洛神，寫信告白：

> 洛神唱：受封仙子苦悶深，嫁夫河伯太狠心，他駕虬龍下凡
> 　　　　塵，尋找世間的美人。
>
> 后羿唱：娶妻嫦娥心不良，偷食靈藥奔月宮，后羿空有一身
> 　　　　勇，難度寂寞歲月長。
>
> 幕後唱：寂寞人見寂寞人，一見傾心情意真，后羿、宓妃遊
> 　　　　九河，莫歎天地恨事多。

甄宓見信後唱：

> 子建文才如錦繡，待人多情又溫柔，可惜年紀比我幼，如何
> 成親結鸞情。

雖有意以身相許，卻擔心長曹植七歲的年齡差距。曹植返回鄴城，潛赴
甄宓閨房，甄宓在醉酒之餘終於突破心防，與曹植暗結珠胎。兩人商議
因崔琰熟悉甄宓家世，又頗為器重曹植，故請其為婚事向曹操說項。崔
琰卻為私心背信將姪女崔若蘭嫁給曹植，甄宓與曹丕配對，曹植從此
對崔琰與崔若蘭記恨在心。

　　曹植隨軍西征張魯，累功至平原侯，眼見曹操即將廢長立幼。崔
若蘭不堪曹植的冷落，在崔琰慫恿下以甄宓寫給曹植的〈塘上行〉向曹
丕揭發兩人私情，曹丕見詩中甄宓對曹植的思念之情：

> 眾口鑠黃金，使君生別離。念君去我時，獨愁常苦悲。
>
> 想見君顏色，感結傷心脾。念君常苦悲，夜夜不能寐。

憤恨不已，但卻為奪世子之位而隱忍，與崔若蘭設計在曹操宣布世子
前夕，以甄宓名義將曹植騙至銅雀臺水榭。曹操宣召曹植不至，又在崔
琰與司馬懿擁戴下，終立曹丕為世子。臨淄侯曹植赴任前夕，在曹操一

再追問下，說出遭崔琰出賣，被崔若蘭騙往銅雀臺原委。曹操一怒之下，以崔若蘭衣飾違制令，賜崔若蘭與崔琰自盡。

曹操死後，曹丕逼漢獻帝禪位，國號大魏，建都洛陽，並詔曹植進京，甄宓私自出城告知曹丕報復之意，曹植因對曹丕心懷愧疚表示：

多謝宓姊的情意，我活在這世上本多餘，大哥若是賜我死，曹植絕不埋怨他。

曹丕以曹操駕崩未奔喪，命曹植七步成詩，否則治其死罪。曹丕迫害曹植未果，又下詔賜死甄宓。曹丕從甄宓遺書得知前因後果，不禁痛悔不已，隨即加封曹植為鄄城王，並賜還金帶枕。洛水畔，甄宓託夢訣別，曹植懷抱金帶枕思念甄宓，寫下〈洛神賦〉。

《金縷歌》以南宮搏小說《洛神》故事為綱，並參考楊麗花歌仔戲1984年版《洛神》，其中甄宓小字「宓」解為「水仙，水中的女仙」，曹植將金帶枕送給甄宓的情節與甄宓臨死前對曹元的叮囑，甚至結局均如出一轍，可見藝術文本之間的互文性。《金縷歌》以傳統歌仔戲形式於攝影棚完成拍攝，布景華麗、服飾精美，葉青大多以女扮男裝演出，本劇難得回復女裝扮演甄宓，故顯得英氣有餘而柔媚不足，劇中除甄宓、曹植及曹操外，多由新秀擔綱，因此演員與角色實際年齡有較大差距。曹植因對曹丕心懷愧疚，無意爭奪世子之位，但造化弄人，世子之爭仍造成兄弟的隔閡。全劇最終曹丕、曹植兄弟誤會冰釋，甄宓亦與曹植夢中訣別，結局圓滿。宓妃與甄宓均是封建制度下婚姻的犧牲者，河伯風流成性，袁熙貌寢又庸俗，雖身嫁曹丕卻心屬曹植至死而無悔。

（五）楊麗花歌仔戲《洛神》1994年版 （參見附錄二・圖五）

臺灣電視事業股份有限公司製作，1994年於臺灣電視臺播出，共40集，宗華（本名鄒宗志，1944～）導演，簡遠信、甯宜文、宗華編劇，馮寶寶（1954～）飾甄宓、楊麗花飾曹植、李如麟（本名潘麗珠，

1957～）飾曹丕、黃龍飾曹操，簡遠信客串楊脩，以簡遠信小說《洛神》為原著劇本。曹操率曹丕、曹植攻打鄴城，城破之日曹操下令不得殺害袁氏婦女，袁紹夫人深恐袁熙之妻甄宓美貌招來災難，為其被髮垢面，曹丕入袁府見甄宓雖被髮垢面卻難掩其秀色，曹植見甄宓則似夢中洛神。曹操久聞甄宓美豔絕倫，且舞技超群，有意納為小妾。曹操強逼甄宓於慶功宴中獻舞，並漸起色心，危急之中曹植出手相救，甄宓銘感於心。曹植深夜思念甄宓唱：

> 明月高掛夜已深，子建今夜卻難眠，前堂和她初見面，深深驚動我的心，雖然是深處雙眉悽楚神態，卻是一位絕色的女裙釵，舞影翩翩，羅裙輕擺，如同仙女下瑤臺，我看她時常雙眼含珠淚，我看她眉蘊深愁鎖心扉，我卻無法對她來安慰，只有月下獨徘徊。

甄宓亦不寐唱：

> 皓月高懸夜中天，夜闌焚香，未語喉嗚咽，只恨曹奸太好戰，城破家亡太可憐，恨只恨我是軟弱一女流，無法替袁家報血仇，無法將婆婆她們來救，不如自盡一命休。

所幸在侍婢紫嫣以袁家婦孺為重勸解，將刀奪下。曹操欲搜捕以千字檄文伐曹的陳琳，曹植獨排眾議勸曹操以禮相待。陳琳假意歸降，勸甄宓效法西施，趁機挑撥曹氏父子感情，伺機恢復袁氏舊業。曹植將甄宓沾染血跡的枕頭，由精於女紅侍女縫製而成金鏤玉帶枕，送還甄宓。曹操欲染指甄宓，卻為曹丕所阻，曹操怒不可遏，鞭韃欲死，曹植兄弟同心願齊受責罰，甄宓探望曹丕，曹丕表示為其死不足惜，甄宓唱：

> 癡癡說出肺腑言，甄宓暗暗喉嗚咽，竟然為我不惜命，對我放下情萬千。

曹植將所繪洛神畫像送給甄宓，甄宓以為畫中之人是自己，曹植道出夢中洛神之事，甄宓亦有此夢，才知兩人同作一夢。曹丕發現陳琳詐降陰謀，因此要挾陳琳助其奪世子之位及娶甄宓為妻，南皮歌妓郭

笑為討曹丕歡心，李代桃僵將其推入甄宓閨房，甄宓醉酒之際卻以為是曹植，唱：

> 金風玉露一相逢，巫山煙雲愛意濃，一往情深神女夢，可惜
> 裹王非玉郎。

甄宓因而成孕，發覺真相執意尋死，曹丕屈意奉承應允所有要求，甄宓唱：

> 今生與子建是無望，萬縷情絲化為空，屈身辱志顧子建，保
> 他世子上青天。

甄宓欲斷曹植情緣，曹植傷心之餘一病不起，曹丕、曹植兄弟兩人感情也因甄宓而起勃谿。曹丕聯合郭笑，利用種種手段終於奪取世子之位。曹操遺詔曹彰出兵改立曹植為世子，曹植不願同室操戈，堅不從命。曹丕廢漢自立，欲封甄宓為后，甄宓卻抗旨不從，曹植返回封地，心有靈犀驚醒唱：

> 夢見宓姊被處死，滿面發黑血淋漓，聲聲叫我的名字，眼中
> 含淚心頭悲。

甄宓的芳魂飛奔曹植唱：

> 我已一命赴陰曹，今後你更加形單影孤，行雲無夢，神女已
> 喪命，多情的裹王，兩淚如傾，情天難補我已斷魂，怨天怨
> 地，存心作弄，打散了一對美鴛鴦。

曹丕詔曹植返京欲除後患，曹植七步成詩，前塵往事令曹丕心生愧疚，兄弟盡釋前嫌。曹植返回封地途經洛川，再度夜宿洛神廟，頭枕金鏤玉帶枕，洛神入夢與曹植告別唱：

> 碧落紅塵情已盡，不須終日憶飛瓊，愛河不復再飄萍，莫記
> 盟山誓水情，欲把癡心人喚醒，子建不可太任性，雙飛燕子
> 已不成，凌波微步轉瑤池，如今化身洛神女。

曹植感念甄宓於洛川之畔寫下〈感甄賦〉，後經魏明帝改名為〈洛神賦〉。

由於之前歌仔戲《洛神》造成轟動，楊麗花歌仔戲重新以簡遠信小說《洛神》為原著劇本，鋪衍前世宿業今世還故事，情節更加曲折，

人物糾葛益趨複雜，為解決年齡不相稱問題，劇中安排曹丕、曹植初見甄宓俱已成年。增加城樓、市集、庭園等外景，並製作群仙飛天畫面，以豐富視覺效果。戰爭場面浩大，沙場上萬馬奔騰，刀斧交揮血流成河，攻城時躬蹈矢石前仆後繼，營造非凡氣勢。劇中曹植心地仁厚，先是勸降陳琳，接著放走袁譚，阻止曹操誅殺伏后，又兄弟友愛退出世子之爭，一心一意只願與甄宓結為連理。但曹植與甄宓歷經波折，兩人先遭袁熙擄獲幾乎喪命，卻患難之中益見真情；接著又因曹植誤會甄宓贈袍曹丕心痛吐血，引得甄宓女扮男裝私潛故安探望情郎。雖然曹操準備將甄宓嫁給曹丕，但在曹母得知內情後，原本有所轉圜，卻又遭郭笑設計失身。甄宓身嫁曹丕不獲曹植諒解，故冒死私會銅雀臺以訴衷情，甄宓最後雖遭賜死，洛神廟夢中人神仍難捨難分。特聘香港知名演員馮寶寶飾演甄宓，由許仙姬幕後代唱。唱詞與對白精心譜寫，音韻婉轉流動，通俗中亦見典雅之處，真可謂唱作俱佳、雅俗共賞，時隔十年，再次掀起洛神歌仔戲熱潮。

（六）明霞歌劇團歌仔戲《洛神》（參見附錄二・圖六）

公共電視製作，明霞歌劇團演出，2000 年於公共電視臺播出，共5 集，小明明（本名巫明霞，1941～2017）編導。石惠君（1966～）飾甄宓、小明明飾曹植、小咪（本名陳鳳桂，1950～）飾曹丕、諸葛青燕飾曹操，重新演繹傳統歌仔戲《洛神》劇本。曹丕率兵攻破冀州，袁紹府中袁熙之妻甄宓懷抱金鏤玉帶枕唱道：

> 看著金鏤玉帶枕，好像尖刀刺我心，上蒼因何這麼殘忍，城
> 破人亡有誰憐。

甄宓正欲自盡以全節，卻為曹丕所救，並為其美貌所吸引。甄宓拜訪卞夫人，約在花園涼亭話家常，曹植匆匆忙忙闖入，一見甄宓驚為天人，幕後唱：

> 多情子建見美人，宛如天仙下凡塵，才子佳人初會面，情愫
> 暗生種禍根。

曹植情竇初開，對甄宓念念不忘，唱：

> 大姑美麗賢淑女，勝過越國的西施，一見鍾情中我意，心猿
> 意馬為著她，舉頭對天訴悲哀，替我傳情給她知，賜我和她
> 真情愛，心心相印到將來。為著大姑她一人，日夜心情難輕
> 鬆，子建墜入癡情網，祈求月老來幫忙。

曹植不顧與甄宓有十歲的差距，立志要娶其為妻，唱：

> 愛情不論多幾歲，天下美人為難找，只要誠心來作伙，永結
> 同心結夫妻。

曹植經常出入甄宓閨房，甚至頭枕金鏤玉帶枕，某日深夜，曹植
賺開房門，手抱甄宓同牀：

> 春宵一刻結鸞鳳，鴛鴦戲水在池塘，畸戀愛情無所望，落水
> 鴛鴦一場空。

曹丕不知甄宓與曹植已私訂終身，仍頻頻探訪甄宓，表達愛意。曹植請
崔琰作媒，但崔琰貪圖富貴以為曹植終為世子，而將姪女崔金蓮許給
曹植，甄宓嫁給曹丕，曹植得知後借酒澆愁唱：

> 昔日恩愛變流水，今生無望兩相隨，我為宓姊心已碎，孤軍
> 難破萬重圍。錯點鴛鴦是為何，其中定然有陰謀，左思右想
> 誰之過，必然是崔琰那笑面虎。

甄宓不忍見曹植每日沉醉，告知曹植懷了他的骨肉，唱：

> 我與子桓無感情，含悲忍淚度一生，如今為你已懷孕，希望
> 全部寄兒身。

曹丕無意發覺甄宓寫給曹植的信，才知他們二人是兩情相悅，不
禁妒火中燒，埋下殺機。曹丕篡漢立魏，封甄宓為后，但甄宓無法忘情
於曹植，不久即遭賜死，曹植被逼七步成詩，曹丕聞詩後唱：

> 千錯萬錯怪為兄，苦苦相逼太無情，賢弟之言我反醒，兄弟
> 本是同根生。

曹丕送曹植返回封地，臨行前將甄宓的金鏤玉帶枕送給他，曹植
睹物思人悲從中來唱：

　　見枕傷心情難分，枕上形影永留存，回憶當初同床睡，風雨
　　阻礙難成群。

曹植萬念俱灰，將甄宓比作洛神，在洛水之濱，寫成〈洛神賦〉。

　　歌仔戲《洛神》以傳統劇本《洛神》為本，依〈感甄記〉曹植與
甄宓年齡差距十歲展開劇情，甄宓初見曹植，以為他是個天真無邪的
大孩子，絲毫不知會對其一見鍾情，甚至沉溺無法自拔，因此深受曹植
真情感動，從而發展出姊弟戀。但年齡差距始終都是兩人戀情的絆腳
石，再加上甄宓的美貌與俘虜身分，使得曹丕大膽求愛，成為兄弟兩人
相爭的目標。甄宓雖身嫁曹丕，卻始終情定曹植並懷有其骨肉，兩人婚
後情書往來也惹怒曹丕，致遭殺身之禍。該劇主要以傳統歌仔戲形式
於攝影棚拍攝，小明明年齡與劇中角色曹植有較大差距，造成須以對
白或唱詞說明。公共電視臺製作播出明霞歌劇團出演的《洛神》，可見
明霞歌劇團及《洛神》在傳統歌仔戲舉足輕重之地位。

（七）唐美雲歌仔戲團《燕歌行》（參見附錄二‧圖七）

　　唐美雲歌仔戲團 2012 年於國家戲劇院首演，共 150 分鐘，戴君芳
導演，施如芳編劇，唐美雲藝術總監，許秀年（1953～）飾甄宓、林芳
儀飾曹植、唐美雲（1964～）飾曹丕、呂瓊珷飾曹操、小咪飾不死靈。
首幕曹丕臨終之際手撫占箏唱出：

　　青青陵上柏，磊磊礀中石。人生天地間，忽如遠行客。[註30]

不死靈接著唱：

　　松柏還青青，石頭還硬硬，人啊！一眨眼隨就要啟程。曾經
　　風流絕頂，曾經談笑用兵，就算戴過通天冠，披著袞龍袍。
　　時間一到，生不帶來，死不帶去，前腳才起行，後腳茶就冷，
　　一世榮華啥路用。

黃泉路上甄宓帶領，夫妻作伴隨處從容，曹丕留下〈洛神賦〉。

〔註30〕古詩十九首之三〈青青陵上柏〉，梁‧蕭統編，唐‧李善注，清‧胡克
　　　　家考異：《文選附考異》，卷 29，頁 417。

　　曹丕被立為太子，並奉命操演水師，曹操命女眷登銅雀臺觀看演習，曹植伺機送詩稿給甄宓，眼見甄宓翩翩而來唱：

　　　　仙娥宛然浮水面，凌波微步到凡塵。

曹植與甄宓兩人惺惺相惜，一位是文采出眾，一位是豔光照人，絮語之間差點誤了演習。銅雀臺慶功，曹丕道出平生志向：

　　　　人生到頭，終有一死，詩文卻如月色，可以流傳千年萬代，
　　　　遍照天地之間。只有文章，才是不朽之盛事。

不料曹操卻當眾挫其銳氣：

　　　　亂世稱雄，立言還須先立功，惟有建立戰功，才能使人心服
　　　　口服。

隨後加封曹植為征虜大將軍。曹植頻頻向甄宓示好，甄宓未免動心，但甄宓拜月時，仍祝願：

　　　　一願夫君康健，二願尨某深緣。

曹丕無意間聞言喜不自勝，此時曹叡為展示才學於月下吟出：

　　　　白馬飾金羈，連翩西北馳。借問誰家子，幽并遊俠兒。
　　　　長驅蹈匈奴，左顧凌鮮卑。〔註31〕

曹叡吟出曹植〈白馬篇〉，勾起曹丕文不若曹植的隱痛與妒意，兄弟、夫妻關係幾近破裂，曹丕懷疑甄宓心向曹植，負氣冒接曹植軍令陣前救父。曹操遺詔，命曹丕製詞，親自撫箏而歌，曹丕獨登銅雀臺撫箏祭靈，曹操魂魄歸來唱：

　　　　受爹庇蔭坐魏王之位，光耀門楣須進取天威，魏字包藏半邊
　　　　鬼，天命在你義不容辭。

　　曹丕終於覺悟兒女之情，不過是花草之上的露水，做一個文采風流的開國君主，才是值得追求的千古盛事，終於自立新朝。曹丕登基後，隨即將曹植羽翼丁儀、丁廙兄弟以意圖叛亂滿門抄斬，曹植貶至邊地，將甄宓打入冷宮，又下旨要甄宓在曹植返京面聖時，親自奉酒。此

<hr>

〔註31〕　曹植〈白馬篇〉，梁·蕭統編，唐·李善注，清·胡克家考異：《文選
　　　　　附考異》，卷27，頁400。

時，後宮盛傳曹叡並非曹丕親生，甄宓不堪羞辱，也為維護曹叡，決定自我了斷唱：

> 一點骨血待開蕾，心念舊恩莫相違，浮生若夢誰先醒，時到
> 月眉會重圓。

司馬懿以曹植酒後作〈七哀詩〉「自比被夫婿拋棄的怨婦，諷刺皇上對其薄情寡恩」欲加曹植死罪，曹丕命曹植七步成詩，得以饒其不死。曹植七步吟成斷腸詩，曹丕痛悔所為，兩人同唱：

> 植：本該打虎擒賊親兄弟，演變成親痛仇快在逆天。

> 丕：本該品文賞詩稱知己，誰叫咱同為曹家的囝兒。

此時後宮傳來甄宓已自縊而亡的消息。

曹丕震驚哀傷不已，在玉帶枕上夢見甄宓前來惜別，引領重溫初識時純真美好的愛情，約定來生再續夫妻緣。曹植癡情難訴，將甄宓化身洛神，寫成〈洛神賦〉，司馬懿取得該賦，力諫曹丕處死曹植，銷毀賦文，以絕後患。曹丕認為〈洛神賦〉「宓妃天生是仙品，絕代風流描得真」，決定不殺曹植，讓甄宓的絕代風流藉〈洛神賦〉得以不朽，並白言：

> 為了讓宓妃的形影長留人間，就算後世之人，都以為甄宓愛
> 的是曹植，曹植愛的是甄宓，我也要保全〈洛神賦〉，這是我
> 承受得起的。

曹丕臨終前封曹叡為太子，從此一心一意等待甄宓的接引。

互文手法會因個人記憶與文本所承載記憶不盡相同而產生新的內容，關於《燕歌行》對〈洛神賦〉的接受現象，似可用蒂費納・薩莫瓦約所言來詮釋：

> 互文手法也通常被視為有意諷刺的語調，把文本放在超出它
> 原本用法以外的地方。仿作幾乎總是帶有玩味甚至是譏諷的
> 目的。〔註32〕

〔註32〕〔法〕蒂費納・薩莫瓦約（Tiphaine Samoyault）著，邵煒譯：《互文性研究》，頁77。

《燕歌行》屬於傳統洛神故事的延伸，雖然共享〈感甄記〉人物和類似情節，但結局卻大異於〈感甄記〉，帶有翻案意味。《燕歌行》改變傳統洛神劇情及歌仔戲演出形式，在劇情方面還原曹丕內心世界，一洗篡漢、殺妻的千古惡名，甄宓與曹植不再是相戀的愛侶，甄宓與曹丕才是生死相許的癡情夫妻。另外，在演出形式方面設計「不死靈」角色，藉以領受曹丕一生的蒼涼、肅殺之聲，並道出其難言之隱。關於「不死靈」，編劇施如芳表示：

> 事功易表，心事難說。曹丕心理層次太繁複了，我經過無數
> 顧此失彼的折騰，終於拿捏出一個兼有「死神」和「文學繆
> 思」意涵的「屬靈」角色，名曰「不死靈」。〔註33〕

《燕歌行》角色塑造重視「人性」，曹植感情豐富風流任性，追求兄嫂未顧慮兄長的感受，造成兄弟反目；甄宓雖專情於曹丕，卻未能拒絕曹植的追求，引起夫妻猜忌；曹丕在未受到父母寵愛，才氣不如曹植，愛妻又恐與其有染的自卑心作祟下，始終過著壓抑的生活。其中最感人的部分，是曹丕對甄宓的痛悔，寧願讓世人誤解其才是破壞才子與佳人的「第三者」，也要保留〈洛神賦〉，讓後世之人得以從中得窺愛妻的絕世風采與容貌。

斜坡舞臺設計將人影映照交疊於上，雖然增加演出難度，卻擴大視覺效果。劇場氣勢恢弘磅礡，節奏輕快，新創唱詞鎔古鑄今，且改由管弦樂團伴奏。關於《燕歌行》劇名，編劇施如芳認為曹丕〈燕歌行〉以「七言首創」，在文學史上雖有一席之地，可是因曹丕被質疑「篡漢」，連帶影響作品的評價與流傳，故以曹丕為念，取此切題，但不夠通俗的劇名，並於劇中大量引用曹操、曹丕及曹植詩文，以建構「文學大戲」印象。

就以上所列洛神系列歌仔戲，製表比較如下：

〔註33〕施如芳：〈燕子飛了，洛神錯過曹丕的美──施如芳筆下的新編歷史劇《燕歌行》〉，《典藏古美術》第 240 期（2012 年 9 月），頁 163。

洛神系列歌仔戲對照表

項目＼劇名	《洛神》1984年版	《金縷歌》	《洛神》1994年版	《洛神》小明明版	《燕歌行》
年代	1984	1987	1994	2000	2012
集數	15集	10集	40集	5集	150分鐘
播出平臺	電視	電視	電視	電視	劇場
演出劇團	楊麗花歌仔戲團	葉青歌仔戲團	楊麗花歌仔戲團	明霞歌劇團	唐美雲歌仔戲團
導演	顧輝雄	余漢祥	宗華	小明明	戴君芳
編劇	蔡天送	狄珊	簡遠信、甯官文、宗華	小明明	施如芳
主要演員	司馬玉嬌飾甄宓、楊麗花飾曹植、柯玉枝飾曹丕	葉青飾甄宓、楊懷民飾曹植、許儷齡飾曹丕	馮寶寶飾甄宓、楊麗花飾曹植、李如麟飾曹丕	石惠君飾甄宓、小明明飾曹植、小咪飾曹丕	許秀年飾甄宓、林芳儀飾曹植、唐美雲飾曹丕
宓妃角色	稍涉宓妃、后羿與甄宓、曹植兩代關係	自比宓妃與后羿的兩情相悅	強調宓妃、后羿與甄宓、曹植兩代因果情緣	無	無
特色	南宮搏《洛神》為綱	南宮搏《洛神》為綱	新創劇本	傳統《洛神》劇本	文學大戲

　　分析洛神系列歌仔戲與〈感甄記〉的互文性可以發現，《燕歌行》只取曹植與甄宓的叔嫂關係，甄宓只鍾情曹丕一人，顛覆曹植與甄宓愛戀傳說，因此對〈感甄記〉是帶有諷刺意味的。1994年版《洛神》雖為新創劇本，但故事仍以〈感甄記〉為本，將此短短數十字內容添加前世因果發展擴大，打造成40集的長篇巨著。1984年版《洛神》與《金縷歌》主要從南宮搏小說《洛神》鋪衍，南宮搏《洛神》又是結合〈感甄記〉與宓妃、后羿神話傳說而來，可見文本與藝術文本間的互文性，而兩齣戲情節與唱詞又是驚人的相似，因此藝術文本間的互文性

亦是有跡可循。小明明版《洛神》除增加曹植與曹丕爭奪世子互動外，完全依循〈感甄記〉展開，連年齡差距也未改動，故造成演員年齡與角色間的衝突，必須在劇中一再說明。

（八）新編京劇《洛神賦》 （參見附錄二・圖八）

北京京劇院於 2001 年演出，共 150 分鐘，石玉坤導演，戴英祿編劇，董圓圓（1964～）飾甄宓、李宏圖（前）及葉少蘭（後）飾曹植、朱強飾曹丕、陳俊杰飾曹操。銅雀臺成，曹操命曹丕、曹彰及曹植以銅雀臺為題，各獻詩賦一篇，文官因「擁丕」、「擁植」各懷私心，無法評定文章高下，曹操請出曹丕夫人甄宓賞鑒，甄宓評「說靈性、道文采，還要看繡虎的才情」。這甄宓原為袁熙之妻，曹操因其姿貌絕倫，慧而有色，統領大軍圍攻鄴城達半年之久，卻在城破之時，被曹丕捷足先登，納為妻室。所謂曹家好色不好德，父子三人愛甄宓一人，曹操想之、曹丕愛之，但甄宓卻與曹植兩情相悅。曹植與甄宓荷塘相會，甄宓吟著曹植為其所寫的〈美女篇〉出場，曹植則歌頌其：

> 襛纖得衷，脩短合度；肩若削成，腰如約素。延頸秀項，皓質呈露。芳澤無加，鉛華弗御。往者宓姊恰似幽谷芝蘭，嫻靜素雅；今日便是碧水芙蕖，率性天然。

曹植將玉鏤金帶枕贈予甄宓，甄宓唱：

> 一只玉枕光燦燦，精工雕鏤巧奪天，個中深蘊意無限，脈脈情波潤心田。但恐他戀柔情長沉湎，貽誤了家國大事回首難，且忍心假意兒裝冷面。

正當兩人卿卿我我、難分難捨之際，不料曹丕竟在旁窺視。曹操有廢長立幼之意，命曹植隨軍出征，曹丕設酒壯行將其灌醉，延誤校場點軍，曹操以其不自雕勵，飲酒不節，改由曹丕隨行，並斬首楊脩。曹操駕崩，世子曹丕藉機剷除曹植羽翼丁儀、丁廙兄弟，隨即自號為大魏皇帝，甄宓為皇后。銅雀臺上，曹丕埋下殺機，宣曹彰、曹植晉見，賜紅棗毒死曹彰，正當欲對曹植下手時，甄宓高喊刀下留人，願一死以保

曹植，曹丕命曹植七步之內占詩一首，否則治其抗旨不遵。七步詩成，曹丕貶曹植為侯，若無傳詔不准入京，並將玉鏤金帶枕送還。甄宓臨死前向曹丕交代與曹植關係：

> 君喜我容貌與身姿，他重我心地與性情；君少溫存體諒與雅興，他多俠骨柔腸與才情；他少心計多靈性，君多奸謀少真誠。

曹植來到洛水之濱，懷抱玉枕思念甄宓，只見女神：

> 翩若驚鴻，婉若遊龍；榮曜秋菊，華茂春松。髣髴兮若輕雲之蔽月，飄颻兮若流風之迴雪。

原來是甄宓化為洛神，來與曹植告別。

　　京劇《洛神賦》雖據梅蘭芳《洛神》改編，但有別《洛神》僅有甄宓與曹植的生旦出場，甄宓的唱白獨步全場。《洛神賦》人物眾多，角色複雜，生旦淨丑盡出，場面熱鬧。由梅蘭芳之子且曾扮演洛神的梅葆玖（1934～2016）擔任藝術顧問，凡分〈詩酒豪歌〉、〈肝膽情歌〉、〈生死悲歌〉、〈魂夢惋歌〉等四幕。重新演繹甄宓與曹植的愛情傳說，且增加三國歷史素材，豐富劇情內容。唱詞與對白多援引原文，體現原賦文采，並穿插曹植名篇如〈美女篇〉、〈白馬篇〉以盡顯其才華。神來一筆地將「宓」字解為心插上一刀，已夠傷心了，又將寶蓋一蓋，真是傷心又說不出來，總結甄宓的心境。劇情節奏明快，以燈光配合舞臺場景變換，唱功抑揚頓挫，委婉動人，動作乾淨俐落，其中曹操的扎髯靈活展現情緒和神態，突顯京劇特色。劇中結合相聲說唱藝術，由楊脩、丁儀一搭一唱生動活潑揭示甄宓來歷與曹氏父子三人關係。

（九）粵劇《子建會洛神》　（參見附錄二・圖九）

　　廣東粵劇院二團於 2008 年演出，共 140 分鐘，梁建忠導演，麥玉清飾婉貞、梁耀安飾曹植、郭建華飾曹丕、祝榮發飾曹操。一開場婉貞唱：

> 簾外有梨香，鶯聲啼不住，飄零花濺淚，八載魏苑留羈，寂

　　冥守芳園，幸有才人憐冷燕。弄月樓頭，好一段溫馨情史。

　　婉貞與曹植是詩朋知己互生情愫，將朝夕相伴的玉鏤金帶枕送給曹植，作為定情物，兩人並「齧臂盟心」以明心志。婉貞擔心太傅陳喬之女自小與曹植同窗共讀，自憐是曹家俘虜身世卑微，恐姻緣難成。銅雀臺上，曹操以陳喬之女德珠品行賢淑、聰明睿智，可助其永固邦基，故選為曹植儲妃，曹植表示與婉貞已定終身，唱：

　　　　我倆心相愛，石證心永相依，豈可反悔情薄背盟負義，莫教
　　　　鴛侶風雨酷劫，痛相思。

要曹操收回旨意，但曹操要曹植以王位為重，不允所請。曹丕此時班師得勝回朝，曹操為其選配婉貞，兄弟銅雀臺雙婚。新婚之夜，曹丕酒後向婉貞坦言，妒恨曹植謀奪世子之位，欲除之而後快，婉貞心急如焚，以祭拜花神為由私會曹植，告知曹丕野心。曹操在曹丕通風報信下，親見叔嫂失德怒不可遏，改立曹丕為世子。曹操駕崩，曹丕登基詔曹植朝京，曹植心高氣傲拒不從命，曹丕以婉貞修書為餌，釣回曹植。婉貞雖在曹丕逼迫與曹母哀求下動筆，卻暗藏玄機，勸曹植「莫歸藩承命」。曹植念及婉貞安危慨然返京，朝堂上曹丕指責曹植意欲謀反，限七步成詩，否則鴆酒侍候。曹植詩成，曹丕仍持劍追殺，婉貞以寶鼎三足，斬一足即無法自立勸戒曹丕友愛兄弟，方能成大業，言畢轉身投洛水。洛水畔，曹植懷抱玉鏤金帶枕聲聲呼喚婉貞，朦朧之間，洛神在眾仙女引導下涉水而來，曹植唱：

　　　　隱見凌波微步羅襪飄香，芙蕖出綠波，皎若朝霞放，翩若驚
　　　　鴻婉若遊龍奔放。步踟躕過山崗，含情欲語連袂飄揚。

洛神接著唱：

　　　　神仙女戲清流，綴明珠以耀軀，翠羽編成簪髻上，指潛川懷
　　　　過去信誓不忘。

　　洛神現身為將曹植癡迷點醒，從此俗世仙闕天各一方，玉枕金帶留世上，尚有不散一縷香。

　　《子建會洛神》據粵劇傳統劇本《洛神》整理改編，其中亦保留

部分唱詞。除以〈感甄記〉為藍本外，為解決曹植與甄宓年齡不相稱問題，開場婉貞即表示羈留魏宮八年，曹植已長成二十一歲。劇中婉貞自有其個性主張，在私會曹植，面對曹操質疑時，為顧及曹丕而不肯明言其欲謀害曹植之意，又在曹丕威逼下修書要曹植返京，警告其勿承命，顯見婉貞除重視與曹植的情，也顧慮與曹丕的夫妻之義，故在情義無法兼顧下，只好投洛水自我了斷。舞臺設計以虛擬門扇隔開曹植、曹丕兩對夫婦，新婚之夜，「隔簾」就能聽見另一邊歡聲笑語，「推窗」就能彼此相望，頗具巧思。結尾「洛水夢會」部分唱詞改編自〈洛神賦〉，唱腔優美，身段纏綿，劇情流暢，結構縝密，是劇中精華之處。男、女主角頭飾與服裝華麗，透過身段與手勢動作，成功演繹出劇中人物性格感情、時空改變及劇情發展，是傳統之外的再創新。

（十）豫劇《美兮洛神》　（參見附錄二・圖十）

　　鄭州市豫劇院於 2008 年演出，共 140 分鐘，張曼君導演，于明山編劇，劉曉燕（1966～）（前）及虎美玲（1946～）（後）飾宓妃、張蘭珍（1964～）飾洛神、馬剛良飾甄氏、任三印飾曹植、劉昌東飾曹丕、土雪鵬飾河伯。序幕開場唱：

　　　　天下美神駐伊洛，香裙玉趾凌碧波，何以喚得仙影現，子建
　　　　骨笛相思歌。

曹植身著白衣吹著骨笛來到伊洛河畔，追念逝水的甄氏。恍惚間，洛水水波蕩漾、波光粼粼，洛神在眾仙女的簇擁下凌波而來，呼喚著曹植，為其訴說一段淒美的愛情故事。上古時期，伏羲之女獲女媧神奇骨笛，此笛鍾靈毓秀秉天密，伏羲欲為宓妃選婿，決勝於笛，根郎笛聲動佳人，擄獲宓妃芳心。曹植先於洛口神祠相救甄氏，後又從曹丕刀下還命，甄氏感激之餘吹笛以報。曹丕一見甄氏，驚為天人，不顧甄氏抗拒，曹植苦求，強搶甄氏入後宮。根郎之兄河伯嫉妒其娶得美眷，興起滔天巨浪氾濫華夏，並毀骨笛變根郎為苦棟樹，宓妃不願屈從河伯，欲投身洛河永伴根郎，卻仍為河伯所制。曹植與甄氏於魏宮相逢，兩人情

意纏綿，難分難捨，此時曹丕突然出現撞破私情，逼曹植七步成詩，有詩生無詩死。詩成，曹丕悔不當初，重拾兄弟情誼，甄氏惟恐兄弟二人再次相爭，投入洛河。宓妃捨身盜骨笛救根郎，但河伯尾隨而至，以洪水為威脅爭奪宓妃，根郎不忍生靈塗炭，甘身化為苦楝樹。宓妃唱：

> 宓兒投水變為泥，青泥和水繞樹轉，耳鬢廝磨伴朝夕。春來
> 宓兒化細雨，夏來宓兒化露滴，秋化甘霖把郎洗，冬化瑞雪
> 作郎衣。天長地久兩不棄，萬古不滅斷笛曲。

玉帝受其感動，賜根郎三千年聖壽之樹，封宓妃為伊洛黃三河御龍仙子，名洛神，並允兩人三千年後輪迴情緣。伊洛河畔，曹植終於明白，自己是根郎，而洛神就是宓妃，但人神殊途，兩人只能在詩中相會，笛聲中傾訴。曹植在笛聲的伴奏下吟出〈洛神賦〉：

> 翩若驚鴻，婉若遊龍。轉眄流精，氣若幽蘭。瑰姿豔逸，令
> 我忘餐。

豫劇以唱見長，唱腔鏗鏘大氣、吐字清晰、抑揚有度，質樸通俗，富濃郁地方特色，善於表達內心情感，節奏與角色均鮮明強烈。《美兮洛神》交互穿插上古時期與東漢末年場景，以〈感甄記〉為背景，藉骨笛貫穿三千年情緣，宓妃為與根郎的愛情，寧死不願屈嫁河伯，甄氏則為曹植與曹丕的和諧，先嫁曹丕後投洛水身亡，鋪衍兩世間的恩怨情仇，但最終有情人還是無法成為眷屬。全劇對白唱詞俚俗通脫，角色善惡對立，特別的是，原本甄氏、宓妃均由一人飾二角，本劇卻將宓妃、洛神及甄氏三個角色分別由不同演員演出。《美兮洛神》跳脫傳統格局，服裝新穎華麗，舞臺輔以大型布景道具，場面浩大，並增加燈光多媒體效果及舞蹈動作，朝向劇場化發展，雖仍保留豫劇唱腔與做工，卻是融合古典與創新之作。

（十一）新編桂劇《七步吟》 （參見附錄二‧圖十一）

廣西壯族自治區桂劇團 2012 年於南寧劇院首演，共 130 分鐘，楊小青（1943～）、龍倩（1965～）導演，呂育忠編劇，高紅梅（1986～）

飾甄氏、傅希如（1981～）飾曹植、吳雙飾曹丕。桂劇俗稱桂戲或桂班戲，注重以面部表情和身段姿態傳達感情，《七步吟》正是其中的翹楚。曹操病篤，急召曹丕、曹植進宮，卻傳出擅闖宮門者斬的嚴令，曹丕志在王位，權衡之後勸退曹植，冒死闖入，卻只見白幔高懸的曹操靈堂。原來曹操為考驗曹丕與曹植的機智與膽識，遺詔先進宮者承繼王業。曹丕繼任為魏王，隨即貶曹植為安鄉侯，並命即刻啟程。臨別之際，甄氏送行，風雪之中兩人憶起初識時甄氏在洛水之畔、桑林之內，絲弦婉轉彈唱〈七哀詩〉：

> 明月照高樓，流光正徘徊。上有愁思婦，悲歎有餘哀。

卻不知接著吟唱：

> 願為西南風，長逝入君懷。君懷良不開，賤妾當何依。〔註34〕

正是作者曹植本人，曹植懷疑眼前女子為洛神化身，並為其作〈洛神賦〉。才子佳人情投意合，互許終身，不料曹丕橫刀奪愛，強娶甄氏。洛水畔，曹植與甄氏難分難捨，完全無視於身旁的曹丕，曹丕也為此埋下殺機。甄氏思念曹植身臥病榻唱：

> 昏沉沉頭暈目眩珠淚淌，病懨懨惡夢縈繞揪愁腸。忘不了與
> 子建相戀情狀，可憐他孤淒淒獨守安鄉。忘不了與子桓已婚
> 境況，卻奈何難消停心意彷徨。既然是做夫妻理當依傍，就
> 應該讓往事隨雲飄散、似水漂流去遠方。卻為何難抹去那人
> 身影，白日裏不思量，到夜晚翩翩才子入夢鄉。自怨自悔自
> 責自惆悵，世上的苦藥怎及我心中苦，怎治我心病入膏肓。

曹丕見甄氏為曹植神傷，要其立誓今生今世不得再見曹植，手足之情才得保全。曹丕代漢自立，以曹植懷不臣之心，藏不軌之念，逼迫其以「兄弟為題，不許犯有兄弟二字，在七步之內成詩。成則免一死，不成則賜毒酒。」曹植七步成詩之際，曹丕卻故意聲稱走了八步，要曹植飲下毒酒，卻引出甄氏搶先代飲。當甄氏飲下毒酒那一刻，曹植、曹丕傷

〔註34〕曹植〈七哀詩〉，梁・蕭統編，唐・李善注，清・胡克家考異：《文選
　　　附考異》，卷23，頁336。

心不已，甄氏之死最終喚回曹丕、曹植的兄弟之情，曹丕唱：

> 人世間桑滄事欲說難盡，是與非曲與直斷難分明。
>
> 自古來假假真真邪邪正正，從來是計謀膽略論浮沉。
>
> 尚望你與兄長同舟共濟，莫辜負逸女她殷切之心。
>
> 曹丕我開新朝青史彪炳，曹植你翰墨間千秋留名。

《七步吟》舞臺設計非常簡約，除了「一桌二椅」，只有紗幔配合劇情的演出，無其他道具擺設。其中最特別的是舞臺正中有三個圓型轉盤，三個轉盤之間，可以相互順、逆向雙向轉動，以利於劇情的展現。內圓甚至還可以升降，升起時是一座兩層的小圓臺，當甄氏飲下毒酒站在小圓臺上，曹植、曹丕各抓住甄氏大紅披風的衣角，不僅震撼觀眾的心靈，更進一步突顯戲劇的象徵意義。

編劇呂育忠表示：

> 創作《七步吟》，就是想借助這段扣人心弦的千古奇聞，挖掘
> 出一個全新的主題，通過細緻入微地揭示曹丕、曹植、甄氏
> 等人物的內心糾葛與矛盾，反思人生的得與失、心性的善與
> 惡、性格的勇與柔，讓人洞悉生命、洞悉愛情、洞悉短暫的
> 人生際遇，讓觀者感同身受劇中人的悲歡離合。〔註35〕

《七步吟》的劇情結構也暗合清代著名戲曲家李漁（1666～1680）的戲劇理論，如「立主腦」云「主腦非也，即作者立言之本意也。」甄宓手執毒酒，規勸曹氏兄弟，「飲此酒非關那私情繾綣，但願得兄弟間盡釋前嫌！同根生彌創痕月明星燦，同根生心相印地闊天寬。」最後慷慨赴死，以呼應回歸兄弟親情與人性復甦的本意。「脫窠臼」云「人惟求舊，物惟求新。新也者，天下事物之美稱也。」兄弟相爭、七步成詩的情節早已耳熟能詳，但曹植七步成詩之時，曹丕卻故意聲稱走了八步，逼迫曹植飲下毒酒，從而引出甄宓的上場代飲，就屬別出心裁的創舉。「密針線」云「編戲有如縫衣，其初則以完全者剪碎，其後又以剪

〔註35〕呂育忠：〈僅僅是一種「意圖」——《七步吟》創作談〉，《劇本》2013
年第 1 期，頁 40。

碎者湊成。剪碎易，湊成難，湊成之工，全在針線緊密。」〔註36〕雖以曹丕、曹植兄弟間之爭為開場，但權位爭奪的背景就此一筆帶過，而以緊密的環節針對曹丕、曹植與甄氏的性格特徵與內心情感掙扎進行鋪陳與刻畫。

　　現當代戲曲對〈洛神賦〉的接受以〈感甄記〉為背景，為解決曹植十三歲時就愛上二十三歲甄宓的年齡不相稱問題，楊麗花歌仔戲1984年版的《洛神》與《金縷歌》將年齡縮短至七歲，即曹植已十六歲；《子建會洛神》婉貞羈留魏宮八年，曹植已長成二十一歲；最特別的是《七步吟》的劇情設計，曹植竟然還長甄氏一歲。其他戲曲則刻意忽略年齡問題，僅以姊弟相稱，惟有明霞歌劇團演出的《洛神》如實呈現年齡差距，但卻得在劇中不斷解釋愛情是不分年齡的。拜現代科技之賜，現當代戲曲在傳統舞臺上演出，從舞臺變換、燈光設計，甚至多媒體效果，都已跳脫傳統戲曲僅有唱作與服飾部分，增加可看性。而以電視劇型態演出的歌仔戲，除保留傳統歌仔戲唱詞對白及身段外，由於集數長，不僅增加外景拍攝，還可以時空轉換及對置，娛樂效果十足。現當代戲曲透過電子媒體播出，造成洛神故事家喻戶曉，對於〈洛神賦〉傳播範圍與對象都有空前的變化。歌仔戲在民眾知識水準提升下，也藉由劇本的改造，融入更多文學元素，唱詞與對白漸趨典雅與精緻。

　　另外，現當代戲曲對〈洛神賦〉的發展，雖然多保留有情人無法終成眷屬的結局，卻有「圓滿」的傾向，如甄宓不論是為保護曹植性命或心繫曹植而犧牲，總是為所當為無怨無悔，之後還能與曹植洛水重逢互訴情衷，就算是人神道殊，也能悲中帶喜。而且不管之前曹丕與曹植為爭甄宓或世子之位，同室操戈劍拔弩張，嚴命詔回京城，欲除之而後快，但終能在曹植七步成詩，或是甄宓飲下毒酒後，恍然大悟痛悔前愆，兄弟盡釋前嫌言歸於好。就連翻案之作《燕歌行》，甄宓與曹丕最

〔註36〕清·李漁著，江巨榮、盧壽榮校注：《閒情偶寄》（上海：上海古籍出版社，2000年5月），〈詞曲部·結構第一〉頁23～26。

終還是約定來生再續前緣的生死夫妻，甄宓的絕代風流也因〈洛神賦〉
而得以不朽。

第二節　現當代表演藝術對〈洛神賦〉的發展

一、電影對〈洛神賦〉的發展

　　早期電影對〈洛神賦〉的接受，雖然均以京劇、粵劇及潮劇等地
方戲曲為主，但因於電影平臺演出，故仍歸類為電影，以利與後來電影
作品相互比較發展內容與特色，見證時代軌跡。

（一）北京電影製片廠京劇《洛神》（參見附錄二・圖十二）

　　1955 年首映，吳祖光導演，梅蘭芳飾洛神，姜妙香（1890～1972）
飾曹植，梅蘭芳劇團樂隊演奏。甄后原是袁紹之媳，被曹丕俘虜，立為
皇后。但甄后對曹丕並無感情，卻因曹植才華絕世而暗生情愫，兩人戀
情遭曹丕識破，甄后隨即遭到賜死，曹植也貶往遠方。數年之後，曹丕
追悔往事，將甄后遺物「玉鏤金帶枕」賜予曹植，曹植攜枕返郡，途經
洛川，夜宿館驛。洛神出場唱道：

> 滿天雲霧濕輕裳，如在銀河碧漢旁，縹緲春情何處傍，一汀
> 煙月不勝涼。

　　洛神因與曹植尚有未盡之緣，猶負相思之債，故在曹植途經洛水
時，欲藉通誠愫，洛神見曹植懷抱玉鏤金帶枕入睡，睹物傷情，益增悲
感。曹植半夢半醒間聞仙女相約次日川上相會，憶起仙女貌似甄后。兩
人次日洛濱相見，曹植不識得洛神即是甄后，洛神提醒曹植兩人關係
要遠就遠，要親就親。並唱起：

> 提起前程增惆悵，絮果蘭因自思量；精誠略訴求鑒諒，難得
> 同飛學鳳凰；勸君休把妄念想，鶯疑燕謗最難當。

接著洛神娓娓唱出：

> 過南崗、越北沚，雜遝先靈，一年年水府中休真養性，今日

裏眾姊妹共戲川濱。乘清風揚仙袂，飛鳧體迅，拽瓊琚，展
六幅香水羅裙。

最後終因仙凡路殊，洛神以耳珠一顆贈予曹植，從此後會無期。

梅蘭芳是中國近代傑出的京昆旦行表演藝術家，男扮女裝的技巧
出神入化，獨特的梅腔悠然而有餘韻，顯現古典女子優美情致。京劇
《洛神》從「夢會」起，至「洛川歌舞」止，延續曹植與甄后未了情緣，
甄后化身洛神與途經洛水曹植相見，但曹植卻不識眼前洛神是自己朝
思暮想的甄后，無奈之下只能後會無期。為使〈洛神賦〉原文連貫且更
易為觀眾理解，配合洛神婉約身段將唱詞改編為：

我這裏翔神渚把仙芝采定，我這裏戲清流來把浪分；我這裏
拾翠羽斜簪雲鬢，我這裏采明珠且綴衣襟。眾姊妹動無常若
危若穩，竦輕軀似鶴立婉轉長吟。桂旗且將芳體蔭，免他旭
日射衣紋。須防輕風掠雲鬢，采旃斾倚態伶俜。

京劇《洛神》以現代科技打造騰雲駕霧仙界景象，佈景小有別於
傳統京劇舞臺一臺到底，而是針對不同場景進行變化。劇情參考《凌波
影》，除曹柏僩有少數對白及唱詞外，堪稱是洛神的獨角戲，梅蘭芳婉
轉幽怨的唱腔和雍容華貴的做派，將洛神表現得可圈可點，故成為其
代表作之一。

（二）香港大成影片公司粵劇《洛神》 （參見附錄二·
圖十三）

1957 年首映，羅志雄導演，唐滌生舞臺原著，芳豔芬（1926～）
飾甄婉貞，任劍輝（1913～1989）飾曹植，麥炳榮（1915～1984）飾曹
丕，劉克宣（1911～1983）飾曹操。婉貞開場即唱：

雲鬢淚流，懶梳頭。子建才高稱八斗，詩酒唱酬消永晝。意
合情投，早繫情思一縷。但願鈞天樂奏，得諧鸞鳳友，百年
好合共詠河洲。

婉貞與曹植情意相投，曹植央求喬國老向曹操說媒。另一方面，曹植文

采出眾，銅雀臺一賦成名，曹丕惟恐曹操廢長立幼，又覬覦婉貞美色，欲一箭雙雕藉娶婉貞以打擊曹植。喬國老私心向曹操推薦自己女兒與曹植的婚事，又將婉貞嫁給曹丕。曹母對婉貞曉以大義，勸其應安心為曹植大嫂，勿讓曹丕、曹植兩兄弟同室操戈，婉貞遂決意斬斷與曹植情緣，謹守叔嫂分際。新婚之夜，曹丕向婉貞吐露將除曹植，以奪王位。婉貞擔心曹植安危，私會梨香院告知曹丕兵權在手，恐對其不利。原來這一切都是曹丕設下的圈套，其目的就是要讓曹操得知曹植有文無行，只有自己堪任王位。曹丕篡漢自立，宣詔曹植進京，曹植稱除非是甄后宣詔，否則決不赴京。婉貞在曹丕及曹母軟硬交迫下，不得已寫下催命符，要曹植歸藩承命。金鑾殿上，曹丕痛責曹植，先帝駕崩未奔喪，新皇登基未朝賀，欲治其死罪，除非七步成詩，否則國法難容。曹植雖七步詩成，但曹丕仍埋伏刀斧手欲除後患，婉貞識破曹丕陰謀，曹植因此脫難，婉貞卻遭賜毒酒身亡。洛水上，婉貞化作洛神而來，唱道：

> 飄飄、渺渺、茫茫。足踏蓮臺三尺浪，枕雲端五彩床。縷縷紫煙織髮網，六幅湘紗剪衣裳。別了滄桑，執掌南湘，仙界無臺可望卿啊！誓約難忘，碧漢雲河無處傍，一汀煙月不勝寒。

曹植欲隨洛神歸返天庭，但人神殊途。

粵劇《洛神》故事仍沿襲〈感甄記〉，以甄婉貞周旋於曹植與曹丕間世子爭奪為核心，婉貞在劇中為曹家兄弟之誼，放棄自己的愛情，卻成為曹丕陷害曹植的工具，兩人最終雖於洛水相逢，但也是最後一面。《洛神》將傳統粵劇拍攝成電影，不著重布景、服裝及扮相表現，而以唱功取勝。飾演甄婉貞的芳豔芬自創「芳腔」，用鼻顎發聲，腔調圓潤雅淡，感情豐富，大受好評，其共拍攝一百多部粵劇電影，對傳統粵劇表演藝術與保存，有非常重大貢獻。

（三）香港萬聲電影製片公司潮劇《洛神》（參見附錄二・圖十四）

1966 年首映，高歌導演，方巧玉飾甄宓、陳楚蕙（1943～2012）

飾曹植、張應炎飾曹丕、姚佳雄飾曹操。甄宓有感於曹植於兵荒馬亂間
仗義相救，又雪夜送衣炭，爐邊慰勉溫雅深情，有意以身相許，卻又自
感紅顏飄零。女為悅己者容，甄宓精心打扮見曹植，曹植執甄宓之手唱
道：

　　我今已長大堪為姊丈夫，盼望月老速把赤繩將你我繫，甄氏
　　女早作曹家婦。

　　曹植文采出眾，才華橫溢，甚得曹操歡心，被立為世子，曹丕嫉
妒曹植，一直對王位虎視眈眈。曹操請崔琰為曹植與曹丕作媒，崔琰明
知曹植深愛甄宓，為貪圖曹植富貴，竟私心將姪女崔德珠配曹植，甄宓
嫁曹丕。銅雀臺上曹操為曹丕與曹植完婚，但曹植卻眼望甄宓，痛苦難
當。甄宓私會曹植，勸其勿自摧白顏，當有一番事業，正當兩人難分難
捨之際，曹丕引曹操現身，曹操一怒之下，改立曹丕為世子，將曹植貶
赴臨淄，不得近身。曹植臨行，甄宓遣婢女送上繡金枕，並書言：

　　離恨天，媧難補，臨淄月，共看細思；千條金縷繡錦枕，祝
　　君淨案多新詩。

　　曹操病逝，曹丕篡位登基，為除後患先鴆毒二弟與四弟，並令甄
宓修書勸曹植回朝覆命，甄宓不得已祝筆寫下：

　　切切慈懷盼子歸，勿負偏情獨自悲，歸藩效忠宜承命，朝基
　　待輔共安危。

曹植洞悉甄宓信中首尾之言為「切勿歸朝，歸悲命危」，但在親情與愛
情的招喚下，仍承旨朝京。曹丕欲殺曹植，逼其七步成詩，詩成後，曹
丕不得不放其生路，卻將怒氣發洩在甄宓身上，賜鴆酒命其自盡。曹植
返回封地，船經洛水，懷抱繡金枕獨佇船頭，朦朧中甄宓化身洛神，在
眾仙女的簇擁下凌波而來，曹植欲續舊緣，無奈人神殊途難結鳳鸞。

　　潮劇《洛神》一改曹操世子之位未定及甄宓先嫁袁熙的傳統故事
背景，曹植因才能出眾，早立為世子，但恃才傲物不得人緣。曹丕身
為長子，處心積慮欲奪取世子之位，而機會就在因崔琰私心將甄宓嫁
給自己以後。婚後明知甄宓私會曹植，卻佯裝不知，並藉此引發曹操

震怒，成功獲得世子之位。篡位之後，先後毒死二弟與四弟，曹植聞訊不敢奉命赴京，於是曹丕再次利用甄宓，誘使其朝京。曹植無視王位一心一意只愛甄宓，但甄宓在曹丕的眼中僅是奪權的工具，最後終於在失去利用價值下，賜其鴆酒。潮劇《洛神》身段柔美，舉手投足間韻味十足，唱詞文雅古典，頗具文學造詣。雖為攝影棚內拍攝，場面浩大，宮廷布景金碧輝煌，相關服飾、道具擺設十分考究，顯現精緻細膩之處。

（四）香港銀彈電影事業公司《洛神傳》（參見附錄二‧圖十五）

又名《銅雀王朝洛神傳》，古裝歷史宮幃愛情劇，1982 年首映，張美君導演，陳桂珠編劇，呂嫊菱（本名呂秀齡，1962～）飾宓娘、張佩華（1954～）飾曹植、雲中岳（本名陳凱，1950～）飾曹丕、白鷹（本名王景春，1941～）飾曹操。河北第一美女宓娘，同時受到曹植與曹丕的青睞，宓娘受曹植文采吸引，心有所屬。不料曹丕聯合崔氏設下計謀娶得宓娘，曹植傷心不已，借酒澆愁，在得知內情後即休了與曹丕合謀的妻子崔氏。曹操命曹植率兵出征樊城，臨行前夕，曹丕以宓娘計誘曹植，將其灌醉，曹植貽誤軍機，遭到曹操責罰，眼見世子之位即將落入曹丕之手。曹操臨終之際，認為曹丕貪狠暴戾，故立曹植為世子，但曹操一死，曹丕即在謀臣的策畫下，奪取王位。曹丕欲殺曹植以除後患，逼其七步成詩，曹植雖在最後關頭倖免於難，宓娘卻遭曹丕賜食毒死，一代佳人就此殞命。

《洛神傳》仍以〈感甄記〉為主軸，不同的是曹操早立曹植為世子，曹丕是藉由政變而得王位，如此改寫更加強曹丕的狠戾特質與曹植仁弱形象。以美女呂嫊菱、俊男張佩華、雲中岳作為影片號召，男女主角古裝扮相出眾，宓娘溫柔婉約、猶抱琵琶、楚楚動人，曹植文質彬彬、風流瀟灑，曹丕豪邁粗曠、英氣逼人。當時飾演宓娘的呂嫊菱，不論扮相或實際年齡都遠較飾演曹植的張佩華及飾演曹丕的雲中岳為

輕，對照史實顯得不具說服力。宮廷布景富麗堂皇，服飾華麗精美，但著重於宓娘周旋於曹植與曹丕間的感情糾葛，及爭奪世子之位的宮廷鬥爭，未能跳脫傳統窠臼。

　　電影對〈洛神賦〉的發展仍以〈感甄記〉為基礎，曹植初遇甄宓時，均已成年，且開始著眼於曹丕與曹植的世子之爭，尤其是粵劇與潮劇拍攝而成的《洛神》，故事內容卻巧合地相似。電影對〈洛神賦〉的發展充滿時代的軌跡，五○年代梅蘭芳主演《洛神》時，布景、道具乏善可陳，主要賣點是其本身的魅力，故以其唱功獨當一面。粵劇《洛神》，亦以唱功為主，芳豔芬自創「芳腔」受到觀眾的喜愛。進入六○年代，潮劇《洛神》大到攝影棚內宮廷布景，小到人物裝飾及擺設，均頗具規模，觀眾除聆聽地方戲曲外，也能有視覺上的享受。到了八○年代，《洛神傳》在電影工業技術蓬勃發展下，無論宮殿場景、服裝設計都有突出表現，尤其是男女主角的遴選，更是以顏值取勝。雖然電影隨著時代進步，但前期以地方戲曲製作成的電影，其典雅而饒富韻味唱詞與對白、精心設計的身段動作，與後期電影的華麗場面與大成本製作不僅互別苗頭且各擅勝場。

二、電視劇對〈洛神賦〉的發展

（一）《洛神》 （參見附錄二‧圖十六）

　　香港電視廣播有限公司製作，於 2002 年首播，共 27 集，伍兆榮編導，阮美鳳編劇，蔡少芬（1973～）飾甄宓、馬浚偉（1971～）飾曹植、陳豪（1971～）飾曹丕，劉丹（本名劉慶基，1944～）飾曹操。后羿與河伯為爭奪宓妃而大打出手，天帝因宓妃妄動情心，乃罪魁禍首，將之貶下凡間，受盡生老病死之苦，甄宓於睡夢中驚醒。傳說甄宓乃為河北第一美女，曹植潛赴鄴城，屢用計謀欲一睹其風采。曹操攻打鄴城，密令夏侯淵務必保護甄宓，曹丕無意間得知，打算先一步除掉甄宓，以防曹昂為曹操好色而犧牲之事重演，但就在下手之際，卻為甄宓的美貌與智慧傾倒。曹植再次與甄宓見面，以燈船寫下：

美女妖且閑，采桑歧路間。柔條紛冉冉，葉落何翩翩。

羅衣何飄飄，輕裾隨風還。顧盼遺光采，長嘯氣若蘭。

容華耀朝日，誰不希令顏。佳人慕高義，求賢良獨難。

盛年處房室，中夜起長歎。〔註37〕

以〈美女篇〉讚歎甄宓之美，兩人惺惺相惜。甄宓的聰慧逐漸冰釋曹丕之前的顧慮，但曹丕見甄宓與曹植情好日切，卻不免心傷。甄宓遭崔芣推落水池，幾乎滅頂，幸賴曹丕及時解救並悉心調治，甄宓才知曹丕亦鍾情如此。甄宓心愛之玉紙鎮不慎摔碎，曹植將碎玉雕琢鑲嵌成金縷玉帶枕討其歡心。曹植與曹彰相繼為曹操重用，曹丕因受冷落而鬱鬱寡歡，一日閒逛遇自稱「再世鬼谷子」的吳質，藉其引介探訪裝病不仕的司馬懿，司馬懿以棋盤分析曹丕權勢，自詡能助其成為世子。楊脩與荀彧向曹植痛陳利害，指曹操有篡漢之心，望其奪世子位以仁義之心保萬民安危。曹植愛屋及烏，對與甄宓情同姊妹的郭嬛亦備加關懷，郭嬛向曹植表白願效法娥皇、女英，與甄宓共侍一夫，曹植聞言大怒，郭嬛從此對甄宓心懷怨恨。甄宓體內惡毒發作臉上出現紅疹，曹丕恐有損其容顏大為緊張，曹植則以治病為首要，甄宓心想「所謂色衰愛弛，屆時夫君也會因容貌而棄之不顧」，終於了解曹植才是值得託付終身的對象。

崔琰從華歆口中得知曹操有意立曹植為世子，請緱代曹植與甄宓向曹操說親，卻陰謀欲將崔芣嫁予曹植。曹操上奏皇帝為曹丕與甄宓、曹植與崔芣主婚，曹植與甄宓聞訊大驚。曹操向甄宓分析曹丕雖欠寬厚之心，但為求大業不拘小節才能令曹家霸業屹立不倒，甄宓正可補其不足，曹植既不能成為世子，甄宓嫁曹丕方可保曹植平安，甄宓無奈接受安排。曹操臨終痛心曹丕心狠手辣，單獨召見甄宓，將改立曹植為世子遺詔由其轉交，曹丕突然闖入撕毀遺詔，曹操急怒氣絕身亡。曹丕篡漢自立，卞夫人病重，曹丕藉機逼迫甄宓修書召曹植、曹彰急返鄴

─────────────

〔註37〕 梁・蕭統編，唐・李善注，清・胡克家考異：《文選附考異》，卷27，頁400。

城，甄宓於字裏行間示警，曹植因痛失甄宓，文思不再未察書中寄意：

> 新君痛恨往昔全非，懷念手足，憐弟寂寞，歸藩承命當釋解
> 難、保平安。

但甄宓原意實為：

> 新君痛恨往昔，全非懷念手足，憐弟寂，寞歸藩承命，當釋
> 解，難保平安。 （26集）

曹彰遭曹丕設宴謀害，曹丕指責曹植於登基時未上朝道賀，以不臣之罪逼其以兄弟為題，詩中不得有兄弟二字，限於七步內成詩。鄴城內紛傳童謠：

> 煮豆詩，七步成，嫣然笑。憶舊情，出走夜，私身訂。
> 珠胎結，錯鑄成，七星子。瞞私情，空遺恨，叔嫂情。 （27
> 集）

就在曹妃郭嬛挑撥下，曹丕懷疑曹叡非其親生，一怒之下，賜甄宓毒酒。曹丕雖隨即後悔欲收回成命，無奈甄宓已飲下毒酒。曹丕聽信司馬懿之言將甄宓金縷玉帶枕交還曹植，欲令其一生活在思念甄宓的悲痛中。曹植手懷金縷玉帶枕，途經洛水，彷彿看見甄宓於水中翩翩起舞，振筆寫下〈洛神賦〉。後曹叡繼位，得知甄宓殯葬時遭郭嬛以糠塞口，以髮覆面，亦以其法治之。

《洛神》除考據《三國志》正史外，亦多採納裴松之注，並參考《世說新語》故事，故情節豐富，堪稱現當代巨作。不僅將甄宓周旋於曹操父子三人的感情，及曹丕、曹植間的世子爭奪權謀巧妙貫串，其他人物亦有突出性格表現。而且劇情緊湊有致，雖言及男女間情愛糾葛分分合合，後宮間妃嬪爭寵勾心鬥角，權臣間各為其主陰謀盡出，卻能合乎人情不落俗套。編劇亦有頗高文學造詣，劇中常有詩詞點綴其間，且自創字謎及童謠，增加戲劇深度與內涵。甄宓初見曹植時，曹植已是名滿天下的才子，可見年齡差距並不存在。「江南有二喬，河北甄宓俏」，甄宓除了美貌之外，更兼機智與謀略，還有仁厚之心，為避曹兵危害，偽稱是卞夫人姨甥女；甄家兵荒蓄糧，為免飢民搶糧，主動開倉賑災。

不僅如此，還與楊脩一起解開花園拱門「活」字謎，勸曹操割髮代士兵之罪，卻也因此招卞夫人、崔芺等人的迫害。甄宓雖寄心曹植，但最後卻在曹操曉以大義下，為保曹植倖免於難，犧牲愛情嫁給曹丕，然終不敵司馬懿算計與結拜姊妹郭嬛陷害，含恨而亡。

（二）《洛神續集》 （參見附錄二・圖十七）

中國廣州市洋朗影視科技有限公司、北京現代力量文化發展有限公司聯合製作，於 2004 年首播，共 32 集，彭軍導演，呂紅、冉成淼編劇，潘雨辰（1978～）飾甄氏、毛毛飾曹植、李翰君飾曹丕、杜振清飾曹操。曹操攻打鄴城，此時曹軍紛傳「鄴城將破玉帛多，千斤萬金，不如一奴」，所謂一奴就是袁熙之妻甄氏，當時與南方二喬齊名，豔名動天下。袁氏女眷在曹操攻破鄴城之時，紛紛飲毒自盡，以全其節，惟獨甄氏忍辱偷生。曹操攻打鄴城實為河北第一美女甄氏，故曹丕夜闖袁府欲除禍害，卻反被其美色所迷，立誓今生必娶甄氏為妻。陳琳為甄氏表兄，對甄氏亦是一往情深，與袁紹妻子約定為袁氏報仇後，將攜甄氏遠走高飛。曹操、曹丕父子為甄氏於鄴城街頭相爭，曹操為恐遭人離間，忍痛將甄氏嫁予曹丕。曹植不滿甄氏破壞父子間感情，以仰慕甄氏文才為由要求贈詩，甄氏寫下：

> 明月照高樓，流光正徘徊。上有愁思婦，悲歎有餘哀。
>
> 借問歎者誰，言是客子妻。君行踰十年，孤妾長獨棲。
>
> 君若清路塵，妾若濁水泥。浮沉各異勢，會合何時諧。
>
> 願為西南風，長逝入君懷。君懷良不開，賤妾當何依。

曹植則以〈美女篇〉回贈，甄氏賞識曹植文采，但惟恐引起兄弟反目，隨即焚毀詩稿而將該詩珍藏內心。曹植派人破壞鞦韆，甄氏從鞦韆墜下，幾欲不治，甄氏雖知內情，卻為曹植遮掩罪行，讓曹植從此傾心。甄氏在曹家相處日久，認為仇恨不僅不能制止惡行，而且造成更多無辜的人喪命，但終不斷為袁家冤魂糾纏。曹操臨終之際，將世子之位傳予曹丕，並要求答應三個條件：

不可擅奪漢皇之位此其一，善待你的骨肉兄弟此其二；第三
條重要，甄氏臨盆後，其母可留，其子萬不可留。（28集）

原來曹操料定曹丕絕不會遵守此三個條件，故為保甄氏之子才出
此言。曹丕篡漢自立，將甄氏打入冷宮，甄氏臨死前告訴曹植，這一生
只愛曹丕一人，對其只是姊弟叔嫂之情。甄氏服毒後墜入洛河羽化成
仙，曹植返回封地，於洛河畔寫下〈洛神賦〉紀念甄氏。

《洛神續集》之所以言續集，應該是不涉及宓妃與后羿、河伯的
感情糾葛，只談甄氏為袁氏復仇的洛神故事，故事一開始袁氏滿門女
眷在城破之際，飲毒自盡，臨終前紛紛遺言「二少奶奶為我們報仇啊！」
配合古箏急切的旋律，試圖加重甄氏復仇的壓力。甄氏與陳琳聯手以
美貌為誘餌，在曹家三父子間製造隔閡與仇隙。但甄氏因曹操的機智
權謀、曹丕的蓋世英才、曹植的文采多情，使甄氏內心掙扎於「善惡」、
「恩仇」間。曹植對甄氏並非　開始就彼此傾心，反而是對甄氏心存報
復，甄氏對於曹植只有姊弟叔嫂之情，有別於以往甄宓與曹植的傳統
故事，曹植亦淪為配角。〈七哀詩〉雖曹植所作，安排為甄氏贈曹植，
以詩內容觀之，倒也符合劇情進展。全劇圍繞著甄氏復仇所衍生的種
種情愛糾葛，劇情轉折稍嫌突兀，如曹丕初見甄氏原本欲殺之以除後
患，卻旋即拜倒石榴裙下立誓娶之，還有曹丕屢次冒犯曹操，甚至進獻
鴆酒，最後均能安然無恙。

（三）《新洛神》（參見附錄二‧圖十八）

中國浙江金溪影視有限公司、浙江崇遠影視有限公司聯合製作的
古裝創意歌劇，於2013年首播，共68集，朱莉莉、王淑志導演，簡
遠信編劇，李依曉（1983～）飾甄宓、楊洋（1991～）飾曹植、張迪
（1981～）飾曹丕、李進榮（1975～）飾曹操。劇情一開始，暴風雨中，
曹植慌忙躲進破廟中，隨即不省人事。宓妃欲上山採藥，途中遇十個太
陽將其衣衫燒毀，幸賴后羿解救並以遮陽斗篷為其蔽體，兩人四目相
投，漸生情愫，隨後后羿以鎮天弓及穿雲箭射落九個太陽，九個太陽落

入黃河，龍宮為之著火。宓妃丈夫河伯與后羿妻子嫦娥同時出現，眼見宓妃與后羿關係曖昧，遂產生爭執。鏡頭一轉，曹植突然驚醒，發覺廟中神像與剛才夢中仙女長得一模一樣，且拾獲一塊玉玦。

建安五年，曹操率領曹丕、曹彰、曹植三子與袁紹父子大戰於官渡，袁紹兵敗身亡，曹操攻破鄴城。曹丕闖入袁家，為甄逸女的美貌傾倒，曹植初見甄逸女彼此也有親切之感，三人彷如前生相識。華歆在曹操的暗示下，逼迫甄逸女在慶功宴時獻舞，宴後曹操挾著醉意，欲染指甄逸女不成。曹植與甄逸女巧遇，曹植並以其嫻靜雅淑、安詳靜穆，取名為「宓」。甄宓唱出：

> 以為曹操父子狠，他卻多禮又溫文，心地善良又誠懇，相貌
> 堂堂俊俏人。氣度沖夷好人品，襟懷坦蕩令人欽。

曹植接著唱：

> 姊姊脫俗好風采，秀外慧中好英才，今生得遇夢中人，區區
> 關懷表寸心。　（3 集）

曹植與甄宓彼此愛慕，相見恨晚。曹植本欲將甄宓沾染血跡的枕頭丟棄，後來才知此枕為甄母遺物，見枕猶如見娘親。曹植將血跡畫為紅梅，寫下「玉潔不沾塵，鏤心深凝神，金鈿貼秀靨，帶繫魂夢牽」，取出廟中拾獲玉玦，經精於女紅侍女縫製而成玉鏤金帶枕，送還甄宓。陳琳借殺張彪詐降曹操，以待與袁氏殘部裏應外合。陳琳勸甄宓效法西施，利用曹氏父子間的矛盾，企圖恢復袁氏舊業。曹丕、曹植與甄宓三人郊遊，曹植與甄宓被埋伏的袁熙帶兵擄走，袁熙欲殺曹植，甄宓捨身相救而遭刺傷，並從此與袁熙反目，曹植獲啞僕無言搭救，甄宓隨即也為曹丕領兵救出。

曹丕無意間發現陳琳詐降的陰謀，因此要脅陳琳助其奪世子之位及娶甄宓為妻。在陳琳與吳質的謀劃下，曹操在銅雀臺宣布將甄宓許配給曹丕，曹植則是娶崔麗為妻，曹植悲痛欲絕，並向曹母說出與甄宓一往情深，請其成全。南皮歌妓郭笑為討曹丕歡心，竟設計讓甄宓失身於曹丕，且有了身孕，甄宓決定屈身辱志助曹植，與曹丕約法三章，唱出：

> 甄宓不愛名與利，世子之位需放棄，如今身懷你孩兒，待兒
> 出世才結夫妻，先收郭笑為偏房，我再與你拜花堂，條件你
> 若不遵從，我立即咬舌在此亡。　（42 集）

曹丕答應甄宓的要求，甄宓嫁給曹丕，曹植不明緣由，口吐鮮血、傷心
不已，曹丕在郭笑的慫恿下，積極爭奪世子之位。曹植從啞僕無言得知
甄宓被郭笑陷害及與曹丕的約定，借酒澆愁醉倒於花園，甄宓聞訊趕
來探望，卻被曹丕與郭笑當場撞見。曹操命曹植率兵解救樊城，曹丕深
恐曹植一旦立功將獲世子之位，以甄宓為圈套，頻頻勸酒，五更點兵，
主帥曹植醉酒誤軍機。曹操得知甄宓私會關押在銅雀臺的曹植，盛怒
執劍而往，崔麗為掩護甄宓，刻意觸怒曹操，因而犧牲。曹植心灰意
冷，犯蹕求死，楊脩捨身相代，曹丕終立為世子。曹操無意間獲悉曹植
當日醉酒誤軍機原委，臨終有另立世子之意。曹彰率兵尊曹操遺命改
立曹植為世子，卻為曹植拒絕。曹丕篡漢自立，三封甄宓為后，甄宓抗
命不從，曹丕一怒之下改封郭笑為后，郭笑藉曹丕醉酒之際假傳聖旨
賜死甄宓，甄宓交代曹叡兄妹：

> 為娘若是一命亡，你們要孝順你父王，郭母后心機狠毒，你
> 們兄妹多提防，叡兒最是乖巧聰明，一朝長大坐龍庭，必對
> 你三叔多恭敬，他對為娘有大恩情。　（62 集）

甄宓死後，郭笑以髮覆面，口中塞糠，曝屍天井，曹彰未奉詔即
率兵進京，希望為曹植求情，卻遭郭笑進毒棗害死。曹丕詔曹植朝京，
意欲加害，命其七步成詩，曹植吟出：

> 煮豆持作羹，漉菽以為汁。萁在釜下燃，豆在釜中泣。本自
> 同根生，相煎何太急？〔註38〕

曹丕最終在甄宓侍女紫嫣與曹植對話中，得知曹植對己之仁厚與對甄
宓之深情，盡釋前嫌封曹植為鄄城王，並賜予甄宓遺物玉鏤金帶枕。曹
植返回封地，途經洛神廟，於夢中再次與甄宓相會，並追憶昔日身影寫

〔註38〕南朝宋‧劉義慶編，余嘉錫撰：《世說新語箋疏》上冊，〈文學第 4〉，
　　　頁 244。

下千古名賦〈洛神賦〉。

《新洛神》以編劇簡遠信舊作《洛神》改編而成，以后羿、宓妃及河伯的感情糾葛為前因，〈感甄記〉為藍本衍生宓妃與曹植這一世未了情緣。為劇情需要，刻意忽略曹植與甄宓初見時，曹植只有十三歲，甄宓年長曹植十歲的史實。甄宓與曹氏三父子的感情糾葛中，雖懾於曹操淫威及欲效西施之志，始終百般阻撓納妾之議；對於曹丕的仰慕，顧慮其為曹操之子且只圖其美色，未能相知相惜；惟有對曹植的愛，既慕其文才，又感於真誠相待，實有傾心之意。曹植擔心與曹操、曹丕起衝突，不敢明言真心喜歡甄宓；甄宓顧慮曹植、曹丕兄弟失和，不願說出遭郭笑陷害失身曹丕，以為嫁給曹丕後，曹植為世子，就可天下太平，曹植與甄宓的戀情在太多考量下，終於以悲劇收場。全劇長達 68 集，每集 45 分鐘，可惜格局未能有所突破，劇情進展有限，故流於冗長沉悶。為吸引觀眾目光，常有甄宓衣不蔽體香豔畫面與郭笑及侍女彩蘋打諢插科誇張演出。郭笑接連毒殺陳琳、曹彰及甄宓，當事人均乖乖就範，且事後都能順利砌詞脫罪，顯得不合常理。全劇採用了歌劇形式，將傳統戲曲和民謠，如京戲、歌仔戲、黃梅戲、花鼓戲、河南梆子、紹興戲等唱腔和身段融入其中，編劇對劇中大量唱詞且諧韻的創作，頗具文采與功力，但唱詞文雅俚俗參雜，且非本人演唱，影響劇情的連貫性，稍嫌美中不足。

（四）《大軍師司馬懿之軍師聯盟》（參見附錄二·圖十九）

簡稱《軍師聯盟》，中國東陽盟將威影視文化有限公司、江蘇華利文化傳媒有限公司、北京多美數字娛樂有限公司共同製作，於 2017 年首播，共 42 集，為《大軍師司馬懿》系列上部，張永新導演，常江編劇，張芷溪（本名張熙，1987～）飾甄宓、王仁君（1983～）飾曹植、李晨（1978～）飾曹丕、于和偉（1971～）飾曹操、吳秀波（1968～）飾司馬懿。為三國時期司馬懿輔佐曹丕與楊脩輔佐曹植爭奪世子之位

的機智謀略電視劇。曹操打敗袁紹，袁紹之子袁熙遺棄妻子甄宓敗逃，曹丕進入袁府時，甄宓欲跳水全節，被曹丕及時救回，但甄宓一心求死，緊接著又奪取曹丕佩劍意圖自盡。曹操憐惜甄宓美貌，吩咐曹丕將其好生安置，甄宓耳聞府外兵馬雜沓恐懼不已，曹植擔心殺伐刁斗之聲驚擾甄宓，故於屋外撫琴伴其清夢，並立誓保護甄宓不受任何侮辱傷害。曹操明知曹植喜歡甄宓，卻故意將崔琰姪女許配給曹植，甄宓嫁給曹丕為妻，目的是要讓曹植不足，使其能對曹丕狠下心，拿出真本事爭。甄宓抗婚，卞夫人對其曉以大義，希望為了曹植的前程，千萬不要作出極端的事。曹操在諸方考較下，臨終前立曹丕為世子，曹丕不久後也在天子旨意和百官擁戴之下稱帝。劉貴人為爭奪后位，指使宮女篡改曹植所作〈七哀詩〉，嫁禍於甄宓。郭貴嬪中毒流產，曹丕懷疑甄宓所為，甄宓吩咐曹叡急尋司馬懿相救，無奈曹丕已賜鴆酒，甄宓飲下鴆酒，自知無倖，吟出〈塘上行〉：

　　　　蒲生我池中，其葉何離離。傍能行仁義，莫若妾自知。

　　　　眾口鑠黃金，使君生別離。念君去我時，獨愁常苦悲。

　　曹丕在司馬懿的分析下恍然大悟，急奔甄宓寢宮，才知郭貴嬪已暗中將鴆酒調換。甄宓為保曹叡太子之位，打扮成太監帶曹叡出宮拜訪司馬懿，並與其歃血為盟，甄宓希望：

　　　　願將來司馬中丞可以好生輔佐叡兒，做一個愛民如子的太
　　　　子。

司馬懿則答應：

　　　　臣一定盡心竭力，扶保我大魏未來的天子。　（38集）

　　由於司馬懿推行新政，損及曹氏宗室利益，鄴城監國使者灌均接受曹真賄賂密奏曹植慫恿曹彰謀逆，並稱曹叡為曹植骨肉，意欲陷害甄宓與司馬懿。曹丕將曹植下獄逼問，甄宓為曹植求情，並願為保全曹叡犧牲，與曹丕訣別時言「如果有來生，我不願意再見到你」。甄宓臨死之際，司馬懿將曹叡抱離，並趕往郭貴嬪宮中，認郭貴嬪為娘，以免遭廢黜。曹丕令曹植七步詩陳述己身清白，隨後將甄宓玉枕送給曹植，

玉枕內珍藏曹植寫給甄宓的詩，曹丕直到此刻才相信兩人惺惺相惜不涉男女之情，最後交代甄宓已自盡，兄弟兩人今生今世不要再相見。

《軍師聯盟》以司馬懿輔佐曹丕為故事主軸，雖無言及洛神或宓妃，但仍保留〈感甄記〉「魏東阿王，漢末求甄逸女，既不遂，太祖回與五官中郎將。」與「黃初中入朝，帝示植甄后玉鏤金帶枕，植見之，不覺泣。」等情節。甄宓與曹植的愛情在劇中並非重點，故曹植戲份大幅降低。其中曹操不顧曹植願娶甄宓的請求，為其娶名門重臣之女崔氏，卻把俘虜罪婦甄宓嫁給曹丕，目的就是為讓孝悌的曹植狠下心來與曹丕爭奪世子之位，讓他們爭的光芒萬丈，也是別出心裁之舉。群臣及諸子在曹操洞若觀火的眼前爭鋒鬥智，為世子之位及漢室存續各出奇招，卻處處皆是陷阱，稍有不慎即粉身碎骨。《軍師聯盟》劇情步步進逼扣人心弦，場景道具和服飾禮儀細節考究，文辭對白雋永，連演員都是一時之選。其中甄宓臨死之際所吟〈塘上行〉部分詩句，完全符合當時的背景及心境，堪稱巧思。

香港無線電視翡翠臺曾於 1975 年播出《洛神》，由香港電視廣播有限公司製作，共 7 集，鍾景輝編導，余立綱編劇，苗金鳳（本名林慧珊，1945～）飾甄宓、鄭少秋（本名鄭創世，1947～）飾曹植、梁天（1932～）飾曹丕，陳有后（本名陳有恬，1915～2010）飾曹操。因年代久遠，目前無法得窺相關劇情梗概。

另外，除了以洛神或甄后為主角的電視劇外，其他電視劇對〈洛神賦〉的接受亦不遑多讓，其中又以《後宮甄嬛傳》最為知名，《後宮甄嬛傳》由中國北京電視藝術中心製作，於 2011 年首播，鄭曉龍、高翊浚導演，流瀲紫（本名吳雪嵐，1984～）、王小平編劇，根據流瀲紫同名網路言情小說《後宮甄嬛傳》改編而成的後宮爭鬥題材電視劇，由孫儷（本名孫麗，1982～）飾甄嬛。劇中一幕溫宜公主周歲家宴，甄嬛表演《驚鴻舞》，歌詞即出自〈洛神賦〉：

> 翩若驚鴻，婉若遊龍。榮曜秋菊，華茂春松。髣髴兮若輕雲
> 之蔽月，飄颻兮若流風之迴雪。遠而望之，皎若太陽升朝霞；

迫而察之，灼若芙蕖出淥波。（13 集）

《驚鴻舞》相傳是唐代宮廷舞蹈，為唐玄宗梅妃的成名舞蹈，雍正已故純元皇后曾經藉此一舞動天下，如今甄嬛在古箏與笛音的伴奏下，以翩翩水袖傳達情意，將宓妃優雅撫媚情態發揮得淋漓盡致，此舉不但吸引眾人目光，更因此贏得雍正皇帝賞識，日漸在後宮得寵。從《後宮甄嬛傳》對〈洛神賦〉的發展也不難看出，〈洛神賦〉所發揮的影響及傳播力量已經是無所不在了。

　　電視劇對〈洛神賦〉的發展仍以〈感甄記〉為主軸，鋪衍曹植與甄后戀情，穿插曹丕與曹植爭奪世子權謀情節，相同的是，淡化曹植與甄宓的年齡差距，以曹植〈美女篇〉、〈七哀詩〉與甄后〈塘上行〉聯繫劇情。《洛神》與《新洛神》強調甄宓在進入曹家前，還是冰清玉潔，尚未與袁熙完婚。各劇對甄宓的角色亦有所偏重，《洛神》甄宓是聰慧表現機智，深謀遠慮顧全大局並保護情人；《洛神續集》甄氏是冷豔表現剛毅，誓為袁家報仇雪恨；《新洛神》甄宓是溫柔表現婉約，為留情面卻犧牲愛情；《軍師聯盟》甄宓是高貴表現沉著，為救曹叡不惜私自出宮與司馬懿歃血為盟。而曹植的角色生性天真、文采風流、對甄宓一往情深，寧願委屈也不願與曹丕爭奪世子之位，故因心存仁厚總是在七步成詩後化解兄弟仇隙，安然返回封地。至於郭后雖出現在每個劇中，但除《軍師聯盟》中的郭照與甄宓能情同姊妹外，其餘均是處心積慮企圖謀奪皇后之位。由於甄宓美貌早已深植人心，因此每一部電視劇均標榜飾演甄宓女主角為當世萬中選一的美女，但因審美標準不同，扮演甄宓角色演員紛紛吸引觀眾的品頭論足，相互較量誰才是最適合扮演洛神的人選，這或許是對〈洛神賦〉的另類接受吧！

三、舞劇對〈洛神賦〉的發展

（一）南管舞劇《洛神賦》（參見附錄二・圖二十）

　　漢唐樂府 2006 年於國家戲劇院首演，公共電視製作發行，陳美娥（1954～）導演及編樂、編曲，陳美娥、盧卡斯・漢柏（Lukas Hemleb）

藝術總監，張叔平（1953～）服裝設計，蕭賀文（？～2018）飾洛神、楊維真飾曹植。曹植身穿金衣與四個黑衣隨從，以梨園騎馬舞步行至洛水畔。洛水畔，曹植為洛神的美貌感到驚豔，但眾人卻毫無所悉，洛神身穿薄紗紅衣，翩翩起舞降臨人間。娥皇、女英與漢妃等女神，分別穿著藍、綠、紅淺色輕紗，於長篇曲調「四不應」音樂合奏下，展現凌波迴旋的輕妙舞姿。在女媧吟唱〈洛神賦〉讚美洛神神采及美貌的背景下，曹植與洛神以雙人共舞來表示彼此繾綣愛慕之情。隨著曹植對洛神的猜忌，屏翳、川后、馮夷、六龍等眾靈及神獸配合拳法武器，以氣勢磅礡的奇幻色彩陪同洛神離去。洛神哀傷獨舞，藉由衣著由粉紅薄紗轉為銀灰，顯示心境由喜轉悲。曹植從睡夢中甦醒，以歌詞追憶洛神之美，舞臺上白幕象徵其內心的無限空虛。關於南管與梨園戲對〈洛神賦〉的發展，郝譽翔認為：

> 因為僅有曹植一人，曾經見識到了洛神的美，並且體悟到愛的美好，而別無其他的旁人可以作證。〈洛神賦〉所要述說的，便是如此獨一無二的純粹美感經驗。曹植在文章中大量運用「躊躇」、「忽焉」、「徬徨」、「離合」、「猶豫」、「飄忽」、「若往若還」等字眼，勾勒出來的，正是在一「含辭未吐」、「遺情想像」，似發、卻又未發的片刻。那是一個答案停留在唇邊，卻還沒有來得及說出口的、懸疑在半空之中的片刻。而這，不也正是我們聆聽南管、觀賞梨園舞姿的感受嗎？〔註39〕

正是藉由南管與梨園戲才能將〈洛神賦〉似發而未發的遲疑情境完整表達。

藝術總監盧卡斯・漢柏受到顧愷之遼寧本《洛神賦圖》啟發，以卷軸形式將畫中詩文描繪背景化為舞臺場景，故事情節承襲〈洛神賦〉原賦文順序進行，分成〈驚豔〉、〈誚仙〉、〈凌波〉、〈定情、收顏〉、〈海會〉、〈道殊〉、〈悵別、溯追〉等七幕，製作成連環圖畫的南管舞劇。舞

〔註39〕 郝譽翔：〈最美的剎那：漢唐樂府《洛神賦》〉，《聯合文學》第22卷第6期（總第258期）（2006年4月），頁93。

臺設計主要利用背後的大幕，以光影營造出場景及情節變化，並以輸送帶讓道具極為緩慢地穿過舞臺，表現南管及梨園戲極重要「慢」的元素。由於《洛神賦》主要情節發生在洛水之濱，主角又是洛水女神，因此藉由「水」呈現出種種意象，黃鳴奮就指出：

> 一是借助水的連游映襯主人公的行動，洛神及其女伴從水上款款而來，凌波微步有了虛擬洛水的鋪墊顯得格外美妙，河神執棍起舞，馭浪雄姿有了虛擬洛水的配合顯得格外英武。二是借助水的顏色烘托主人公的心境，雖然主人公曹植至終未發一言，但其心中的波瀾起伏卻通過舞臺表面上水的顏色變化表現出來，真是「情波如水波，心理通物理」。在雙方定情之際，水波的顏色是溫暖的，彷彿籠罩在陽光之下；在神人道殊之時，水波的顏色是黑冷的，彷彿進入了冬夜。三是借助水中生物豐富樂舞的內涵，像「步步生花」這樣的效果，體現了原作的神話意味。〔註40〕

成功以「水」的波瀾、顏色烘托主角的行動氣勢與心境變化。

另外，梨園戲表演動作有一套嚴謹程序，稱為「十八步科母」，具有極強的舞蹈獨立性，如「拱手到下頦，分手到肚臍，舉手到眉目，毒錯到腹臍」、「指手對鼻，偏觸對耳，提手對乳」，生、旦的扇法及眼法，在舉手投足之間，將人物的角色靈魂淋漓注入。導演陳美娥擷取「梨園戲」的典雅科步，循著「南管古樂」傳統樂制，並融入現代劇場結構與舞美元素，以「梨園樂舞」為演出型態，將曹植〈洛神賦〉的聲律與文字改為唱詞，樂曲包括「三不和」、「五湖遊」、「四不應」、「中倍」、「外對」、「攤破石榴花」、「越任好」、「八駿馬」。將角色行當化為曹植為生、洛神為旦、屏翳為丑、川后為末、馮夷為淨，使表演者的動作情感更有所依據。劇中宓妃情態優雅柔媚，步履潺緩流暢，手部動作細緻生動，獨特的唱腔，在清麗樂音伴奏下，呈現出梨

〔註40〕黃鳴奮：〈若無新變，不能代雄──略論南音樂舞《洛神賦》的創造性〉，《福建藝術》2008 年第 5 期，頁 25。

園戲結合南管音樂的深刻內涵。

（二）中國舞劇《雲水洛神》（參見附錄二·圖二十一）

鄭州歌舞劇院於 2008 年首演，劉凌莉編導，張千一、張宏光作曲，宋潔飾宓，谷亮亮飾植（1980～）。開場即言：

> 這是一個關於水與自然、生命的藝術描述。這是一個關於美麗女神至善至美的歷史傳說。這是一個關於人神情緣、生離死別的愛情故事。這是一首千百年來人們對美麗夢幻追求的絕唱。

遠古時期，伏羲氏族世代依河農耕，對水敬若神明，水如繽紛的花溪，少女曼妙似潔白蓮荷。雲湧水流之間，伏羲氏之女——宓是最為美麗的光漪。伊洛河畔，三月三，部族青年踏春歡歌，伏羲的女兒宓與英俊勇敢的青年獵手植相愛。黃河水神河伯巡遊獵豔，欲掠美麗的宓，將伊洛河乾枯，脅迫伏羲。伏羲氏族舉行祈雨儀式，並擊鼓傳巾選擇少女獻祭，祈禱伊洛河重現碧波。河伯執意強掠宓，宓為氏族的安危犧牲，拾起紅巾與心愛的植揮淚而別，身祭洛水成為美麗的洛神。河伯嫉妒宓與植的愛情，將植化為枯樹，使二人永世隔絕，巫師預言，只有千年真誠愛的淚滴才能使枯樹復活。伊洛河水重現綠波，植的身心幻化成樹，依然苦苦追尋宓的神韻。奢華水宮，河伯窮盡妖冶，企圖贏得洛神歡心，卻無法阻斷洛神心緒飛揚，洛神與植人神隔海傾訴衷腸，河伯痛苦不已。歲月滄桑，風雪雨霜，植雖身化為樹，心依然堅定守望，洛神千年依然用愛的淚滴滋潤靈性之樹。復活的植，夢中與洛神在人神交界相逢，但人神殊途，洛神終得別離。人間愛去，植執意重歸於樹，守望永恆之愛。天地人神泣歎感慨自慚，伊洛河水復生，真摯之愛成就〈洛神賦〉千古絕唱。

《雲水洛神》編導劉凌莉表示：

> 洛神本是美麗傳說，曹植〈洛神賦〉又把洛神變成美的化身。劇本《雲水洛神》將兩者分解重構，使傳說變得更加

浪漫、更加動情。〔註41〕

　　誠如編導所言，《雲水洛神》的確將宓與植對愛情堅持和追求、無奈和感傷，表現得非常具有感染力。《雲水洛神》以多媒體虛擬出水的影像，配合劇情變化，時而柔情、剛猛，時而明亮、陰暗，襯托整個舞臺場景。另外，透過特殊鏡面材料和燈光變化，讓原本分別在舞臺兩側舞蹈的植與宓，在觀眾看來，植似乎在瞬間「飛」到宓的身邊。在舞蹈設計上，宓的舞蹈動作是從民族舞蹈中的「長袖舞」、「飛天舞」加以發展，藉以突顯女神曼妙變化的腰身與柔美撫媚形象。植的舞蹈身段除保留傳統歌舞，為配合勇猛形象還融入西方大跳、快速大旋轉等芭蕾動作。此外，該劇演出陣容龐大，青年踏青舞、部族祈雨舞、獻祭河神舞、水府歡慶舞等群舞深具震撼力。在音樂方面，全劇風格統一，精心創作旋律跌宕起伏、婉轉悠揚的愛情主題音樂，並配合場景作出不同變化，使該劇形象立體化。除此之外，服裝設計和舞臺燈光運用極具現代感，將〈洛神賦〉重新演繹，創造出嶄新的洛神故事。

（三）中國舞劇《洛神賦》（參見附錄二・圖二十二）

　　北京舞蹈學院院慶 55 周年精品舞劇之一，於 2010 年首演，土坎編導，邵俊婷飾甄宓、陳茂源飾曹植、王盛峰飾曹丕。分成〈登基〉、〈截殺〉、〈侮辱〉、〈自絕〉與〈彼岸〉等五場。深得父王曹操喜愛的曹植少年得志，受盡寵愛不可一世，等到江山淪入曹丕手中，只能縱情於詩酒。但曹丕繼位後為鞏固政權，開始對曹植勢力不斷追殺，曹植為保全性命選擇屈膝求饒。甄宓因深愛曹植，不甘其受辱，欲刺殺曹丕，不料曹植裹足不前，導致事機敗露。當曹丕凌辱甄宓時，曹植卻懦弱畏縮，致使二人需以相互承受胯下之辱來結束這場苦難。最後，甄宓面對曹植的麻木，心痛不已而自我了結，曹植則是忍受屈辱苟且偷生。洛水畔的曹植在夢中又見到了甄宓，展開無盡的情思。舞劇最後，悲愴男聲

―――――――――

〔註41〕觀者談：〈輕雲蔽月，流風迴雪——眾說《雲水洛神》〉，《舞蹈》2009年 6 月，頁 20。

吟誦〈洛神賦〉，此時的〈洛神賦〉或許不再是用淚寫作而成的情賦，更像是用甄宓之血寫成的祭文。

舞劇《洛神賦》有別於傳統上借助絢爛燈光、華麗布景和言語等表演形式，而是還原舞臺的「肢體語言」，透過最為直觀的視覺效果，將焦點落實於演員之上。另外，在服飾設計上，巧妙利用黑與白同款服飾表現出曹植和曹丕勢力的對抗，從而折射出曹植、曹丕內心的對立矛盾。

另外，《洛神賦》顛覆傳統才子佳人故事套路，而著墨於愛情與生存的困境。馮帆認為：

> 編導王玫正是藉由曹植作為「人」在面臨生死存亡的軟弱性特點下，塑造出了曹植那「苟活」於世的卑微，而舞劇中「甄宓」的形象，她的不屈與尊嚴則更加突顯了曹植的膽小懦弱及苟活的卑微。〔註42〕

《洛神賦》正是透過甄宓不屈的性格與曹植的膽小懦弱形成對比，傳達甄宓、曹植對愛情與生存的價值選擇，藉以表現曹植對苟活的自知。甄宓與曹植的受辱情景為整個舞劇核心，其中甄宓從痛心疾首到痛不欲生，從生不如死到哀莫大於心死，都是對曹植選擇「苟活」的抗議。劇評家劉青弋就提出：

> 王玫正是通過讓曹植在「靦顏苟活」中「痛不欲生」、「生不如死」，以及最終「悵然絕望」、「汲汲無歡」，從而揭露了在權力意志控制下人的生存的悽慘和無奈，呈現了人性的複雜、多面，以及人類生存的環境險惡。〔註43〕

編導王玫透過《洛神賦》表達曹植之所以能創作名傳千古的〈洛神賦〉，其中的玄機就是「苟活」。也由於耽溺愛情的男性在中國的文化

〔註42〕 馮帆：《文學形象轉化舞蹈形象之探究——以王玫《洛神賦》中甄宓形象為例》，頁11。

〔註43〕 劉青弋：〈「苟活」之批判與人性生存的拷問——舞劇《洛神賦》的思想深度與藝術超越〉，《舞蹈》2013年12月，頁19。

是不受讚賞的，因此，曹植的可悲不在於以苟活換來〈洛神賦〉，而在於苟活本身。

（四）中國舞劇《水月洛神》（參見附錄二·圖二十三）

鄭州歌舞劇院於 2010 年首演，佟睿睿（1977～）導演，馮雙白（1954～）編劇，郭思達（1980～）作曲，唐詩逸（1990～）飾洛神（甄宓）、汪子涵（1982～）飾曹植、李宏鈞飾曹丕。序幕中風清月明夜，淼淼洛水畔，曹植恍如置身夢境一般，驚鴻一瞥，竟見到傾國的容顏——洛神。她是那樣美麗動人，好像觸手可及，又是那麼遙遠，似乎永遠無法親近：

> 羅衣何飄飄，輕裾隨風還。顧盼遺光采，長嘯氣若蘭。
>
> 行徒用息駕，休者以忘餐。

曹植在幻覺中見到了魂牽夢縈的洛神，現實與夢幻，誰又是誰的影子？

戰鼓急催，侍從們忙為曹植更衣。曹植和曹丕相會校場，兄弟二人，稟性各異，俱胸懷大志，緊緊握住的雙手，溫暖著兄弟情誼。但權力的長劍，卻撕開地位的懸殊，把二人前路劈成殊途！曹氏兄弟，躍馬疆場，所向披靡，無情的戰火炙烤著大地，灼傷無數平民百姓。戰火紛飛中，甄宓的琴聲，如泣如訴，好像在控訴這個紛爭的世界，又好像一劑良方撫慰著每一個受傷的心靈。曹植循著琴聲而去，甄宓藉蔡琰〈悲憤詩〉撫琴訴說著戰亂中滿目瘡痍、哀鴻遍野的一切：

> 音相和兮悲且清，心吐思兮胸憤盈。
>
> 欲舒氣兮恐彼驚，含哀咽兮涕沾頸。
>
> 兒呼母兮啼失聲，我掩耳兮不忍聽。
>
> 追持我兮走熒熒，頓復起兮毀顏形。
>
> 還顧之兮破人情，心怛絕兮死復生。〔註44〕

曹丕氣勢洶洶地衝進袁府內廳，卻為甄宓的絕世美貌驚呆，在長劍威逼下，甄宓遭曹丕擄走。

〔註44〕逯欽立輯校：《先秦漢魏晉南北朝詩》上冊，〈漢詩卷 7〉，頁 201。

曹丕府中，觥籌交錯，高朋滿座，鶯歌燕舞，金碧輝煌。曹丕志得意滿：

> 丹霞夾明月，華星出雲間。上天垂光采，五色一何鮮。
>
> 壽命非松喬，誰能得神仙。遨遊快心意，保己終百年。〔註45〕

甄宓面對這一片歌舞昇平，卻恍若置身於另一個世界，萬般的無奈，感歎著戰亂中女人身如浮萍，飄搖無定。曹植眼見甄宓徬徨無依模樣，頓時心意相通，又愛又憐。奈何老天捉弄，曹植眼睜睜看著曹丕與甄宓步入洞房，悵然若失吟出：

> 浮萍寄清水，隨風東西流。結髮辭嚴親，來為君子仇。
>
> 日月不恆處，人生忽若遇。悲風來入帷，淚下如垂露。〔註46〕

一輪皎潔的明月倒映在寧靜的水面，月光下，甄宓對影起舞，也許只有在這寧靜夜晚才能釋放出真實的自我，偶然路過的曹植被這一場景所震懾，彷彿又回到那塊麗的夢中。流言蜚語充斥著後宮，三人錯綜複雜關係成為人們茶餘飯後的話柄，冰冷的後宮頓時顯得危機四伏。現實種種如同巨大漩渦，無時無刻折磨著曹丕，曹植似心魔一般威脅著自己，王位、甄宓會不會投懷別抱？耐不住的猜忌，像無數面鏡子刺激著曹丕的眼睛，讓他更加慌亂！

曹丕終究還是痛下決心，為捍衛至高威嚴而對曹植下手，曹丕的衛隊手握兵刃，將曹植身邊志同道合者一個個除去。逃亡路上殺機重重，到處布滿曹丕的重兵，冰冷鐵器閃耀著致命的銀光。孑然一身的曹植無助待在大殿，曹丕命曹植七步成詩，欲加死罪！曹植步步血淚，句句驚天，曹丕終於為之動容。

甄宓溫暖的雙臂，喚醒瀕臨崩潰的曹植，曹植被貶為地方官吏，二人悲傷訣別，從此以後天各一方，永不相見。深宮冷月中，一尺白綾下，甄宓為自己的人生畫上淒美句點。

〔註45〕 曹丕〈芙蓉池作〉，唐·李善注，清·胡克家考異：《文選附考異》，卷22，頁318。

〔註46〕 〈浮萍篇〉，魏·曹植著，趙幼文校注：《曹植集校注》，卷2，頁311。

窮困潦倒的曹植蹣跚於放逐的路上，淼淼洛水畔，睡夢中，他再次與洛神相遇，只見其身影：

> 翩若驚鴻，婉若游龍，竦輕軀以鶴立，若將飛而未翔。

他們在洛水薄霧裏琴瑟和鳴，自在暢遊，最終凝成兩團祥瑞之氣，盤旋回舞，飛上九天⋯⋯。

《水月洛神》融合舞蹈、音樂、服飾及多媒體光影，將曹植與甄宓（或宓妃）的感情完整發揮，戲劇評論家歐陽逸冰（1941～）認為：

> 導演在男女主人公情感最糾結的節點上，大膽地停滯瞬間的時空，把曹植內心最隱秘的幻覺展示出來，讓生活的「本該如此」與「竟然如此」形成鮮明的對照，使火熱的追求與冷酷的現實產生無情的碰撞，從而直觀地、形象地、生動地揭示了曹植與甄后平靜背後的洶湧無盡的情感波瀾，揭示了他們的「內在精神氣質，格調風度」。〔註47〕

曹植固然在現實世界裏無法與甄宓結成連理，但卻能在精神層面上和宓妃相偕而逝，正合中國戲劇「哀而不傷」的傳統。其次，《水月洛神》藉由翻轉排列十二塊正面是漢代石刻圖案，反面則是明亮鏡子的牆體，營造出虛幻與真實的特殊舞臺效果，將劇情層層渲染成不同的藝術氛圍。劇中除引用蔡琰〈悲憤詩〉敘述戰亂流離的場面外，更以曹植〈美女篇〉、〈浮萍篇〉傾訴對甄宓美貌的讚揚與對其命運的惋惜，甚至也以曹丕〈芙蓉池作〉顯現其志得意滿的豪邁之氣，堪稱是寓詩文於舞劇中的傑作。

舞劇對〈洛神賦〉的發展無疑是現當代最突出的成就，蔡旻呈認為：

> 透過〈洛神賦〉這個主題傳統的歷史流變，所形成的一系列創作改編，都是一次次的記憶招喚和文化傳承，觀眾透過觀看也同時參與曹植生命中的現實挫折與心靈聖殿，在這場神話的

〔註47〕歐陽逸冰：〈以形寫神氣韻生動──舞劇《水月洛神》觀後〉，《藝術評論》2011 年第 4 期，頁 60。

遊歷中，自身的情緒境遇也能有所寄託投射和昇華。〔註48〕

曹植與宓妃人神戀愛的浪漫故事，結合不論是傳統南管梨園戲或現當代舞蹈，都能有加乘的效果，也無怪乎從〈洛神賦〉出發的舞劇能蓬勃發展，蔚為大觀。舞劇對〈洛神賦〉的接受，不單以〈感甄記〉為藍本，南管舞劇《洛神賦》繼承〈洛神賦〉賦文，《雲水洛神》則以宓獻祭河伯為綱，呈現多元發展，在劇場表現上可謂各有千秋，將〈洛神賦〉精髓徹底發揮，使〈洛神賦〉傳播範圍更加擴大，傳播內涵更加豐富，讓舞劇對〈洛神賦〉的發展獨樹一幟。

四、音樂對〈洛神賦〉的發展

（一）國樂《洛神組曲——曹丕與甄宓》

臺北市立國樂團於 2004 年首演，王正平（1948～2013）作曲、指揮，如是我聞文化股份有限公司出版，入圍第十六屆金曲獎最佳民族樂曲專輯獎及最佳演奏獎。共分〈將士行〉、〈洛水環珮〉、〈魏宮陵闕〉、〈洛水春寒〉等四幕。〈將士行〉石破天驚，集結號角響起，以笛聲低鳴表示戰士一去不復返的悲壯，以隆隆鼓聲展現軍隊昂揚的志氣。戰馬奔騰戰陣殺伐，曹丕身先士卒，歷經九死一生，終於勝利的號角響起，順利攻克鄴城，將士們個個欣喜若狂，高奏凱旋樂章。〈洛水環珮〉幽怨古箏及嗚咽簫聲象徵袁府中甄宓惶惶不安心情，雖擁有絕色姿容，而如今卻淪為戰俘。曹丕一進袁府，對甄宓驚為天人，鼓聲彷彿是雀躍心跳聲，立志贏得美人歸。緊接著曹植與甄宓，詩歌往來間如同琴瑟和鳴般相合，彼此傾心。甄宓周旋於曹丕、曹植兄弟之間，似笛聲、鼓聲、琴聲紛至沓來，彼此交戰無所適從。〈魏宮陵闕〉大鼓摹擬猛雷，引導出暴風雨的前奏，表面和諧的魏宮，卻不時有笙聲干擾。笛聲淒厲、笙聲低鳴彼此競逐，似曹丕、曹植對甄宓與世子之位的爭奪，一時之間鑼、鈸、鐘、鼓齊鳴劍拔弩張，最終塵埃落定，由曹丕贏得甄宓與

〔註48〕 蔡旻呈：《從文化資產到文化創意——漢唐樂府之梨園樂舞研究》（臺北：國立政治大學中國文學系碩士學位論文，2014 年 6 月），頁 86。

世子之位。〈洛水春寒〉甄宓心情似揚琴般忐忑，襯托背景簫聲更顯得孤寂，胡琴演奏出曹丕責難曹植的急切，曹植被迫一步步吟出七步詩。音樂越來越沉重如同陰霾籠罩甄宓，情勢隨著節奏漸趨緊急，在驚天一擊後，甄宓香消玉殞。甄宓化身洛神，在洛水之濱與曹植重逢，簫與笙的低鳴，像是洛神與曹植的呢喃，但終究是人神殊途，最後只剩曹植嗚嗚的笙聲。

　　王正平教授是著名琵琶演奏、作曲及指揮家，對於國樂有很深的造詣，其以國樂樂器特性，譜出完整的洛神故事，為現當代音樂對〈洛神賦〉的接受創造新的典範。一開始戰陣殺伐，摹擬出萬馬奔騰，戰士肉搏的場景，並以歡欣節奏象徵凱旋的榮光。甄宓身為戰俘，悽悽慘慘的音樂襯托其心情，曹丕、曹植為爭奪甄宓則以笛、笙相互頡頏，各不相讓。魏宮中，主旋律之外，一直有獨奏破壞整體和諧，而樂器的對峙，展現肅殺的氣氛。洛水悠悠地流淌著，洛神與曹植相會，以兩股低鳴象徵絮語與哀傷，最後卻只剩曹植的獨吟。

（二）臺語歌曲《洛神》

　　楊麗花歌仔戲《洛神》主題曲，1994 年發行，蔡琴演唱，姚謙作詞，張弘毅作曲、編曲，歌詞：

> 青春一場夢，多情多怨歎，雙人做陣已經無望。
> 恬在冷暖的世間，無奈風波戲弄，斷腸詩聲聲催心肝。
> 青春一場夢，多情多怨歎，雙人做陣已經無望。
> 恬在冷暖的世間，無奈風波戲弄，斷腸詩聲聲催心肝。
> 有緣無份天注定，彼時甲你行影雙雙，如今孤單飲酒消煩。
> 一生的美夢，被人來擾亂，乎阮的希望變成空，一場鴛鴦夢
> 變成空。

　　蔡琴渾厚嗓音，不斷重複著「雙人做陣已經無望」，配合楊麗花歌仔戲《洛神》劇情，曹植與甄宓兩人先是在夢中相遇，故見面時有似曾相識的親切感，兩人真心相愛卻「被人來擾亂」遭崔琰為貪圖富

貴背叛及郭笑陷害，造成「一場鴛鴦夢變成空」，最後曹植形單影隻，只能「飲酒消煩」。歌曲節奏沉重，曲調哀戚，歌詞配合劇情發展，堪稱佳作。

（三）國語歌曲《洛水神仙》

電視劇《新洛神》片頭曲，2013 年發行，中國賈卿卿演唱，林勁松作詞，王承潔作曲，歌詞：

> 思念猶如在暮色裏面，不經意化作一縷的青煙。
> 我偶然留存著你一笑的驚豔，握筆卻難寫盡生死纏綿。
> 相望了千年，洛河邊，幾乎一轉眼，頃刻間，何必去糾結。
> 誰把愛再虧欠，廝守到千年，洛河邊，愛恨一轉念。
> 辭賦間，絕筆處，宛若我初見，你隱約的笑顏，洛水神仙。

電視劇《新洛神》敘述洛河畔宓妃與后羿的情緣，千年後宓妃轉世為甄宓，與后羿轉世為曹植再續前緣，兩人歷經波折生死纏綿，卻不敵人世的糾葛，最後還是僅「留存著你一笑的驚豔」，結束這世的憾恨。旋律流暢，彷彿娓娓道來曹植對洛神的思念。

（四）國語歌曲《洛神賦》（中國 Winky 詩演唱）

中國 Winky 詩（本名趙景旭）演唱，2014 年發行，房晟昊作詞，Winky 詩作曲，Winky 詩編曲，歌詞：

> 東風冷，落葉幾層，這寂寞傾城。
> 聽雨聲，輾轉翻枕，等你問。
> 問紅塵，緣分如何生。洛水深，回憶在跟，夢不妨傷人。
> 看殘燈，渡我一世，等來生。你手贈，月色的清冷。
> 斜雨斷了魂，你淚妝已成。我彈古箏，風雪推門，誰飲恨。
> 賦一首洛神，而你拒絕聽聞，情有累世傷痕。
> 斜雨斷了魂，你淚妝已成。我還在等，風雪幾更，太認真。
> 賦一首洛神，幾分思緒殘忍，瀟瀟雨落空城。

中國歌手 Winky 詩藉〈洛神賦〉曹植與宓妃纏綿悱惻卻人神殊途

的基調，譜寫出《洛神賦》思念卻不得相見的悲哀，以東風冷、落葉、雨聲、輾轉翻枕營造淒清難眠的寂寞與悲哀，以「賦一首洛神」表明與千年之前的曹植同為天涯傷心人。以蕭配合鋼琴伴奏顯現古典氛圍，歌詞則有宋詞之風。

（五）國語歌曲《洛神賦》（無双樂團江晴演唱）

無双樂團江晴演唱，2019 年發行，曾歆沂作詞，倪可作曲，吳周爍編曲，歌詞：

> 挑動的琴弦，聲聲在盤點。等你的歲月，沉默年年。
> 情好比深淵，我只歎緣淺。回憶的真切，莫問流年。
> 若今生得以破鏡重圓，苦澀就當洗練，為與你偕老，我願放
> 逐天邊。
> 思念如曲繞梁，不絕於耳對我唱。
> 愛一場，醉一場，醒來何以成過往。
> 思念如雨繞梁，夢亦在遠方微亮。
> 陪你闖，離愁吹打的風霜，宛若成雙。
> 若今生得以破鏡重圓，苦澀就當洗練，為與你偕老，我願放
> 逐天邊。
> 眼淚如曲繞梁，也因希望而悠揚。
> 愛一場，醉一場，你若明瞭已不枉。
> 眼淚如雨繞梁，決心卻比愁更燙。
> 陪你闖，闖過世間的風霜，總能成雙。

詞曲充滿古風，雖名為《洛神賦》，但與〈洛神賦〉並無直接關聯，歌詞「思念如曲繞梁」、「思念如雨繞梁」及「若今生得以破鏡重圓」，應該是藉〈洛神賦〉曹植對宓妃思念及前世離別今世終成眷屬的意涵，表達攜手偕老的期待。無双樂團音樂類型為跨界國樂加入歌舞演唱，也是年輕樂迷追逐的對象，《洛神賦》輕柔婉轉，帶領一股復古風潮。

（六）國語歌曲《洛神賦》 （中國 SING 女團演唱）

中國 SING 女團（全名 Super Impassioned Net Generation）演唱，2019 年發行，苗柏楊作詞、何亮作曲、何亮編曲，歌詞：

> 筆尖鐫刻意纏綿如夢間，情意中繾綣娓娓入畫卷，
> 洛水邊驚鴻一面碧波羞顏，奈流言自古不兩全。
> 光影淺淺半遮盈盈笑臉，玉佩贈與腰間徒留思念
> 仍回首望眼依戀魂繞夢牽，了無言最是離人怨。
> 縱使風霜雨雪勿忘勿相見，幾番愛恨空憶流年，
> 若是緣起緣滅命中已圈點，這畫卷我甘願不去演。
> 縱使思緒翩翩相見卻無言，一枕浮沉重歸舊年，
> 若是愛恨離別夢中已上演，這畫卷我只願別兌現，
> 這畫卷我甘願我只願。
> 我看見的夢見的遇見的，眷戀的絢爛的，夢醒來這一切誰去演。
> 命中的緣起緣滅，經歷的過往雲煙，不再是我惟一的句點。
> 還記得這笑臉，仍在思念輾轉難眠，恨過的愛過的別求全。
> 不敢忘彩蝶翩翩，洛水邊似初見，昭華一念銘記思戀。
> 縱使思緒翩翩相見卻無言，一枕浮沉重歸舊年。
> 若是愛恨離別夢中已上演，這畫卷我只願別兌現，
> 這畫卷我只願別兌現。

SING 女團是當紅的中國女子演唱團體，《洛神賦》應指《洛神賦圖》，其中歌詞「洛水邊驚鴻」、「玉佩贈與腰間」及「一枕浮沉重歸舊年」則出自〈洛神賦〉與〈感甄記〉。歌曲中從「我看見的夢見的遇見的」至「昭華一念銘記思戀」為饒舌唱法，是帶有電子國風的創新歌曲。以豎琴及鋼琴伴奏，和聲婉約，饒舌則是鏗鏘有力。

現當代音樂對〈洛神賦〉的發展可謂是推陳出新，無論古典與創新皆能占有一席之地，傳統國樂能重新創作，將洛神故事譜寫成壯麗的交響詩，藉由樂器及旋律營造環境氛圍與人物互動，對〈洛神賦〉有特殊的詮釋技巧與方法。不管是現當代戲曲或電視劇，都能將纏綿悱

惻劇情精華，以委婉動聽的旋律濃縮在主題曲中，使兩者相得益彰。最為特殊的是，新一代作詞、作曲及演唱團體也融入〈洛神賦〉元素，將古典與現當代結合，創作《洛神賦》歌曲。無獨有偶，海峽兩岸於同年推出同名歌曲，更可見〈洛神賦〉對年輕族群有驚人的滲透力。

第三節　小結

　　現當代對〈洛神賦〉的接受與發展中，「感甄說」居非常重要關鍵。〈洛神賦〉原本只是曹植繼承先秦以來宓妃形象，並賦予宓妃神采、裝飾、性情、外貌的一篇神女賦。但多情的唐代文人不甘於此，認為其中必有「隱情」，於是在曹植與曹丕世子之爭中，加進與甄宓的三角戀，附會而成〈感甄記〉，為單純描繪洛水之神宓妃的〈洛神賦〉濃妝豔抹，使其有驚世駭俗的發展。舉凡小說、戲曲、電影、電視劇、舞劇，甚至音樂，無不將〈感甄記〉奉為圭臬，在這短短數十字外，或追本溯源、或參考史實、或引經據典、或憑空想像，創造無數賺人熱淚的作品，造成〈洛神賦〉的影響無遠弗屆。

　　現當代對〈洛神賦〉的接受是全面性，發展內容也最為豐富，南宮搏小說《洛神》善寫男女相思，偏重情愛的描寫，成功演繹〈感甄記〉，成為之後洛神故事重要參考。胡曉明、胡曉暉小說《洛神》則是擺脫傳統框架，一變纏綿愛情史詩為權謀鬥爭史，但人物刻畫細膩，場面壯闊，為洛神故事擴大格局。戲曲方面，除保留傳統唱詞對白及身段外，拜現當代科技之賜，即使是在舞臺演出，從舞臺變換、燈光設計，甚至多媒體效果，都已跳脫傳統窠臼。以電視劇型態演出的歌仔戲，不僅外景拍攝，還能時空轉換及對置，擴大娛樂效果。電影方面，最能窺見時代軌跡，五〇年代京劇與粵劇《洛神》，布景、道具乏善可陳，但賣點是主角的唱功，梅蘭芳的「梅腔」悠然而有餘韻，顯現古典女子優美情致；芳豔芬自創的「芳腔」，腔調圓潤雅淡，感情豐富，都同時受到觀眾的喜愛。到了八〇年代，《洛神傳》在電影工業技術蓬勃發展下，宮殿場景、服裝設計都有突出的表現，男女主角更是以顏值取勝。電視

劇方面，由於集數長，編劇們莫不殫精竭慮擴大洛神故事的規模，有增加史實背景、融入主角詩文、強調權謀鬥爭，甚至以歌舞方式呈現不同面向。由於甄宓之美貌早已深植人心，扮演甄宓角色演員也紛紛吸引觀眾的相互比美，成為對〈洛神賦〉的另類接受。舞劇對〈洛神賦〉的接受是現當代最突出的成就，其不局限於〈感甄記〉，而是在不同專業上多元發展，不管是南管舞劇《洛神賦》梨園舞蹈搭配南管清麗音樂的優雅，《雲水洛神》傳統舞蹈結合西方芭蕾的創新，中國舞劇《洛神賦》舞臺演員肢體語言的質樸，《水月洛神》融合舞蹈、音樂、服飾及多媒體光影的絢爛奪目，都讓〈洛神賦〉的傳播有了豐富內涵。音樂對〈洛神賦〉的發展亦不曾缺席，從傳統國樂《洛神組曲——曹丕與甄宓》，以樂器特色營造場面氣氛與人物互動，展現特殊的作曲功力。從創作融合饒舌唱法的電子國風歌曲，到現當代戲曲或電視劇主題曲，無不想將〈洛神賦〉纏綿悱惻的愛情故事完美詮釋。

　　現當代對〈洛神賦〉的發展，還有「老少咸宜」的特徵。戲曲藉由電子媒體傳播，不僅吸引年長者收看，而且被不同地方戲曲列為基本戲碼，甚至出現各種新舊版本。電視劇豐富的情節與內容，更是造成不分年齡的觀眾，在螢幕前看著曹植與甄宓分分合合，最後卻只能為曹植在夢中與洛神的重逢，一掬同情之淚。以洛神故事為主題的小說與創新的舞劇無疑是年輕人的焦點，他們憧憬於浪漫的愛情，滿足於創作者對洛神故事的想像。至於兒童，《洛神賦——曹子建與甄后的戀情》內容雖有超齡的劇情，但卻也將〈洛神賦〉藉由故事書向下札根，傳遞洛神傳說。

　　值得注意的是，前代〈洛神賦〉相關作品多出自男性手筆，對於女性角色的體會總是多一層隔閡。但到了現當代，女性在〈洛神賦〉相關創作中，不論是研究論著、小說、戲曲、電影、電視劇、舞劇，甚至音樂，均有傑出表現，尤其是在表演藝術中將宓妃或甄后女性特質徹底發揮，如戴君芳《燕歌行》甄宓雖已身嫁曹丕，但面對曹植的熱情追求，亦不免心猿意馬；陳美娥《洛神賦》洛神姿態優雅柔媚，步履潺緩

流暢,手部動作細緻生動;王玫《洛神賦》甄宓對愛情的執著,從痛心疾首到痛不欲生,從生不如死到哀莫大於心死等。除開啟女性獨有視角,更為〈洛神賦〉的傳播與接受注入新動能。

　　總計現當代戲曲及表演藝術對〈洛神賦〉的發展,地方戲曲方面,已知有楊麗花歌仔戲團分別於 1984 年及 1994 年演出的《洛神》,葉青歌仔戲團演出的《金縷歌》,明霞歌劇團演出的歌仔戲《洛神》,唐美雲歌仔戲團演出的《燕歌行》,北京京劇院演出的新編京劇《洛神賦》,廣東粵劇院二團演出的粵劇《子建會洛神》,鄭州市豫劇院演出的豫劇《美兮洛神》,廣西壯族自治區桂劇團演出的新編桂劇《七步吟》等九種。電影方面,有北京電影製片廠出品的京劇《洛神》,香港大成影片公司出品的粵劇《洛神》,香港萬聲電影製片公司出品的潮劇《洛神》,香港銀彈電影事業公司出品的古裝歷史宮幃愛情劇《洛神傳》等四種。電視劇方面,有香港電視廣播有限公司製作,分別由苗金鳳及蔡少芬主演的《洛神》;中國廣州市洋朗影視科技有限公司、北京現代力量文化發展有限公司聯合製作,潘雨辰主演的《洛神續集》;中國浙江金溪影視有限公司、浙江崇遠影視有限公司聯合製作的古裝創意歌劇,李依曉主演的《新洛神》;中國東陽盟將威影視文化有限公司、江蘇華利文化傳媒有限公司、北京多美數字娛樂有限公司共同製作,張芷溪主演的《大軍師司馬懿之軍師聯盟》等五種。舞劇方面則有漢唐樂府演出的南管舞劇《洛神賦》,鄭州歌舞劇院演出的中國舞劇《雲水洛神》,北京舞蹈學院演出的中國舞劇《洛神賦》,鄭州歌舞劇院演出的中國舞劇《水月洛神》等四種。音樂方面,有臺北市立國樂團演出《洛神組曲──曹丕與甄宓》,蔡琴演唱的臺語歌曲《洛神》,賈卿卿演唱的國語歌曲《洛水神仙》,Winky 詩演唱的國語歌曲《洛神賦》,無双樂團江晴演唱的國語歌曲《洛神賦》,SING 女團演唱的國語歌曲《洛神賦》等六種。僅舉以上數端,即可見現當代對〈洛神賦〉的接受與傳播有著琳瑯滿目、美不勝收的繁榮景象,更何況現當代表演藝術對〈洛神賦〉的發展還在持續進行,前景勢必無法限量。

第九章 結 論

　　〈洛神賦〉以獨特的魅力縱橫中國文學與藝術史將近二千年，如果對「後代讀書人沒有一個沒有讀過〈洛神賦〉」〔註1〕尚有疑慮的話，那「沒有一個人不知道洛神故事」就不容被推翻了。因為〈洛神賦〉不僅利用文本傳播，更透過各種媒體將〈洛神賦〉滲透至每一個年齡及階層，在不斷傳播與接受過程中，造成洛神故事家喻戶曉，甚至吸引日本學者的重視。〈洛神賦〉之所以受到歷代及各體類文學作品與藝術創作的青睞，從研究結果可以發現〈洛神賦〉的傳播與接受具有三項重要特質：一、〈洛神賦〉傳播接受行為與時代背景意識步調一致；二、互文性造就〈洛神賦〉與接受作品相互輝映；三、民間文學、作家文學與俗文學交織融貫的「洛神文學接受史」。另外，以「接受美學」建構的接受史研究，不但開闢嶄新且寬廣的研究方法，並對中國古典文學傳統研究領域的推廣和運用，開拓學術視野與學術觀念，帶來重大意義。

第一節　研究結果

一、〈洛神賦〉傳播接受行為與時代背景意識步調一致

　　誠如龍協濤所言：

　　　　文學作品的不朽意義，正是在於它的文本是建立在多重意義

〔註 1〕洪順隆：〈論洛神賦〉，《辭賦論叢》，頁 124。

　　基礎之上的。換言之，它不是把一種意義強加給不同的讀者，
而是向不同的讀者和不同的時代顯示了不同的意義。〔註2〕

　　〈洛神賦〉的傳播接受與時代背景意識有著密不可分的關係，魏
晉時期正值亂世，不僅天災疾疫不斷，政權更迭頻繁，文人因政治立場
不同，常有殺身滅族之禍，「死亡」如影隨形壓迫著這個時代的人。為
了擺脫死亡陰影，魏晉文人轉而投身追求長生的願望與對神仙世界的
嚮往，其中最具代表性的「遊仙詩」就有宓妃身影。王羲之與王獻之父
子，十分憧憬道教所描述的「神仙世界」，〈洛神賦〉所建構的夢幻仙
境，正好符合其需求，因此藉由書寫〈洛神賦〉以抒胸臆。遺憾的是，
王羲之的《洛神賦》亡佚已久，王獻之也只剩《洛神賦十三行》刻本供
後人追思。顧愷之將〈洛神賦〉的故事性結合其對「神仙世界」的想
像，將〈洛神賦〉改編成一幅連續圖畫《洛神賦圖》，並將其中關於神
仙與靈獸的描寫，以生花妙筆逐一呈現，建構《洛神賦圖》的奇幻世
界。

　　吟詠情性的文學觀主導了六朝文壇，〈洛神賦〉浪漫人神戀愛情節，
再加上曹植在當時的崇高地位，吸引文人對其文才及文學作品的仰慕，
以致「懷鉛吮墨者，抱篇章而景慕，映餘輝以自燭」〔註3〕，六朝也就
成為〈洛神賦〉傳播與接受的黃金時期。張敏〈神女賦〉、謝靈運〈江
妃賦〉、江淹〈水上神女賦〉等除了主題思想摹擬〈洛神賦〉外，連篇
名、結構、文句無一不是〈洛神賦〉的翻版。至於表現技巧，沈約〈麗
人賦〉、〈傷美人賦〉及江淹〈麗色賦〉，無論在情態、光采、衣飾、動
作及修辭技巧上都與〈洛神賦〉有異曲同工之妙。由於〈洛神賦〉宓妃
美貌與柔情深植人心，宮體詩人紛紛將其美人形象表現在創作中。而
〈洛神賦〉曹植與宓妃人神戀愛卻終不成眷屬的結局也化為文學典故，
宓妃成了詩人寄託情感的對象，「洛浦」是曹植與宓妃互贈玉佩、明璫
的所在，更被詩人衍生為戀人分別或遺贈的地點。

〔註2〕龍協濤：《文學閱讀學》，頁19。
〔註3〕梁·鍾嶸撰，陳延傑注：《詩品注》，卷上，頁20。

　　《文選》在唐、宋時期因科舉取士及鄉學的推廣，出現所謂「選學」，其中李善注因引證賅博，體例嚴謹，對《文選》的傳播影響最大。〈洛神賦〉就憑藉著《文選》在當時的特殊地位，吸引文人的注意。唐代是歷史上禮防比較寬鬆，個性相對解放的時代，因此重視「情」的表達。李善引注〈感甄記〉，將神話題材與當時歷史人物相結合，甄后化身為宓妃，在洛水之濱為報答曹植知遇之恩，與曹植延續生前未了之情緣，故事情節雖匪夷所思，卻廣為世人所接受。正是李善〈感甄記〉對〈洛神賦〉賦予濃郁的抒情意味和絢麗的傳奇色彩，造成後世文學作品與藝術創作不斷以〈感甄記〉為基礎衍生想像，對〈洛神賦〉的傳播投下震撼彈。除此之外，裴鉶《洛神傳》改編〈感甄記〉曹植與甄后相戀情事，小說中洛神不僅是與曹植相戀的絕世美女甄后，還是位性好彈琴，能辨琴韻，且善於作詩的才女，更重要的是，洛神多情風流，在洛水之濱與蕭曠成就一段情緣。

　　唐代詩人對〈洛神賦〉的接受，在〈感甄記〉的影響下，讓宓妃可以是神女，亦能為甄后的化身。而其中最重要的貢獻是由整體意象衍生為個別意象或局部特徵，〈洛神賦〉「悼良會之永絕兮」與「潛處於太陰」，就被詩人們轉化為「無法終成眷屬」與「自傷」的個別意象。宓妃的美世所公認，因此其動人形象頻頻出現在詠美人、贈美人，甚至贈答主題的詩作中，從中可見詩人對〈洛神賦〉的偏愛。另外，段成式《酉陽雜俎》〈妒婦津〉，之所以會產生段明光不容美婦渡江的情節，或許跟唐代女性地位提升有關。杜光庭〈洛川宓妃〉，將〈洛神賦〉宓妃尊為道教女神，也應該源於唐代道教的盛行。

　　到了宋代，有別於唐代「情」的表達，而偏重「理」的接受，劉克莊首先駁斥「感甄說」，認為：

　　　　〈洛神賦〉，子建寓言也。好事者乃造甄后事以實之。使果有
　　　　之，當見誅於黃初之朝矣。〔註4〕

〔註4〕宋‧劉克莊：《後村先生大全集》第18冊，卷173，頁4425。

或許詞為「豔科」,〈洛神賦〉描寫的又是曹植與宓妃纏綿悱惻的戀情,因此宋代詞人在〈洛神賦〉的接受上未受到理性傾向影響。〈洛神賦〉曹植與宓妃「思緜緜而增慕,夜耿耿而不寐」的相思,為詞人轉化成閨愁、離恨,在題材中屢見不鮮。〈洛神賦〉「陵波微步」與「羅韈生塵」為宓妃獨有之特徵,亦普遍出現在作品中。宋代婦女逐漸有纏足之風,詞人們也以〈洛神賦〉「陵波微步」來比擬婦女纏足後走路的模樣,以「羅韈」比喻纏足後的小腳。

明、清兩代,道德意識滲入〈洛神賦〉的接受活動,明代黃鳳翔〈洛神賦序辨〉:

> 若賦曰洛神而意在感甄,則宋玉賦高唐神女所感又何人耶?
> 甚矣,好事者之誣罔,而後世之訛傳也。〔註5〕

及張溥《陳思王集》題辭:

> 黃初二令,省怨悔過,詩文拂鬱,音成于心,當此時而猶泣
> 金枕,賦感甄,必非人情。〔註6〕

繼宋代之後,再次提出〈洛神賦〉非為感甄而作。即使是汪道昆雜劇《洛水悲》,結局也是「妾身雖以私心自效,終難以遺體相從,侍人促行,就此告別,幸王自愛,永矢不忘」,歸結到「發乎情,止乎禮」。

進入清代,為了駁斥「感甄說」,於是提出「寄心君王說」,何焯認為:

> 〈離騷〉「我令豐隆乘雲兮,求虙妃之所在。」植既不得於
> 君,因濟洛川作為此賦,託辭虙妃以寄心文帝,其亦屈子
> 之志也。〔註7〕

將曹植視為「寄心懷王」的屈原,始終寄心於文帝曹丕,主張「寄心君王說」,朱乾、潘德輿、丁晏及劉熙載等學者亦持此說。至於古典小說

〔註5〕 明・黃鳳翔:《田亭草》,卷20,據天津圖書館藏明萬曆四十年刻本影印,收入《續修四庫全書》集部第1356冊,頁384。
〔註6〕 明・張溥:《漢魏六朝百三家集題辭注》,頁92。
〔註7〕 清・何焯:《義門讀書記》,卷45,頁883。

與傳統戲曲方面，亦多強調守禮心性。蒲松齡〈甄后〉，甄后為劉楨當年癡情罹罪之意，竟與其後身劉仲堪熄燭解繻，曲盡一宿歡好，但那不貞的心性，正是為使其報復奸瞞篡子而創造的。樂鈞〈宓妃〉，段明光因其夫劉伯玉吟誦〈洛神賦〉，竟遷怒洛神，興兵犯洛水，所幸書生仗義相助，擊退來寇，宓妃雖欲報答書生之恩，「徘徊眷戀，悽然淚落」仍保持冰清玉潔仙人風采。黃燮清《凌波影》，洛神雖與曹植，尚有未盡之緣，猶負相思之債，強調「相契以神，不過是空中愛慕，一涉形跡，便墮孽障，千古多情之人，從無越禮之事」。

　　現當代對於〈洛神賦〉的接受，則是從道德意識的束縛解脫，朝向多元化發展。舉凡小說、戲曲、電影、電視劇、舞劇，甚至音樂都能挾其新興媒體的優勢，不拘成說恣意解讀〈洛神賦〉，豐富的表演藝術與內容，吸引不分年齡的觀眾，〈洛神賦〉傳播與接受呈現空前的繁榮景象。其中〈感甄記〉不斷吸引作家的目光，並在這短短數十字外，或追本溯源、或參考史實、或引經據典、或憑空想像，將曹植與甄后的戀情，衍生無數賺人熱淚的作品，造成〈洛神賦〉的影響無遠弗屆。

二、互文性造就〈洛神賦〉與接受作品相互輝映

　　固然〈洛神賦〉為後世文學作品及藝術創作提供養分，但相關系列的文學作品及藝術創作不僅彰顯〈洛神賦〉地位，更擴大〈洛神賦〉意義及傳播效果，故可說〈洛神賦〉與其系列作品有著相互輝映的關係。「互文性」與「共生說」正可佐證此傳播與接受現象：

> 共生現象一般表現為創作型讀者以原先存在的某作品為範本，創造新的作品的同時保留原作的主要特徵。在此現象中，新作的創作和流傳時，原作借此也得到傳播，而新作也因為和原作的這種關係在某種程度上受到一定的關注。在與他類藝術樣式共生的現象方面，創作型讀者或編撰人員將原先存在的作品全部或部分地引入到自己新創的作品中，由於這種

巧妙恰當的引用或借鑒，往往使原作和新作相映生輝。〔註8〕

現存的中國古代繪畫中，顧愷之《洛神賦圖》被認為是第一幅改編自文學作品的畫作，也是第一幅連環圖畫。目前流傳在世《洛神賦圖》共有九卷，其中三卷相傳為顧愷之所作，實際上都應為宋代摹本。從現存的《洛神賦圖》可以發現，顧愷之成功將〈洛神賦〉文本轉譯成圖像，而且《洛神賦圖》的出現，促成對〈洛神賦〉直觀形象的理解，形成了不可分離的「語言－圖像」整體。《洛神賦圖》不僅在中國繪畫史上享有崇高的地位，更吸引從東晉以來歷代畫家的臨摹與討論，尤其是現當代《洛神賦圖》從帝王之家流入民間後，相關學者得以一窺風貌，紛紛從不同面向探討其傳世價值。

書法名家王羲之曾以楷體抄寫〈洛神賦〉，王獻之秉承家法，亦有楷書《洛神賦》，父子二人均曾大書數十本。可惜的是王羲之《洛神賦》真跡於南朝齊即已不存，王獻之《洛神賦》流傳至唐、宋間亦已散佚。後來為宋末權相賈似道尋獲十三行，自「嬉」字起至「飛」字止計二百五十字，並摹刻於碧玉版上，即所謂《玉版十三行》。宋高宗趙構從王獻之《洛神賦》中「覺於書有所得」，趙孟頫曾自言一生寫過「數百本」《洛神賦》，〈洛神賦〉為歷代書法家之所重視可見一斑。顧愷之《洛神賦圖》與王獻之《洛神賦》除堪稱書畫雙絕外，對〈洛神賦〉的傳播亦有推波助瀾之功。

李商隱對〈洛神賦〉情有獨鍾，屢屢在詩中引用洛神故事，或用其辭，或鎔其意，而且對「感甄說」堅信不疑，在〈洛神賦〉接受史上別具一格。從其相關詩作中，可以發現〈無題四首〉其二、〈可歎〉是以宓妃的不幸遭遇自喻；〈涉洛川〉、〈東阿王〉是以曹植遭讒不得志自喻；〈襪〉、〈判春〉及〈代魏宮私贈〉則是借宓妃事自賦艷情。李商隱對〈洛神賦〉鍾情如此，連帶吸引後世詩人的效法。

在通俗文學中，《聊齋志異》〈甄后〉據〈感甄記〉及《三國志》

<hr>

〔註8〕郁玉英：〈論文學傳播中的共生現象及其對文學經典生成的影響——以宋詞為中心〉，頁87。

改編，甄后為了報劉楨當年癡情罹罪之意，竟在千餘年後，再乘龍輿下凡與其後身劉仲堪相會，且熄燭解纏，曲盡一宿歡好。曹植與甄后的相戀情節，被改編為甄后報答劉楨昔日的癡情，小說中甄后已失去女神氣質。《紅樓夢》除〈警幻仙姑賦〉摹擬〈洛神賦〉對女性容貌與裝飾之美的細膩描寫，並且改編賦中詞句，如「風迴雪舞」與「流風之迴雪」，「耀珠翠之輝煌兮」與「披羅衣之璀粲兮」，「徘徊池上兮，若飛若揚」與「竦輕軀以鶴立，若將飛而未翔」，「將言而未語」與「含辭未吐」，「蓮步乍移兮，待止而欲行」與「進止難期，若往若還」。甚至賈寶玉還藉水仙庵借爐炭焚香悼念金釧的生日，對洛神大發議論，說是「殊不知古來並沒有個洛神，那原是曹子建的謊話。」卻不禁為洛神「翩若驚鴻，婉若游龍」，「荷出綠波，日映朝霞」的塑像著迷。蒲松齡《聊齋志異》與曹雪芹《紅樓夢》是清代著名的古典小說，也為世人所重視，對〈洛神賦〉傳播的普及有著重大貢獻。

　　現當代中，金庸的武俠小說吸引無數人的目光，而《天龍八部》更是其中翹楚，小說中以「陵波微步」神功引介出〈洛神賦〉宓妃欲語還休高貴氣質及飄逸出塵欲走還留的景象，彰顯宓妃不世的美貌，然後借位形容神仙姊姊的姿容體態與神采，讓許多讀者神馳於宓妃絕美出俗的樣貌與儀態，並藉以初識〈洛神賦〉。由於《天龍八部》接連在中、港、臺三地改編成電視劇集，對〈洛神賦〉的傳播效果更是深遠。地方戲曲如歌仔戲、京劇、粵劇、豫劇、潮劇及桂劇等都有各自的洛神劇本，甚至還有不同版本，再加上洛神電視劇在《洛神》之後，還有《洛神續集》、《新洛神》，不斷重新改編洛神故事，甚至《軍師聯盟》都有曹植與甄后的身影，歌詞出自〈洛神賦〉的《驚鴻舞》也能在清朝宮廷劇《後宮甄嬛傳》中驚鴻一瞥。不僅如此，電影、舞劇、音樂都能以其藝術特色，讓〈洛神賦〉活出新生命。而就在電子媒體的加持下，〈洛神賦〉傳播已經開枝散葉，每個人都能恣意選擇喜歡的洛神故事版本，流連於曹植與宓妃的浪漫戀情。

　　自李善於《文選》〈洛神賦〉引注〈感甄記〉後，〈感甄記〉就與

〈洛神賦〉有了不解之緣。分析〈感甄記〉，可以發現主要內容如背景年代、途經地點、洛神角色之引出、洛神對曹植的傾心、互贈信物及分離後的情思均改寫自〈洛神賦〉。其中亦套用宋玉〈高唐賦〉文句，如〈高唐賦〉「聞君遊高唐，願薦枕席」，〈神女賦〉「歡情未接，將辭而去」。並參酌《三國志》裴松之引《漢晉春秋》「甄后之誅，由郭后之寵，及殯，令被髮覆面，以糠塞口。」透過神話題材與歷史人物結合，將〈洛神賦〉繾綣纏綿人神戀愛的悲劇，賦予濃郁抒情意味和絢麗的傳奇色彩。從此各體類文學作品及藝術創作對〈洛神賦〉的接受，經常參雜〈感甄記〉內容，甄后與曹植、曹丕的三角戀愛糾葛劇情，以玉鏤金帶枕作為定情信物不斷出現在創作中。〈感甄記〉鋒芒甚至凌駕〈洛神賦〉，造成只知有甄后，不知有宓妃的反客為主現象。但不論〈感甄記〉是附會也好，虛構也罷，其對〈洛神賦〉傳播效果是無法磨滅的。

關於〈洛神賦〉對後世文學作品及藝術創作的影響，「互文性」適足以說明其傳播與接受現象：

> 互文手法使文本產生新的內容，使得文學成為一種延續的和
> 集體的記憶。〔註9〕

正是後世接受者借鑒於〈洛神賦〉，卻又將記憶添加於創作上，或是改頭換面造訪其中一個段落，或是插入一段諷刺的借用和心照不宣的表達，造成〈洛神賦〉的傳播與接受現象源遠流長。

三、民間文學、作家文學與俗文學交織融貫的「洛神文學接受史」

俄國學者鮑列夫認為：

> 偉大的形象總是多側面的，它有著無窮的涵義，這些涵義只
> 有在若干世紀中才能逐漸揭開。每個時代都在經典形象中發

〔註 9〕〔法〕蒂費納‧薩莫瓦約（Tiphaine Samoyault）著，邵煒譯：《互文性研究》，頁 81。

現新的側面和特點，並賦予它自己的解釋。〔註10〕

　　宓妃相傳是神話始祖神伏羲之女，溺死洛水為神，宓妃的原始形象首見於屈原〈離騷〉和《楚辭‧天問》中，宓妃是河伯之妻，屈原賦予宓妃的形象是乖戾、驕傲、美而無禮，徒具有美女的外表。西漢揚雄〈甘泉賦〉則將宓妃形容為狐媚女神，此時期的宓妃是負面形象的美麗女神。宓妃形象在司馬相如〈上林賦〉開始有了變化，宓妃美貌絕俗、豔光照人，有精雕細琢的妝容，綽約的風姿；身材纖細柔弱，穿著曼妙輕柔的長裙，並發出濃烈的香氣；談話間笑語盈盈，明眸流動，令其一見傾心。在東漢張衡〈思玄賦〉中，宓妃的形象更加姣麗而蠱媚，宓妃妖嬈魅惑，娥眉媚眼，纖腰曼妙，衣裾輕揚，朱唇微啟而笑溢，眉目間攝人魂魄，讓張衡難以自持。於是張衡獻上佩玉，申述愛慕之情，然女神情志逸蕩，棄之不顧，此時期的宓妃已成為嫵媚豔麗的神女。先秦及兩漢是宓妃形象的奠基期，提供宓妃雛形作為曹植〈洛神賦〉的借鑒。

　　曹植接受先秦及兩漢以來宓妃的形象，並在〈洛神賦〉有突破性的發展，賦中除對宓妃外貌與裝飾有鉅細靡遺的刻畫，更對宓妃的性情與神采有深刻的描寫，特別是多愁善感的心靈世界，一往情深的愛情追求，奠定宓妃絕美及多情的形象。在王羲之之前，魏晉文人對〈洛神賦〉的接受都較為片面，直到王羲之與王獻之抄寫〈洛神賦〉，對〈洛神賦〉的接受才更為完整。緊接著顧愷之獨具慧眼發揮繪畫天分，創造出宓妃、曹植及〈洛神賦〉中神仙、靈獸等，成功將〈洛神賦〉文本轉譯成《洛神賦圖》圖像。

　　〈洛神賦〉廣為六朝賦家所接受，張敏〈神女賦〉、謝靈運〈江妃賦〉，沈約〈麗人賦〉及〈傷美人賦〉、江淹〈麗色賦〉及〈水上神女賦〉等，無論從主題思想、結構、文句與結局均有〈洛神賦〉接受痕跡。〈洛神賦〉對宓妃外貌與裝飾鉅細靡遺的刻畫，與對宓妃性情與神采深刻

〔註10〕　〔俄〕鮑列夫（Борев, Юрий Борисович）著，喬修業、常謝楓譯：《美學》，頁 236～237。

的描寫，開啟宮體詩人視野，洛神成為宮體詩中美人的代表，如江淹〈詠美人春遊〉、蕭綱〈絕句賜麗人〉、劉緩〈敬酬劉長史詠名士悅傾城〉、劉孝儀〈探物作豔體連珠〉其一、劉孝威〈賦得香出衣詩〉等。除洛神之外，〈洛神賦〉中「拾翠」、「翠羽」、「陵波」也都成為美人的代稱，如費昶〈春郊望美人〉「芳郊拾翠人」，湯僧濟〈詠渫井得金釵〉「翠羽成泥去」，蕭紀〈同蕭長史看妓〉「詎減見凌波」。何思澄〈南苑逢美人〉、江總〈新入姬人應令詩〉、王樞〈徐尚書座賦得可憐〉等，也皆師法自〈洛神賦〉對美人外貌與裝飾的描繪。

唐詩對〈洛神賦〉的接受，可分為整體意象的接受與個別意象的轉化，在整體意象的接受方面，唐彥謙〈洛神〉與劉滄〈洛神怨〉除詩題外，更重新譜寫〈洛神賦〉宓妃優雅風姿與人神相遇卻人神殊途的無奈。李白〈感興〉八首其二也以五言詩的形式，再度複寫〈洛神賦〉前段情狀，其中詩句亦多改寫自〈洛神賦〉，雖評〈洛神賦〉是「好色傷大雅，多為世所譏」，但總是有意藉「洛浦有宓妃」，拉近與讀者的距離。在個別意象的轉化，除駱賓王〈詠美人在天津橋〉、李德裕〈鴛鴦篇〉、杜牧〈書情〉等以宓妃指代美人外，李嶠〈素〉、武平一〈妾薄命〉、冷朝陽〈送紅線〉等將「人神道殊」化為離別的哀傷，庾抱〈臥痾喜霽開扉望月簡宮內知友〉、李播〈見美人聞琴不聽〉、韋莊〈晚春〉等則是將「潛處於太陰」轉為自傷。宓妃之美也由詠物到詠花，如唐彥謙〈紫薇花〉、徐凝〈牡丹〉、溫庭筠〈蓮花〉，詩人受到〈洛神賦〉曹植描寫宓妃的美貌與神采影響，因此以宓妃比擬花卉，而且不管是豔麗的紫薇、牡丹花，還是素雅的蓮花，宓妃總能濃淡兩相宜。

宋詞對〈洛神賦〉的接受，主要在個別意象的轉化，如柳永〈臨江仙引〉三首之三、賀鑄〈望湘人‧春思〉與〈橫塘路‧青玉案〉、房舜卿〈憶秦娥〉等將曹植、宓妃離情化為相思，並將相思發展成以女性口吻的閨情，如晁端禮及劉過〈滿庭芳〉、周紫芝〈西江月〉「畫幕燈前細雨」、向子諲〈西江月〉「微步凌波塵起」、王沂孫〈聲聲慢〉「迎門高髻，倚扇清吭」等。其中最重要的是將「陵波微步，羅韤生塵」的傳統

意象轉化為新生命，由於「陵波微步，羅韤生塵」語意朦朧，且別出心裁地依此描繪女性的步態，自此從〈洛神賦〉脫穎而出，如向子諲〈浣溪沙〉、趙彥端〈鵲橋仙‧送路勉道赴長樂〉，以「陵波微步」形容步履輕盈行走如風；柳永〈荔枝香〉、賀鑄〈人南渡‧感皇恩〉，以「羅韤生塵」來極力描寫美人行走時搖曳生姿的步態。另外，也借用「陵波」、「羅韤」來歌詠美人之足，如蘇軾〈菩薩蠻‧詠足〉「塗香莫惜蓮承步，長愁羅襪凌波去」、晏幾道〈浣溪沙〉「一鉤羅襪素蟾彎」、黃庭堅〈兩同心〉「弓弓樣、羅襪生塵」、史浩〈如夢令〉「羅襪半鉤新月」等，甚至形容纏足後如新月的樣態。宋詞對〈洛神賦〉的接受最特殊之處是將宓妃與水仙花意象重合，如辛棄疾〈賀新郎‧賦水仙〉、韓玉〈賀新郎‧詠水仙〉、高觀國〈金人捧露盤‧水仙花〉及〈菩薩蠻‧詠雙心水仙〉、吳文英〈淒涼犯‧重臺水仙〉、趙聞禮〈水龍吟‧水仙花〉、劉將孫〈江城子‧和子昂題水仙花卷〉等，或許是宓妃乃洛水之神，亦可名為水仙，而水仙花超塵絕俗又淡雅清香，正襯托宓妃高貴的氣質，詞人才會將宓妃比為水仙。

　　古典小說與傳統戲曲對〈洛神賦〉的接受，主要是受到〈洛神賦〉人神戀愛與〈感甄記〉才子佳人故事影響。古典小說方面，蒲松齡〈甄后〉以〈感甄記〉及《三國志》史料而成，曹植與甄后的相戀情節，已被改編為甄后報答劉楨昔日的癡情罹罪之意。樂鈞〈宓妃〉，接續段成式《酉陽雜俎》〈妒婦津〉，妒婦段明光不僅毀損渡津美人容妝，竟又遷怒洛神，以兵相犯，逼得宓妃只能先求遮須國王曹植，後告洛水旁書生相救。小說中借書生之口，「以妃主之幽貞，無從伺影，而陳思忽然覯止，作賦留傳，翠羽明珠，恰傳阿堵。此皆天假之緣，使昭其美，而欲世間之知有妃也。」肯定〈洛神賦〉的價值。管世灝〈洛神〉中儘管洛神已不是〈洛神賦〉的宓妃或甄后，而是狐仙驚鴻。文末絕句「玉骨冰姿絕點塵，喬家姊妹是前身；菖漁已老留仙死，誰繼陳思賦洛神。」仍保留〈洛神賦〉血脈。傳統戲曲部分，汪道昆雜劇《洛水悲》，延續〈感甄記〉曹植與甄后戀情，情節依循〈洛神賦〉推展，曹植形容甄后之

美，皆取自賦中文句。黃燮清傳奇《凌波影》，為典型南雜劇，自〈洛神賦〉及〈感甄記〉改編，曹植卻不知洛神就是玉鏤金帶枕主人甄后，雖然似曾相似，卻以為是人神戀愛的奇遇。呂履恆傳奇《洛神廟》，雖然保留〈感甄記〉中甄后，但主要人物與情節都是新創。甄后為洛水神仙，且司男女姻緣，還掌人間壽算，全劇藉由洛神與洛神廟為主軸，貫串才子佳人故事，助仲虎與有娘、綠華結成良緣。

現當代對〈洛神賦〉的接受是全面性，發展內容也最為豐富，在學術研究方面，〈洛神賦〉研究雖涉及各個面向，但重點主要集中在〈洛神賦〉的創作背景及對後世作品的影響，其中〈洛神賦〉的接受史研究更具有時代意義，相關的專書、碩博士學位論文及期刊論文截至目前為止已將近千篇，且持續累積。南宮搏小說《洛神》善寫男女相思，偏重情愛的描寫，成功演繹〈感甄記〉，將三國史實與傳說，不著痕跡的滲透至小說情節中，並巧妙安排曹植、甄后作品佐證故事的發展，成為之後洛神故事重要參考。胡曉明、胡曉暉小說《洛神》則是擺脫傳統框架，一變纏綿愛情史詩為權謀鬥爭史，將歷史場景設定為曹操繼位人選之爭，及繼位人選所代表的興漢或代漢的權謀算計，透過想像、虛構及渲染，將這段歷史藝術化。其中人物刻畫細膩，場面壯闊，為洛神故事擴大了格局。

戲曲方面，各種地方戲曲均有洛神身影，而且皆以〈感甄記〉為主軸，京劇《洛神》從「夢會」起，至「洛川歌舞」止，延續曹植與甄后未了之情緣，梅蘭芳婉轉幽怨的唱腔和雍容華貴的做派，將洛神表現得可圈可點。粵劇《洛神》不著重布景、服裝及扮相的表現，以唱功取勝，飾演甄婉貞的芳豔芬自創「芳腔」，腔調圓潤雅淡，感情豐富，大受好評。潮劇《洛神》，身段柔美，舉手投足間韻味十足，唱詞文雅古典，頗具文學內涵。豫劇《美兮洛神》，以唱見長，唱腔鏗鏘大氣、吐字清晰、抑揚有度，質樸通俗，富濃郁地方特色，善於表達內心情感，節奏與角色均鮮明強烈。桂劇《七步吟》藉由描述劇中人物的內心糾葛與矛盾，以洞悉生命、愛情及短暫的人生際遇。楊麗花歌仔戲《洛

神》以電視劇型態演出，除保留傳統歌仔戲唱詞對白及身段外，由於集數長，不僅外景拍攝，還能時空轉換及對置，娛樂效果十足；唱詞與對白精心譜寫，音韻婉轉流動，字詞通俗中亦見典雅之處，風靡男女老幼，對〈洛神賦〉傳播的草根化有著重大貢獻。至於歌仔戲《燕歌行》雖然共享〈感甄記〉人物和類似情節，但結局卻大異於〈感甄記〉，以還原曹丕內心世界為其翻案，一洗其篡漢、殺妻的千古惡名。

電影《洛神傳》宮廷布景富麗堂皇，服飾華麗精美，尤其是男女主角均是以顏值取勝，俊男美女將甄宓與曹植、曹丕間愛恨情仇，演得絲絲入扣，大飽觀眾眼福。電視劇對〈洛神賦〉的傳播，有無可取代的效果，《洛神》以〈感甄記〉為背景，除考據《三國志》正史外，亦多採納裴松之注，並參考《世說新語》，故情節豐富充實，甄宓除周旋於曹操父子三人的感情，曹丕、曹植間世子爭奪權謀更穿插其中。《洛神續集》甄氏為袁氏復仇與陳琳聯手以美貌為誘餌，試圖在曹家三父子間製造隔閡和仇隙。但卻對曹操的機智權謀、曹丕的蓋世英才、曹植的文采多情，使甄氏內心掙扎於「善惡」、「恩仇」間，全劇圍繞著甄氏復仇所衍生的種種情愛糾葛。《新洛神》以編劇簡遠信舊作《洛神》改編而成，以前世后羿、宓妃及河伯的感情糾葛為前因，〈感甄記〉為藍本衍生宓妃與曹植未了情緣，編劇對劇中人量唱詞且諧韻的創作，頗具文采與功力。

舞劇對〈洛神賦〉的發展是現當代最突出的成就，舞劇對〈洛神賦〉的接受，未受〈感甄記〉局限，南管舞劇《洛神賦》繼承〈洛神賦〉賦文，《雲水洛神》則以宓獻祭河伯為綱，呈現多元發展。而在劇場表現上，南管舞劇《洛神賦》以梨園舞蹈搭配南管清麗音樂的優雅，《雲水洛神》則是傳統舞蹈結合西方芭蕾的創新，中國舞劇《洛神賦》還原舞臺演員質樸的肢體語言，《水月洛神》融合舞蹈、音樂、服飾及多媒體光影，都是在其專業領域，將〈洛神賦〉精髓徹底發揮。可見曹植與宓妃人神戀愛的浪漫故事，結合不管是傳統南管梨園戲或現當代舞蹈，都能有加乘效果，也無怪乎從〈洛神賦〉出發的舞劇能獨樹一幟，蔚為大觀。

現當代音樂對〈洛神賦〉的發展可謂是古今皆宜，國樂《洛神組

曲——曹丕與甄宓》將洛神故事譜寫成壯麗的交響詩，藉由樂器及旋律營造環境氛圍與人物互動，對〈洛神賦〉有特殊貢獻。不管《洛神》或《洛水神仙》，都能將劇情精華，以委婉動聽的旋律濃縮在主題曲中。新一代作詞、作曲及演唱團體也融入〈洛神賦〉元素，結合古典與現當代音樂，創作出三首同名為《洛神賦》的歌曲，可見〈洛神賦〉對年輕族群亦有著驚人的滲透力。

從趨勢與流變可以發現，宓妃最早是神話人物，但隨著神話歷史化，繼而現身在文人的辭賦詩詞中，接著又因庶民娛樂需求，轉而為小說、戲曲或表演藝術的主角，呈現出由民間文學而作家文學，然後俗文學的遞嬗過程。〈洛神賦〉繼承先秦、兩漢以來的宓妃形象，對其外貌裝飾與性情神采有具體的描繪，不僅形塑一個血肉豐滿的人物，還留下人神戀愛，卻人神殊途的憾恨。魏晉王羲之、王獻之父子《洛神賦》書法與顧愷之《洛神賦圖》是對〈洛神賦〉再創造，六朝辭賦與宮體詩是對〈洛神賦〉的摹擬，唐詩宋詞是對〈洛神賦〉個別意象的轉化，古典小說與傳統戲曲是對〈洛神賦〉的改編。現當代則是〈洛神賦〉的全面發展，不管是學術研究、小說與戲曲，還是各種新興藝術創作，〈洛神賦〉均是無役不與，形成多元繽紛的繁榮景象。衡諸中國文學史，從未曾有如〈洛神賦〉影響各種文學體類，且在各個朝代的代表文學作品皆能占有一席之地者，「洛神文學接受史」堪稱中國文學接受史的典範，在各個朝代、各種文學與藝術體類嶄露鋒芒。

第二節　研究展望

〈洛神賦〉影響時間既長、範圍又廣，從魏晉南北朝至今，詩、詞、賦、戲曲、小說等各種文學體類的接受從未間斷，甚至還擴展到書法、繪畫、電影、電視劇、舞劇、音樂等藝術領域，而且從〈洛神賦〉吸取內涵的創作至今仍未間斷，相關研究也持續進行。本論文雖然試圖透過「接受美學」理論，以讀者為研究視角，探討〈洛神賦〉在歷代接受行為、發展、演變過程及其在各個不同時代的接受情形，並總結

〈洛神賦〉獨特接受原則、規律和方法，以嘗試突破目前〈洛神賦〉研究現狀。但是接受〈洛神賦〉影響作品年代長遠、涉及體類龐雜，對於蒐集與對相關文學作品及藝術創作的掌握與判讀，實難免有掛一漏萬或是以偏概全之憾。

誠如王玫所言：

> 文學史不只是作家作品的創作史，更是讀者的接受史。作品在流傳過程的盛衰存亡固然有許多其他因素，比如戰亂所造成的破壞，人為的焚毀禁錮等。但是在正常情況下，則由讀者接受與否決定其命運。〔註11〕

〈洛神賦〉正是由於接受者眾，接受後作品推陳出新，才足以構成完整的接受史。但也由於讀者接受後文學作品卷帙浩繁、藝術創作種類多樣，筆者雖竭力找尋從六朝開始，直至現當代將近二千年間的相關作品，以尋繹其脈絡，然遺珠之憾勢必難以避免。若非這二十餘年來資訊的進步與普及，讓〈洛神賦〉相關文獻、研究成果及表演藝術得以電子化與數位化，使筆者得以全面檢閱相關資料，則〈洛神賦〉傳播與接受的研究是無法在前人研究成果上有更進一步發展。因此有系統地蒐集與整理有關〈洛神賦〉歷代文獻、接受後作品、評論、學術研究及舉凡書畫、戲曲、電影、電視劇、舞劇、音樂等各種藝術創作，將之數位化，「洛神文學主題資料庫」就顯得有其必要性。也惟有建立「洛神文學主題資料庫」，才能將相關資料完整保存，提供研究者參考借鑒，並可有助於專業讀者對〈洛神賦〉系列作品的接受與欣賞。

由於與〈洛神賦〉有接受關係的系列作品橫跨各種文學體類與藝術領域，即使是文學領域，就遍及詩、詞、賦、小說、戲曲等，而且若再探究作者及寫作背景，‥‥對作品進行深入分析，更是力有難逮。何況書畫、舞蹈、音樂、電影、電視劇等個別領域，在欠缺藝術專業鑒賞能力之下，只能略窺其梗概。因此，若能匯集各相關文學或藝術類別專

―――――――――――――

〔註11〕 王玫：《建安文學接受史論》，頁 314。

家之力，針對不同文學作品及藝術創作進行專業分析，以更有效掌握
相關接受後作品內涵，將有助於提升〈洛神賦〉接受史價值。另外，本
論文多著重在〈洛神賦〉相關文本分析，將焦點投射在文學層面，其他
如宓妃何以成為後世文人普遍仰慕的對象，而文人又非以宓妃自比，
其中「宓妃情結」背後是否潛藏著耐人尋味的文化因素。而〈洛神賦〉
為何特別吸引劇作家目光，因之不斷創作新的故事，這都有待進一步
探究。若擴大視野來看，探討歷代重要文學作品的傳播與接受，進行作
品接受史系統性研究，將是未來具有重大學術意義的事業。

　　〈洛神賦〉是曹植名篇，在中國文學傳統研究頗受重視，尤其是
九〇年代引進西方的「接受美學」理論後，〈洛神賦〉由於接受者眾，
相關研究更是快速增加。「接受美學」是以讀者為中心的研究視角，可
是每一個讀者能力、知識水準與興趣愛好並不一致，對於審美判斷也
不盡相同，容易造成對作品意義價值認定的標準不一。但接受美學文
學史觀認為，作品意義和價值不是純客觀或是恒久不變的，而是隨著
讀者在接受過程中不斷變化，作品意義需要讀者不斷地賦予和充實，
作品價值應該由讀者產生的效果來衡量。對接受美學而言，讀者參與
作品意義與價值的創造，讀者審美判斷對文學作品意義與價值有著重
要的影響。〈洛神賦〉就是在不同時代背景及不同讀者的主觀觀念中，
創作出許多文學及藝術作品，故藉由讀者對〈洛神賦〉再創造過程，才
得以顯現〈洛神賦〉的真正鋒芒。

　　因此，以接受美學所建構的接受史研究，在現當代多元學術研究
中，不僅開闢嶄新且寬廣的研究方法，對中國古典文學傳統研究領域
的推廣和運用，對開拓學術視野與學術觀念，均帶來劃時代的重大意
義。透過以讀者為研究視角，探討重要文學作品在歷代接受行為、發
展、演變過程及其在各個不同時代接受情形，並總結出獨特接受原則、
規律和方法的接受史研究，當能獲致更深層的價值。目前在諸多學者
的努力下，以「接受美學」建構的接受史研究，已有初步的成績，放眼
未來，不同文學作品的接受史研究也勢必能蓬勃發展。

主要參考書目

（傳統文獻以時代先後為序，近人專著依作者姓氏筆畫排序）

一、傳統文獻

1. 周・荀況著，北大哲學系注釋：《荀子新注》（臺北：里仁書局，1983 年 11 月）。

2. 漢・班固著，清・王先謙補注：《漢書補注》（上海：上海古籍出版社，2008 年 12 月）。

3. 漢・班固著：《白虎通》（北京：中華書局，1985 年）。

4. 漢・許慎著，清・段玉裁注：《說文解字注》（臺北：黎明文化事業股份有限公司，1974 年 9 月）。

5. 漢・揚雄著，張震澤校注：《揚雄集校注》（上海：上海古籍出版社，1993 年）。

6. 漢・劉安著，漢・高誘注：《淮南子》（臺北：臺灣中華書局，1987 年）。

7. 漢・蔡邕：《蔡中郎集》（臺北：中華書局，1971 年）。

8. 魏・王弼、韓康伯注，唐・孔穎達等正義：《周易正義》（上海：上海古籍出版社，1990 年 12 月）。

9. 魏・曹植著，趙幼文校注：《曹植集校注》（臺北：明文書局，1985 年 4 月）。

10. 晉・干寶：《搜神記》（北京：中華書局，1979 年 9 月）。

11. 晉・王獻之書，戴山青編：《王獻之書法全集》（北京：北京廣播
　　學院出版社，1992 年 6 月）。

12. 晉・陳壽撰，南朝宋・裴松之注：《新校三國志注》（臺北：世界
　　書局，1972 年 9 月）。

13. 晉・陸機：《陸士衡集》（北京：中華書局，1985 年）。

14. 晉・嵇康撰，戴明陽校注：《嵇康集校注》（北京：人民文學出版
　　社，1962 年 7 月）。

15. 南朝宋・范曄撰，唐・李賢等注：《新校後漢書注》（臺北：世界
　　書局，1972 年 9 月）。

16. 南朝宋・劉義慶編，余嘉錫撰：《世說新語箋疏》（臺北：華正書
　　局，2008 年 5 月）。

17. 南朝宋・謝靈運撰，顧紹柏校注：《謝靈運集校注》（臺北：里仁
　　書局，1994 年 4 月）。

18. 齊・謝朓：《謝宣城詩集》（北京：中華書局，1985 年）。

19. 梁・江淹撰，明・胡之驥注，李長路、趙威點校：《江文通集彙注》
　　（北京：中華書局，1984 年 4 月）。

20. 梁・沈約：《宋書》（北京：中華書局，1974 年 10 月）。

21. 梁・劉勰著，王更生注譯：《文心雕龍讀本》（臺北：文史哲出版
　　社，2004 年 10 月）。

22. 梁・蕭統編，唐・李善注，清・胡克家考異：《文選附考異》（臺
　　北：藝文印書館，1989 年）。

23. 梁・蕭繹撰，許逸民校箋：《金樓子校箋》（北京：中華書局，2011
　　年 1 月）。

24. 梁・鍾嶸撰，陳延傑注：《詩品注》（北京：人民文學出版社，1961
　　年）。

25. 陳・徐陵編，清・吳兆宜注：《玉臺新詠箋注》（臺北：明文書局，
　　1988 年 7 月）。

26. 北齊・顏之推:《顏氏家訓》(北京:中華書局,1954 年)。

27. 唐・元稹著,周相錄校注:《元稹集校注》(上海:上海古籍出版社,2011 年 12 月)。

28. 唐・王維著,清・趙殿成箋注:《王右丞集箋注》(上海:上海古籍出版社,1984 年 6 月)。

29. 唐・白居易著,謝思煒校注:《白居易詩集校注》(北京:中華書局,2006 年 7 月)。

30. 唐・李冗:《獨異志》,收入《百部叢書集成》3(臺北:藝文印書館,1965 年)。

31. 唐・李白著,張式銘標點:《李太白集》(長沙:嶽麓書社,1987 年 5 月)。

32. 唐・李吉甫:《元和郡縣志》,收入《景印文淵閣四庫全書》(臺北:臺灣商務印書館,1985 年),

33. 唐・李延壽:《南史》(北京:中華書局,1975 年)。

34. 唐・杜光庭:《墉城集仙錄》,收入陸國強:《道藏》(上海:上海書店,1996 年)。

35. 唐・杜甫著,清・仇兆鰲注:《杜詩詳注》(北京:中華書局,1979 年 10 月)。

36. 唐・孟浩然著,佟培基箋注:《孟浩然詩集箋注》(增訂本)(上海:上海古籍出版社,2013 年 10 月)。

37. 唐・房玄齡:《晉書》(北京:中華書局,1974 年 11 月)。

38. 唐・長孫無忌等撰:《隋書經籍志》(北京:中華書局,1985 年)。

39. 唐・段成式:《酉陽雜俎》(北京:中華書局,1981 年 12 月)。

40. 唐・張彥遠:《歷代名畫記》(北京:中華書局,1985 年)。

41. 唐・張彥遠輯,洪丕謨點校:《法書要錄》(上海:上海書畫出版社,1986 年 8 月)。

42. 唐・張鷟撰,趙守儼點校:《朝野僉載》(北京:中華書局,1979

年 10 月）。

43. 唐‧裴鉶：《洛神傳》，《百部叢書集成》4，《古今說海》5（臺北：藝文印書館，1966 年）。

44. 唐‧劉禹錫撰，卞孝萱校訂：《劉禹錫集》（北京：中華書局，1990 年 3 月）。

45. 唐‧歐陽詢撰，汪紹楹校：《藝文類聚》（上海：上海古籍出版社，1965 年 11 月）。

46. 唐‧駱賓王著，清‧陳熙晉箋注：《駱臨海集箋注》（上海：上海古籍出版社，1985 年 9 月）。

47. 唐‧韓偓撰，清‧吳汝綸評注：《韓翰林集》（臺北：臺灣學生書局，1967 年 5 月）。

48. 五代‧韋莊著，聶安福箋注：《韋莊集箋注》（上海：上海古籍出版社，2002 年 4 月）。

49. 後蜀‧趙崇祚編，楊景龍校注：《花間集校注》（北京：中華書局，2017 年 5 月）。

50. 後晉‧劉昫等撰：《新校本舊唐書附索引》（臺北：鼎文書局，1976 年）。

51. 宋‧王銍撰，朱杰人點校：《默記》（北京：中華書局，1981 年 9 月）。

52. 宋‧王應麟撰，清‧翁元圻注：《困學紀聞》（北京：商務印書館，1935 年 9 月）。

53. 宋‧朱淑真撰，宋‧魏仲恭輯，宋‧鄭元佐注，冀勤輯校：《朱淑真集注》（杭州：浙江古籍出版社，1985 年 1 月）。

54. 宋‧李昉：《太平廣記》（北京：中華書局，1961 年 9 月）。

55. 宋‧辛棄疾撰，鄧廣銘箋注：《稼軒詞編年箋注》（上海：上海古籍出版社，1993 年 10 月）。

56. 宋‧周密撰，張茂鵬點校：《齊東野語》（北京：中華書局，1983 年 11 月）。

57. 宋・姚寬:《西溪叢語》(北京:中華書局,1985 年)。

58. 宋・姜特立撰,錢之江整理:《姜特立集》(杭州:浙江古籍出版社,2016 年 1 月)。

59. 宋・柳永著,薛瑞生校注:《樂章集校注》(北京:中華書局,1994 年 12 月)。

60. 宋・洪興祖:《楚辭補注》(臺北:漢京文化事業有限公司,1983 年 9 月)。

61. 宋・范成大:《范石湖集》(上海:上海古籍出版社,2006 年 4 月)。

62. 宋・晁公武撰,宋・姚應績編:《衢本郡齋讀書志》(南京:江蘇古籍出版社,1988 年)。

63. 宋・張孝祥撰,宛敏灝箋校,祖保泉審訂:《張孝祥詞箋校》(合肥:黃山書社,1993 年 9 月)。

64. 宋・張邦基撰:《墨莊漫錄》(上海:上海書店,1985 年 10 月)。

65. 宋・陳善:《捫蝨新語》,《叢書集成新編》12(臺北:新文豐出版公司,1984 年 6 月)。

66. 宋・陸游撰,李劍雄、劉德權點校:《老學庵筆記》(北京:中華書局,1979 年 11 月)。

67. 宋・賀鑄著,鍾振振校注:《東山詞》(上海:上海古籍出版社,1989 年 12 月)。

68. 宋・黃庭堅著,宋・任淵、史容、史季溫注,黃寶華點校:《山谷詩集注》(上海:上海古籍出版社,2003 年 12 月)。

69. 宋・黃庭堅著,馬興榮、祝振玉校注:《山谷詞校注》(上海:上海古籍出版社,2011 年 3 月)。

70. 宋・楊萬里撰,辛更儒箋校:《楊萬里集箋校》(北京:中華書局,2007 年 9 月)。

71. 宋・熊克著,顧吉辰、郭群一點校:《中興小紀》(福州:福建人民出版社,1985 年 9 月)。

72. 宋·趙孟頫:《松雪齋集》(北京:中國書店,1991 年 6 月)。

73. 宋·劉克莊:《後村先生大全集》(成都:四川大學出版社,2008 年)。

74. 宋·歐陽修、宋祁撰:《新唐書》(北京:中華書局,1975 年 2 月)。

75. 宋·歐陽修《歐陽修全集·居士外集》(北京:中國書店,1986 年 6 月)。

76. 宋·韓元吉:《南澗甲乙稿》,收入《景印文淵閣四庫全書》(臺北:臺灣商務印書館,1985 年)第 1165 冊。

77. 宋·蘇軾:《蘇軾詩集》(北京:中華書局,1982 年 2 月)。

78. 宋·蘇軾著,鄒同慶、王宗堂編年校注:《蘇軾詞編年校注》(北京:中華書局,2002 年 9 月)。

79. 宋·蘇軾撰,明·茅維編,孔凡禮點校:《蘇軾文集》(北京:中華書局,2013 年 7 月)。

80. 宋·無名氏:《釋常談》(北京:中華書局,1985 年)。

81. 元·湯垕:《畫鑒》(北京:人民美術出版社,1959 年 12 月)。

82. 元·盧琦:《圭峰集》,收入《景印文淵閣四庫全書》(臺北:臺灣商務印書館,1985 年)第 1214 冊。

83. 明·王世貞著,陳傑棟、周明初批注:《藝苑巵言》(南京:鳳凰出版社,2009 年 12 月)。

84. 明·王世懋:《王奉常集》,收入《四庫全書存目叢書》(臺南:莊嚴文化事業有限公司,1997 年 6 月)。

85. 明·朱存理:《珊瑚木難》(上海:上海古籍出版社,1991 年 8 月)。

86. 明·汪珂玉:《珊瑚網》(上海:商務印書館,1936 年 3 月)。

87. 明·汪道昆:《洛水悲》,《盛明雜劇初二三集》(臺北:廣文書局,1979 年 6 月)。

88. 明·徐渭著,李復波、熊澄宇注釋:《南詞敘錄注釋》(北京:中國戲劇出版社,1989 年 1 月)。

89. 明‧徐𤊹:《鼇峰集》,收入《續修四庫全書》(上海:上海古籍出版社,2002 年)集部第 1381 冊。

90. 明‧徐熥:《幔亭集》,收入《景印文淵閣四庫全書》(臺北:臺灣商務印書館,1985 年)第 1296 冊。

91. 明‧張溥:《漢魏六朝百三家集題辭注》(北京:中華書局,2007 年 5 月)。

92. 明‧曹學佺:《石倉歷代詩選》,收入《景印文淵閣四庫全書》(臺北:臺灣商務印書館,1985 年)第 1391 冊。

93. 明‧費元祿:《甲秀園集》,收入《四庫禁燬書叢刊》(北京:北京出版社,1997 年)集部第 62 冊。

94. 明‧黃鳳翔:《田亭草》,收入《續修四庫全書》(上海:上海古籍出版社,2002 年)集部第 1356 冊。

95. 明‧劉玉:《執齋先生文集》,收入《續修四庫全書》(上海:上海古籍出版社,2002 年)集部第 1334 冊。

96. 明‧潘之淙:《書法離鈎》(北京:中華書局,1985 年)。

97. 明‧駱問禮:《萬一樓集》,收入《四庫禁燬書叢刊》(北京:北京出版社,1997 年)集部第 174 冊。

98. 清‧丁晏:《曹集詮評》(臺北:臺灣商務印書館,1968 年)。

99. 清‧丁紹儀輯:《國朝詞綜補》,收入《續修四庫全書》(上海:上海古籍出版社,2002 年)集部第 1732 冊。

100. 清‧王士禛:《王士禛全集》(濟南:齊魯書社,2007 年 6 月)。

101. 清‧王士禛撰,靳斯仁點校:《池北偶談》(北京:中華書局,1982 年 1 月)。

102. 清‧王培荀:《寓蜀草》,收入《續修四庫全書》(上海:上海古籍出版社,2002 年)集部第 1526 冊。

103. 清‧何焯:《義門讀書記》(北京:中華書局,1987 年)。

104. 清‧吳騏:《顧頷集》,收入《四庫未收書輯刊》(北京:北京出版

社，2002 年）伍輯第 27 冊。

105. 清‧吳蘭庭：《胥石詩存》，收入《續修四庫全書》（上海：上海古籍出版社，2002 年）集部第 1447 冊。

106. 清‧呂履恆：《洛神廟》（上海：上海古籍出版社，1985 年 3 月）。

107. 清‧李重華：《貞一齋集》，收入《清代詩文集彙編》（上海：上海古籍出版社，2010 年）第 251 冊。

108. 清‧李漁著，江巨榮、盧壽榮校注：《閒情偶寄》（上海：上海古籍出版社，2000 年 5 月）。

109. 清‧林雲銘：《楚辭燈》（上海：華東師範大學出版社，2012 年 6 月）。

110. 清‧胡紹煐：《昭明文選箋證》（揚州：江蘇廣陵古籍刻印社，1982 年 2 月）。

111. 清‧納蘭性德撰，趙秀亭、馮統一箋校：《飲水詞箋校》（北京：中華書局，2005 年 7 月）。

112. 清‧張雲璈：《選學膠言》（臺北：廣文書局，1966 年 4 月）。

113. 清‧張應昌：《煙波漁唱》，收入《清代詩文集彙編》（上海：上海古籍出版社，2010 年）第 568 冊。

114. 清‧曹雪芹：《紅樓夢》（臺北：廣文書局，1973 年 6 月）。

115. 清‧梁雲構：《豹陵集》，收入《四庫未收書輯刊》（北京：北京出版社，2002 年）柒輯第 17 冊。

116. 清‧郭起元：《介石堂詩集》，收入《四庫未收書輯刊》（北京：北京出版社，2002 年）拾輯第 20 冊。

117. 清‧陳文述：《頤道堂集》，收入《清代詩文集彙編》（上海：上海古籍出版社，2010 年）第 504 冊。

118. 清‧陳夢雷：《松鶴山房詩文集》，收入《清代詩文集彙編》（上海：上海古籍出版社，2010 年）第 179 冊。

119. 清‧陳錦：《補勤詩存》，收入《清代詩文集彙編》（上海：上海古籍出版社，2010 年）第 687 冊。

120. 清・黃燮清：《凌波影》，《倚晴樓七種曲》（北京：學苑出版社，2010 年）。

121. 清・楊賓：《鐵函齋書跋》（北京：中華書局，1985 年）。

122. 清・葉昌熾：《奇觚廎詩集》，收入《清代詩文集彙編》（上海：上海古籍出版社，2010 年）第 766 冊。

123. 清・蒲松齡：《聊齋志異》（臺北：里仁書局，1983 年 1 月）。

124. 清・劉熙載：《藝概》（上海：上海古籍出版社，1978 年 12 月）。

125. 清・嚴可均校輯：《全上古三代秦漢三國六朝文》（北京：中華書局，1958 年 12 月）。

126. 清・嚴可均輯，何宛屏等審訂：《全晉文》（北京：商務印書館，1999 年 10 月）。

127. 清・嚴可均輯，馮瑞生審訂：《全梁文》（北京：商務印書館，1999 年 10 月）。

128. 清・聖祖御定：《全唐詩》（臺北：文史哲出版社，1978 年 12 月）。

二、近人專著

1. 方元珍：《文心雕龍作家論研究——以建安時期為限》（臺北：文史哲出版社，2003 年 6 月）。

2. 木齋：《古詩十九首與建安詩歌研究》（北京：人民出版社，2009 年 12 月）。

3. 王立：《中國古代文學十大主題——原型與流變》（臺北：文史哲出版社，1994 年 7 月）。

4. 王仲犖：《魏晉南北朝史》（上海：上海人民出版社，1979 年 12 月）。

5. 王季思：《全元戲曲》（北京：人民文學社出版，1999 年）。

6. 王玫：《建安文學接受史論》（上海：上海古籍出版社，2005 年 7 月）。

7. 朱立元：《接受美學導論》（合肥：安徽教育出版社，2004 年 11 月）。

8. 朱志賢主編：《心理學大詞典》（北京：北京師範大學出版社，1989 年 10 月）。

9. 吳云：《魏晉南北朝文學研究》（北京：北京出版社，2001 年 12 月）。

10. 李宗為：《建安風骨》（北京：中華書局，2004 年 1 月）。

11. 李澤厚：《美的歷程》（臺北：蒲公英出版社，1984 年 11 月）。

12. 汪文學：《中國古代性別與詩學研究》（臺北：花木蘭文化出版社，2012 年 9 月）。

13. 沈家莊：《宋詞的文化定位》（長沙：湖南人民出版社，2005 年 1 月）。

14. 沈達材：《曹植與洛神賦傳說》（上海：華通書局，1933 年 5 月）。

15. 周汛、高春明：《中國傳統服飾形制史》（臺北：南天書局，1998 年 10 月）。

16. 尚學鋒、過常寶、郭英德：《中國古典文學接受史》（濟南：山東教育出版社，2000 年 9 月）。

17. 金庸：《天龍八部》（臺北：遠流出版事業股份有限公司，1987 年 2 月）。

18. 俞劍華、羅尗子、溫肇桐編：《顧愷之研究資料》（北京：人民美術出版社，1962 年 3 月）。

19. 南宮搏：《洛神》（臺北：時報文化出版企業有限公司，1975 年 6 月）。

20. 南宮搏：《韓信》（臺北：麥田出版社，2002 年 7 月）。

21. 姜亮夫：《楚辭通故》（昆明：雲南人民出版社，1999 年）。

22. 洪順隆：《辭賦論叢》（臺北：文津出版社，2000 年 9 月）。

23. 胡曉明、胡曉暉：《洛神》（臺北：實學社出版股份有限公司，1999 年 6 月）。

24. 唐圭璋編：《全宋詞》（北京：中華書局，1965 年 6 月）。

25. 夏雪緣：《美人吟・飛花弄影》（北京：知識出版社，2009 年 3 月）。

26. 徐公持：《魏晉文學史》（北京：人民文學出版社，1990 年 9 月）。

27. 高日暉、洪雁：《水滸傳接受史》（濟南：齊魯書社，2006 年 7 月）。

28. 高宜三：《洛水女神》，《傳統戲劇輯錄・歌仔戲卷・拱樂社劇本》61《以德報怨・洛水女神・大宋兒女》（臺北・國立傳統藝術中心籌備處，2001 年 6 月）。

29. 曹道衡、沈玉成：《南北朝文學史》（北京：人民文學出版社，1991 年 12 月）。

30. 畢珍：《洛神》（臺北：太雅出版有限公司，1993 年 8 月）。

31. 莊拂：《古典戲曲存目彙考》（上海：上海古籍出版社，1982 年）。

32. 郭沫若：《歷史人物》（北京：人民文學出版社，1979 年）。

33. 陳文忠：《中國古典詩歌接受史研究》（合肥：安徽人學出版社，1998 年 8 月）。

34. 陳仕國：《桃花扇接受史研究》（北京：中國戲劇出版社，2016 年 12 月）。

35. 陳雲川：《洛神》，《傳統戲劇輯錄・歌仔戲卷・拱樂社劇本》39《班超・洛神》（臺北・國立傳統藝術中心籌備處，2001 年 6 月）。

36. 陳葆真：《《洛神賦圖》與中國古代故事畫》（杭州：浙江大學出版社，2012 年 5 月）。

37. 彭碧玉：《洛神賦——曹子建與甄后的戀情》（臺北：臺視文化公司，1987 年 3 月）。

38. 游國恩：《離騷纂義》（北京：中華書局，1980 年 11 月）。

39. 逯欽立輯校：《先秦漢魏晉南北朝詩》（北京：中華書局，1983 年 9 月）。

40. 黃守誠：《曹子建評傳》（臺北：水牛圖書出版事業有限公司，1987 年 5 月）。

41. 黃守誠：《曹子建新探》（臺北：雲龍出版社，1998 年 9 月）。

42. 葉至誠、葉立誠：《研究方法與論文寫作》（臺北：商鼎文化出版社，2003 年 10 月）。

43. 廖炳惠：《關鍵詞 200──文學與批評研究的通用辭彙編》（臺北：城邦文化事業股份有限公司，2003 年 9 月）。

44. 裴普賢評註：《詩經評註讀本》（臺北：三民書局，1982 年 7 月）。

45. 劉宏彬：《《紅樓夢》接受美學論》（鄭州：河南人民出版社，1992 年 10 月）。

46. 劉淑麗：《牡丹亭接受史研究》（濟南：齊魯書社，2013 年 10 月）。

47. 劉惠萍：《伏羲神話傳說與信仰研究》（臺北：文津出版社，2005 年 3 月）。

48. 劉學鍇、余恕誠：《李商隱詩歌集解》（臺北：洪葉文化事業有限公司，1992 年 10 月）。

49. 鄧永康：《魏曹子建先生植年譜》（臺北：臺灣商務印書館，1981 年 12 月）。

50. 鄭振鐸：《文學大綱》（北京：商務印書館，1997 年 5 月）。

51. 錢穆：《莊子纂箋》（臺北：東大圖書股份有限公司，1989 年 4 月）。

52. 駱鴻凱：《文選學》（北京：中華書局，1989 年 11 月）。

53. 龍協濤：《文學閱讀學》（北京：北京大學出版社，2004 年 11 月）。

54. 簡遠信：《洛神》（臺北：希代出版有限公司，1994 年 2 月）。

55. 河北師範學院中文系古典文學教研組編：《三曹資料彙編》（北京：中華書局，2004 年 1 月）。

56. 新興書局輯：《筆記小說大觀》（臺北：新興書局，1978 年）。

57. 《綏中吳氏藏抄本稿本戲曲叢刊》（北京：學苑出版社，2004 年）。

58. 〔日〕目加田誠：《洛神の賦》（東京：株式會社講談社，1989 年 8 月）。

59. 〔德〕H.R.姚斯、〔美〕R.C.霍拉勃著，周寧、金元浦譯：《接受美

學與接受理論》（瀋陽：遼寧人民出版社，1987 年 9 月）。

60.〔德〕漢斯‧羅伯特‧耀斯（Hans Robert Jauss）著，顧建光、顧靜宇、張樂天譯：《審美經驗與文學解釋學》（上海：上海譯文出版社，1997 年）。

61.〔法〕蒂費納‧薩莫瓦約（Tiphaine Samoyault）著，邵煒譯：《互文性研究》（天津：天津人民出版社，2003 年 1 月）。

62.〔俄〕鮑列夫（Борев, Юрий Борисович）著，喬修業、常謝楓譯：《美學》（北京：中國文聯出版公司，1986 年 2 月）。

三、期刊論文

1. 于國華：〈重回邏輯的整體——與袁濟喜先生商榷〉，《陝西師範大學學報（哲學社會科學版）》2010 年第 1 期，頁 10～13。

2. 于國華：〈情賦發展視域中的〈洛神賦〉愛情書寫〉，《瓊州學院學報》第 23 卷第 3 期（2016 年 6 月），頁 3～10。

3. 支琪皓：〈〈洛神賦〉的文化衍生——從文本到繪畫、書法〉，《常州工學院學報（社科版）》第 36 卷第 5 期（2018 年 10 月），頁 63～66。

4. 木齋：〈《古詩十九首與建安詩歌研究》反思〉，《社會科學研究》2010 年第 2 期，頁 54～66。

5. 王玉亮：〈論南朝宮體詩中的女性描寫〉，《文學教育》2008 年 2 月，頁 133～135。

6. 王亞培：〈〈洛神賦〉對後世小說的影響〉，《湖北社會科學》2012 年第 8 期，頁 128～130。

7. 王林飛：〈洛神故事的演變〉，《廣東技術師範學院學報（社會科學版）》2015 年第 3 期，頁 29～35。

8. 王書才：〈曹植〈洛神賦〉主旨臆解〉，《達縣師範高等專科學校學報》第 15 卷第 3 期（2005 年 5 月），頁 37～39。

9. 王莉：〈論宓妃形象在中古時期的新變及其成因〉，《貴州社會科學》2013 年第 2 期（總第 278 期）（2013 年 2 月），頁 55～60。

10. 王德華：〈漢末魏晉辭賦人神相戀題材的情感模式及文體特徵〉，《浙江大學學報（人文社會科學版）》第 37 卷第 1 期（2007 年 1 月），頁 102～109。

11. 石守謙：〈《洛神賦圖》：一個傳統的形塑與發展〉，《國立臺灣大學美術史研究集刊》第 23 期（2007 年），頁 51～80。

12. 余才林：〈《感甄記》探源〉，《文學遺產》2009 年第 1 期，頁 118～121。

13. 吳冠文：〈論宓妃形象在中國古代文學史上的演變——兼論由此反映的中國文學發展的趨勢〉，《復旦學報（社會科學版）》2011 年第 1 期，頁 32～42。

14. 吳美卿、劉怡菲：〈論屈原〈離騷〉和曹植〈洛神賦〉中宓妃形象〉，《韓山師院學報》第 31 卷第 1 期（2010 年 2 月），頁 51～56。

15. 吳從祥：〈生命的焦慮，苦悶的宣洩——〈洛神賦〉主旨新論〉，《阜陽師範學院學報（社會科學版）》2009 年第 1 期（總第 127 期），頁 48～50。

16. 呂育忠：〈僅僅是一種「意圖」——《七步吟》創作談〉，《劇本》2013 年第 1 期，頁 40～41。

17. 李文鈺：〈《洛神賦》寫作年代與背景重探〉，《書目季刊》第 42 卷第 3 期（2008 年 12 月），頁 55～73。

18. 李孟宣：〈木齋甄后研究的學術反思〉，《瓊州學院學報》第 20 卷第 3 期（2013 年 6 月），頁 32～37。

19. 李建中：〈試論西晉詩人的人格悲劇〉，《社會科學戰線》1998 年第 2 期，頁 99～105。

20. 杜培響、黃義樞：〈論呂履恒《洛神廟》傳奇思想藝術及傳統遵循〉，《湖南科技大學學報（社會科學版）》第 15 卷第 1 期（2012 年 1

月），頁 136～139。

21. 杜顏璞：〈從「緣情綺靡」到「且須放蕩」──論蕭綱對陸機詩學
    理論的繼承與發展〉，《青年文學家》2014 年第 26 期，頁 36～37。

22. 汪涵：〈顧愷之《洛神賦圖》的人物形象美學賞析〉，《美與時代
    （下）》，2017 年第 2 期，頁 69～71。

23. 汪超：〈試論兩宋《文選》刊印盛況及其原因〉，《浙江海洋學院學
    報（人文科學版）》第 25 卷第 3 期（2008 年 9 月），頁 46～50。

24. 俞灝敏：〈論魏晉六朝遊仙文學的崛起〉，《南都學壇》第 20 卷第
    1 期（2000 年 1 月），頁 38～41。

25. 施如芳：〈燕子飛了，洛神錯過曹丕的美──施如芳筆下的新編歷
    史劇《燕歌行》〉，《典藏古美術》第 240 期（2012 年 9 月），頁 158
    ～163。

26. 范子燁：〈驚鴻瞥過道龍去，虛惱陳王一事無──「感甄故事」與
    「感甄說」證偽〉，《文藝研究》2012 年第 3 期，頁 60～67。

27. 郁玉英：〈論文學傳播中的共生現象及其對文學經典生成的影響
    ──以宋詞為中心〉，《江西社會科學》2012 年第 3 期，頁 86～
    91。

28. 袁濟喜：〈「說詩者，不以文害辭，不以辭害志」──木齋先生《古
    詩十九首》主要作者為曹植說商兌〉，《中國文化研究》2013 年冬
    之卷，頁 41～54。

29. 郝譽翔：〈最美的剎那：漢唐樂府《洛神賦》〉，《聯合文學》第 22
    卷第 6 期（總第 258 期）（2006 年 4 月），頁 89～93。

30. 高幸佑：〈論植甄隱情為古詩背景的接受──木齋學說的情愛革
    命〉，《瓊州學院學報》第 20 卷第 4 期（2013 年 8 月），頁 30～
    37。

31. 張文勛：〈苦悶的象徵──〈洛神賦〉新議〉，《社會科學戰線》1985
    年第 1 期，頁 222～227。

32. 張玉勤：〈宣物莫大於言存形莫善於畫——「語－圖」互文語境中的洛神形象〉，《蘭州學刊》2009 年第 7 期，頁 176～179。

33. 張屹：〈古詩用典的「互文性」研究〉，《海南大學學報（人文社會科學版）》第 27 卷第 4 期（2009 年 8 月），頁 448～452。

34. 張亞新：〈略論洛神形象的象徵意義〉，《中州學刊》，1983 年第 6 期，頁 100～112。

35. 張瑗：〈再談〈洛神賦〉的主旨〉，《南京師大學報（社會科學版）》1986 年第 1 期，頁 86～90。

36. 張璽：〈中國早期道教人神對話現象透析——以顧愷之《洛神賦圖》為例〉，《許昌學院學報》第 31 卷第 4 期（2012 年），頁 70～72。

37. 張耀元：〈〈洛神賦〉對先秦人神戀歌文學的繼承與超越〉，《陝西師範大學學報（哲學社會科學版）》第 36 卷專輯（2007 年 9 月），頁 124～126。

38. 許浩然：〈曹植〈洛神賦〉作年新考〉，《洛陽師範學院學報》2009 年第 3 期，頁 76～79。

39. 閆桂萍：〈從接受史的角度論金庸小說的電視劇改編——以《射雕英雄傳》為例〉，《重慶電子工程職業學院學報》第 24 卷第 6 期（2015 年 11 月），頁 90～92。

40. 陳文忠：〈柳宗元〈江雪〉接受史研究〉，《文史知識》1995 年第 3 期，頁 10～18。

41. 陳祖美：〈「恨人神之道殊，怨盛年之莫當」——〈洛神賦〉的主題和藝術特色〉，《文史知識》1985 年第 8 期，頁 30～37。

42. 陳葆真：〈從遼寧本《洛神賦圖》看圖像轉譯文本的問題〉，《國立臺灣大學美術史研究集刊》第 23 期（2007 年 9 月），頁 1～50。

43. 程錫麟：〈互文性理論概述〉，《外國文學》1996 年第 1 期，頁 72～78。

44. 華唐：〈〈洛神賦〉的原型與流變〉，《明道文藝》第 248 期（1996年 11 月），頁 118～128。

45. 黃守誠：〈曹植對江淹的影響——兼論〈洛神賦〉與〈麗色賦〉〉，《書和人》第 654 期（1990 年 9 月 8 日），頁 1～4。

46. 黃鳴奮：〈若無新變，不能代雄——略論南音樂舞《洛神賦》的創造性〉，《福建藝術》2008 年第 5 期，頁 22～25。

47. 雍際春：〈論伏羲文化的演變與內涵〉，《甘肅社會科學》2008 年第 6 期，頁 67～70。

48. 劉月新：〈「出入」說——中國古代的接受理論〉，《名作欣賞》1997年第 1 期，頁 6～13。

49. 劉亞寧：〈《洛神賦圖》的美學思想研究〉，《美術教育研究》2017年第 9 期，頁 14～15。

50. 劉青弋：〈「苟活」之批判與人性生存的拷問——舞劇《洛神賦》的思想深度與藝術超越〉，《舞蹈》2013 年 12 月，頁 19～21。

51. 劉躍進：〈文學史研究的多種可能性——從木齋《古詩十九首與建安詩歌研究》說起〉，《文學遺產》2011 年第 5 期，頁 48～50。

52. 歐陽逸冰：〈以形寫神氣韻生動——舞劇《水月洛神》觀後〉，《藝術評論》2011 年第 4 期，頁 58～60。

53. 蔣寅：〈擬與避：古典詩歌文本的互文性問題〉，《文史哲》2012 年第 1 期（總第 328 期），頁 22～32。

54. 鄭文惠：〈絕章的情賦：人神戀曲 223——洛神形象暨曹植〈洛神賦〉及其接受史〉，《典藏古美術》第 240 期（2012 年 9 月），頁 136～141。

55. 鄭睿：〈女神之苦媚、洛水之絕唱——〈洛神賦〉的藝術形象與文學意義淺析〉，《當代藝術》2009 年第 3 期，頁 64～66。

56. 戴紹敏：〈論〈洛神賦〉的古典美及其承傳〉，《大同職業技術學院學報》第 18 卷第 3 期（2004 年 9 月），頁 42～44。

57. 戴燕：〈〈洛神賦〉：從文學到繪畫、歷史〉，《文史哲》2016 年第 2 期，頁 29～47。

58. 龔斌：〈驚人之論、精湛考索——關於木齋《古詩十九首》與建安詩歌研究的思考〉，《江西師範大學學報（哲學社會科學版）》第 43 卷第 6 期（2014 年 11 月），頁 39～47。

59. 觀者談：〈輕雲蔽月，流風迴雪——眾說《雲水洛神》〉，《舞蹈》2009 年 6 月，頁 18～21。

60.〔日〕山口為広：〈曹植「洛神賦」考——その作意のめぐって〉，《國文學論考》第 27 期（1991 年 3 月），頁 27～34。

61.〔日〕渡辺滋：〈古代日本における曹植「洛神賦」受容：秋田城出土木簡の性格を中心として〉，《文學・語學》第 207 期（2013 年 11 月），頁 1～13。

62.〔日〕溝口晋子：〈曹植「洛神」賦に見られる構成の特徴について〉，《時の扉：東京學芸大學大學院伝承文學研究レポート》第 3 期（1999 年 3 月），頁 21～26。

63.〔日〕猿渡留理：〈曹植「洛神賦」の特徴：『楚辭』の典故援用を手がかりとして〉，《日本文學》第 113 期（2017 年 3 月），頁 201～216。

64.〔日〕鈴木崇義：〈曹植「洛神賦」小考〉，《中國古典研究》第 53 期（2008 年 12 月），頁 49～67。

65.〔日〕寧佳文：〈曹植文學の後世への影響：「洛神賦」を中心〉，《大手前比較文化學會會報》第 15 期（2014 年），頁 3～8。

四、學位論文

1. 于國華：《曹植詩賦緣情研究》（長春：吉林大學博士學位論文，2016 年 12 月）。

2. 王立洲：《神女意象的文化蘊涵》（長春：東北師範大學碩士學位論文，2006 年 5 月）。

3. 王津:《唐前曹植接受史》(濟南:山東大學博士學位論文,2014
   年 11 月)。

4. 田珊:《王獻之小楷《洛神賦》的複製與傳承》(廣州:暨南大學
   碩士學位論文,2016 年 3 月)。

5. 白雲:《元前曹植接受史》(哈爾濱:黑龍江大學碩士學位論文,
   2005 年 6 月)。

6. 江俊逸:《南宮搏歷史小說研究》(臺北:中國文化大學中國文學
   研究所博士學位論文,2004 年 12 月)。

7. 江曉昀:《〈洛神賦〉中女神原型之思維發展研究》(嘉義:南華大
   學文學系碩士學位論文,2006 年 5 月)。

8. 呂則麗:《曹植辭賦與散文研究》(濟南:山東師範大學碩士學位
   論文,2005 年 5 月)。

9. 李文紅:《宋詞中的神話特質與運用》(臺北:國立臺灣大學中國
   文學研究所博士學位論文,2004 年 5 月)。

10. 汪偉:《論宓妃形象及其文化內涵的發展演變》(長春:長春理工
    大學碩士學位論文,2019 年 6 月)。

11. 邢培順:《曹植文學研究》(濟南:山東師範大學博士學位論文,
    2010 年 11 月)。

12. 周宗亞:《故宮藏《洛神賦圖》之圖像研究》(北京:中國藝術研
    究院博士學位論文,2008 年 4 月)。

13. 周晴:《淺談《洛神賦圖》的時空表現特點》(瀋陽:魯迅美術學
    院碩士學位論文,2016 年 6 月)。

14. 唐勉嘉:《從文本到繪畫:《洛神賦圖卷》、《女史箴圖卷》、《列女
    仁智圖卷》研究》(上海:復旦大學碩士學位論文,2011 年 6 月)。

15. 張則見:《曹植〈洛神賦〉接受史研究——以詩文為討論中心》(上
    海:華東師範大學碩士學位論文,2018 年 5 月)。

16. 張紅:《解析《洛神賦圖》的美學思想》(蘭州:西北師範大學碩

士學位論文，2009 年 5 月）。

17. 張茜：《洛神宓妃形象演變研究》（南京：東南大學碩士學位論文，
    2011 年 11 月）。

18. 張燕清：《由顧愷之《洛神賦圖》看魏晉繪畫的自覺性》（福州：
    福建師範大學碩士學位論文，2014 年 5 月）。

19. 陳婧：《洛水文學審美研究》（南京：南京師範大學碩士學位論文，
    2012 年 4 月）。

20. 華麗娜：《〈孔雀東南飛〉古代接受史》（濟南：山東師範大學碩士
    學位論文，2004 年 1 月）。

21. 馮帆：《文學形象轉化舞蹈形象之探究——以王玫《洛神賦》中甄
    宓形象為例》（濟南：山東藝術學院碩士學位論文，2019 年 6 月）。

22. 馮媛雲：《曹植〈洛神賦〉的主題考察及敘事策略研究》（廣州：
    廣東外語外貿大學碩士學位論文，2018 年 5 月）。

23. 楊永：《唐人論建安文學——建安文學學術史考察》（鄭州：鄭州
    大學碩士學位論文，2005 年 5 月）。

24. 楊娟：《從曹植接受史中考察歷代對曹植賦的接受情況——兼論
    曹植賦的藝術成就》（青島：中國海洋大學碩士學位論文，2008 年
    6 月）。

25. 楊貴環：《曹植文學的批評史略》（揚州：揚州大學博士學位論文，
    2010 年 4 月）。

26. 蔡旻呈：《從文化資產到文化創意——漢唐樂府之梨園樂舞研究》
    （臺北：國立政治大學中國文學系碩士學位論文，2014 年 6 月）。

附錄一　〈洛神賦〉相關作品目錄

（傳統文獻以作者時代先後為序，現當代作品依發表時間排序）

時　代	作　者	作　品	體　類
晉	傅玄（217～278）	〈有女篇‧豔歌行〉	詩
晉	張敏（約 280 前後在世）	〈神女賦〉	賦
晉	陸機（261～303）	〈前緩聲歌〉	詩
晉	郭璞（276～324）	〈遊仙詩七首〉其二	詩
晉	司馬紹（299～325）	《洛神賦圖》	繪畫
晉	王羲之（303～361）	《洛神賦》	書法
晉	王獻之（344～386）	《洛神賦》	書法
晉	顧愷之（348～405）	《洛神賦圖》	繪畫
南朝宋	謝靈運（385～433）	〈江妃賦〉	賦
南朝宋	謝惠連（407～433）	〈秋胡行〉	詩
南朝宋	劉休玄（431～453）	〈水仙賦〉	賦
齊	謝朓（464～499）	〈七夕賦〉	賦
梁	沈約（441～513）	〈麗人賦〉、〈傷美人賦〉	賦
梁	江淹（444～505）	〈詠美人春遊〉 〈麗色賦〉、〈水上神女賦〉、〈丹砂可學賦〉	詩 賦
梁	蕭衍（464～549）	〈戲作〉	詩
梁	何思澄（480？～530？）	〈南苑逢美人〉	詩
梁	費昶（約 510 前後在世）	〈春郊望美人〉、〈和蕭記室春旦有所思詩〉	詩

梁	劉孝綽（？～539）	〈為人贈美人詩〉	詩
梁	劉緩（？～540？）	〈敬酬劉長史詠名士悅傾城〉	詩
梁	王筠（481～549）	〈五日望採拾詩〉	詩
梁	劉令嫻（約510前後在世）	〈對房前桃樹詠佳期贈內〉	詩
梁	劉孝儀（484～550）	〈探物作豔體連珠〉其一	詩
梁	劉孝威（496～549）	〈賦得香出衣詩〉	詩
梁	蕭綱（503～551）	〈絕句賜麗人〉	詩
梁	蕭紀（508～553）	〈同蕭長史看妓〉	詩
梁	紀少瑜	〈建興苑〉	詩
梁	湯僧濟	〈詠渫井得金釵〉	詩
梁	王樞	〈徐尚書座賦得可憐〉	詩
梁	戴暠	〈月重輪行〉	詩
陳	陰鏗（511～563）	〈侯司空宅詠妓詩〉	詩
陳	江總（519～594）	〈新入姬人應令詩〉	詩
北魏	溫子昇（496～547）	〈常山公主碑〉	碑文
北齊	魏收（507～572）	〈美女篇〉其一	詩
北周	庾信（513～581）	〈奉和夏日應令詩〉	詩
唐	庾抱（？～618）	〈臥痾喜霽開扉望月簡宮內知友〉	詩
唐	慧淨（578～？）	〈冬日普光寺臥疾值雪，簡諸舊遊〉	詩
唐	許敬宗（592～672）	〈安德山池宴集〉	詩
唐	長孫無忌（594～659）	〈新曲〉二首之二	詩
唐	上官儀（608～665）	〈詠畫障〉、〈和太尉戲贈高陽公〉	詩
唐	李義府（614～666）	〈堂堂詞〉	詩
唐	張懷慶（約650前後在世）	〈竊李義府詩〉	詩
唐	駱賓王（640～684）	〈詠美人在天津橋〉、〈櫂歌行〉、〈詠塵灰〉	詩
唐	李嶠（645～714）	〈洛〉、〈素〉	詩
唐	陳嘉言（約690前後在世）	〈上元夜效小庾體〉	詩

唐	孟浩然（689～740）	〈宴崔明府宅夜觀妓〉、〈同張明府碧溪贈答〉、〈和張二自穰縣還途中遇雪〉	詩
唐	王維（692～761）	〈涼州郊外遊望〉	詩
唐	李白（701～762）	〈感興〉八首其二、〈贈段七娘〉	詩
唐	岑參（715～770）	〈夜過盤石隔河望永樂寄閨中效齊梁體〉	詩
唐	閻德隱（開元年間在世）	〈薛王花燭行〉	詩
唐	范元凱（開元年間在世）	〈章仇公兼瓊席上詠真珠姬〉	詩
唐	武平一（開元年間在世）	〈妾薄命〉	詩
唐	梁鍠（約720前後在世）	〈名姝詠〉	詩
唐	劉禹錫（772～842）	〈競渡曲〉	詩
唐	楊巨源（755？～？）	〈名姝詠〉	詩
唐	武元衡（758～815）	〈贈佳人〉	詩
唐	權德輿（759～818）	〈雜興五首〉其五	詩
唐	王涯（764～835）	〈思君恩〉	詩
唐	白居易（772～846）	〈題周皓大夫新亭子二十二韻〉、〈池上送考功崔郎中兼別房竇二妓〉	詩
唐	夏侯審（約779前後在世）	〈詠被中繡鞵〉	詩
唐	冷朝陽（約784前後在世）	〈送紅線〉	詩
唐	元稹（779～831）	〈代曲江老人百韻〉、〈盧十九子蒙吟盧七員外洛川懷古六韻〉	詩
唐	李播（789～？）	〈見美人聞琴不聽〉	詩
唐	李德裕（787～850）	〈鴛鴦篇〉	詩
唐	李涉（約806前後在世）	〈醉中贈崔膺〉	詩
唐	杜牧（803～852）	〈書情〉	詩
唐	段成式（803～863）	《酉陽雜俎》妒婦津	小說
唐	徐凝（806？～830？）	〈牡丹〉	詩
唐	崔元範（？～853）	〈李尚書命妓歌餞有作奉酬〉	詩
唐	李群玉（808～862）	〈感興四首〉其四	詩
唐	溫庭筠（812～870）	〈蓮花〉	詩

唐	李商隱（813～858）	〈襪〉、〈喜雪〉、〈蜂〉、〈判春〉、〈涉洛川〉、〈東阿王〉、〈無題四首〉其二、〈代魏宮私贈〉、〈可歎〉	詩
唐	陸龜蒙（？～881）	〈自遣詩〉三十首之三	詩
唐	皮日休（834～883）	〈太湖詩・聖姑廟〉	詩
唐	韓偓（844～923）	〈密意〉 〈金陵〉、〈浣溪沙〉	詩 詞
唐	裴鉶（約860前後在世）	《洛神傳》	小說
唐	劉滄（約867前後在世）	〈洛神怨〉	詩
唐	唐彥謙（848～894）	〈洛神〉、〈紫薇花〉	詩
唐	杜光庭（850～933）	〈洛川宓妃〉	小說
唐	羅虯（約874前後在世）	〈比紅兒詩〉其十四及六十八	詩
唐	薛媼	〈贈鄭女郎〉	詩
五代	韋莊（836～910）	〈晚春〉、〈奉和左司郎中春物暗度感而成章〉、〈覩軍迴戈〉	詩
五代	牛希濟（872～？）	〈臨江仙〉	詞
五代	歐陽炯（896～971）	〈楊柳枝〉	詩
五代	李中（920？～974？）	〈悼懷王喪妃〉	詩
宋	柳永（987～1053）	〈臨江仙引〉三首之三、〈荔枝香〉	詞
宋	蘇軾（1037～1101）	〈浣溪沙〉、〈菩薩蠻・詠足〉	詞
宋	晏幾道（1038～1110）	〈浣溪沙〉	詞
宋	黃庭堅（1045～1105）	〈王充道送水仙花五十枝欣然會心為之作詠〉 〈兩同心〉、〈清平樂〉	詩 詞
宋	晁端禮（1046～1113）	〈滿庭芳〉、〈西江月〉	詞
宋	賀鑄（1052～1125）	〈望湘人・春思〉、〈橫塘路・青玉案〉、〈苗而秀〉、〈人南渡・感皇恩〉	詞
宋	周邦彥（1056～1121）	〈燕歸梁・曉〉	詞
宋	楊澤民（約1090前後在世）	〈瑞龍吟〉、〈少年遊〉、〈塞翁吟・芙蓉〉	詞

宋	王庭珪（1079～1171）	〈解佩令・本意〉	詞
宋	朱敦儒（1081～1159）	〈洛妃怨〉	詞
宋	周紫芝（1082～1155）	〈西江月〉	詞
宋	向子諲（1085～1152）	〈西江月〉、〈浣溪沙〉	詞
宋	蔡伸（1088～1156）	〈風流子〉	詞
宋	康與之（？～1158）	〈洞仙歌令〉	詞
宋	李彌遜（1089～1153）	〈蝶戀花・西山小湖，四月初，蓮有一花〉	詞
宋	楊無咎（1097～1171）	〈卓牌子慢・中秋次田不伐韻〉、〈兩同心〉	詞
宋	田為（約1119前後在世）	〈江神子慢〉	詞
宋	史浩（1106～1194）	〈如夢令〉	詞
宋	韓元吉（1118～1187）	〈以雙蓮戲韓子師〉	詩
宋	黃談（約1150前後在世）	〈念奴嬌・過西湖〉	詞
宋	趙彥端（1121～1175）	〈鵲橋仙・送路勉道赴長樂〉、〈茶瓶兒・上元〉、〈念奴嬌〉	詞
宋	姜特立（1125～1204）	〈次楊元會白蓮二首〉其二	詩
宋	吳儆（1125～1183）	〈念奴嬌・壽程致政〉	詞
宋	范成大（1126～1193）	〈州宅堂前荷花〉	詩
		〈一落索〉	詞
宋	楊萬里（1127～1206）	〈舟泊吳江〉	詩
宋	張孝祥（1131～1169）	〈浣溪沙〉、〈浣溪沙・次韻戲馬夢山與妓作別〉	詞
宋	朱淑真（1135～1180）	〈新荷〉	詩
宋	王炎（1138～1218）	〈木蘭花慢〉	詞
宋	辛棄疾（1140～1207）	〈南鄉子〉、〈賀新郎・賦水仙〉	詞
宋	陳亮（1143～1194）	〈轉調踏莎行・上巳道中作〉	詞
宋	劉過（1154～1206）	〈糖多令〉、〈滿庭芳〉、〈沁園春〉	詞
宋	韓淲（1159～1224）	〈浣溪沙・次韻伊一〉	詞
宋	史達祖（1163～1220）	〈步月〉、〈隔浦蓮・荷花〉	詞

宋	盧祖皋（1174？～1224？）	〈更漏子〉	詞
宋	陳三聘（約1162前後在世）	〈滿江紅・雨後攜家遊西湖，荷花盛開〉	詞
宋	石孝友（約1166前後在世）	〈念奴嬌〉	詞
宋	沈端節（約1169前後在世）	〈菩薩蠻〉、〈念奴嬌〉	詞
宋	韓玉（約1170前後在世）	〈賀新郎・詠水仙〉	詞
宋	馬子嚴（約1175前後在世）	〈鷓鴣天・閨思〉	詞
宋	高觀國（約1180前後在世）	〈金人捧露盤・水仙花〉、〈菩薩蠻・詠雙心水仙〉	詞
宋	岳珂（1183～1234）	〈滿江紅〉	詞
宋	趙以夫（1189～1256）	〈解語花・東湖賦蓮後五日，雙苞呈瑞。昌化史君持以見遺，因用時父韻〉	詞
宋	趙長卿（約1208～1234）	〈惜奴嬌・賦水仙花〉	詞
宋	吳文英（1200～1260）	〈東風第一枝〉、〈淒涼犯・重臺水仙〉	詞
宋	陳人傑（1218～1243）	〈沁園春・賦月潭主人荷花障〉	詞
宋	王沂孫（1230？～1291？）	〈聲聲慢〉、〈水龍吟・白蓮〉	詞
宋	劉辰翁（1232～1297）	〈虞美人・詠海棠〉	詞
宋	楊纘（1241？～1252？）	〈八六子・牡丹次白雲韻〉	詞
宋	趙聞禮（約1247前後在世）	〈水龍吟・水仙花〉	詞
宋	趙孟頫（1254～1322）	《洛神賦》	書法
宋	劉將孫（1257～？）	〈江城子・和子昂題水仙花卷〉	詞
宋	張掄（約1262前後在世）	〈醉落魄〉十首之九詠秋	詞
宋	房舜卿	〈憶秦娥〉	詞
宋	阮華	〈菩薩蠻〉	詞
宋	史深	〈花心動・泊舟四聖觀〉	詞
宋	鄭文妻	〈憶秦娥〉	詞
宋	陳深	〈齊天樂・八月十八日壽婦翁，號菊圃〉	詞
宋	向滈	〈小重山〉	詞
宋	無名氏	〈鷓鴣天・三月初二〉	詞

宋	無名氏	〈念奴嬌〉	詞
元	盧琦（1306～1362）	〈美人折花〉	詩
元	不詳	《甄皇后》	傳奇劇本
明	陳顥（1414～？）	〈踏車婦〉	詩
明	劉玉（約1496前後在世）	〈瑞鶴仙〉	詞
明	汪道昆（1525～1593）	《洛水悲》	雜劇劇本
明	駱問禮（1527～1608）	〈武選署中賞荷〉	詩
明	王世懋（1536～1588）	〈無題〉	詩
明	費元祿（約1570前後在世）	〈芳塵春跡〉	詩
明	汪宗姬（1560～？）	《續緣記》	傳奇劇本
明	徐熥（1561～1699）	〈隔簾美人〉	詩
明	徐𤊹（1563～1639）	〈除夜前二日同徐茂吳金漢孫鄭翰卿汪肇郃宅觀妓分得人字〉、〈三贈驚鴻〉其一	詩
清	梁雲構（1584～1649）	〈某姬彈琴〉	詩
清	李玉（？～1681？）	《洛神廟》	傳奇劇本
清	吳騏（1620～1695）	〈題雒神〉	詩
清	王士禎（1634～1711）	〈悼亡詩哭張孺人十二首〉其九、〈銅雀臺送陳竹居歸臨漳〉	詩
清	蒲松齡（1640～1715）	《聊齋志異》〈甄后〉	小說
清	陳夢雷（1650～1741）	〈落花詩三十首〉其十一	詩
清	呂履恆（1650～1719）	《洛神廟》	傳奇劇本
清	納蘭性德（1655～1685）	〈浣溪沙〉	詞
清	李重華（1682～1755）	〈題洛神賦〉、〈集十三行字八首〉其八	詩
清	曹雪芹（1715～1763）	《紅樓夢》	小說
清	吳蘭庭（1730～1801）	〈陳思王祠〉	詩

清	郭起元（約1750前後在世）	〈溪邊梅〉	詩
清	管世灝（約1801前後在世）	《影譚》〈洛神〉	小說
清	樂鈞（1766～1814）	《耳食集》〈宓妃〉	小說
清	陳文述（1771～1843）	〈靜女〉其三、〈漢南秋思〉其一	詩
清	王培荀（1783～？）	〈賀友納姬〉	詩
清	張應昌（1790～1874）	〈望湘人・題闕文山畫洛神〉	詞
清	黃燮清（1805～1864）	《凌波影》，又名《宓妃影》	傳奇劇本
清	陳錦（1821～？）	〈水僊花〉	詩
清	葉昌熾（1849～1917）	〈木蘭花慢・費芝雲兵部感懷詞六首悼其亡姬作也，出以見示為賦此闋〉	詞
清	張琦	〈燕山亭・題洛神小影〉	詞
清	不詳	《洛神》	戲曲劇本
1955	吳祖光	《洛神》	京劇電影
1957	羅志雄	《洛神》	粵劇電影
1958	南宮搏（本名馬彬，1924～1983）	《洛神》	小說
1966	高歌	《洛神》	潮劇電影
1975	鍾景輝	《洛神》	電視劇
1982	張美君	《洛神傳》，又名《銅雀王朝洛神傳》	電影
1984	顧輝雄	《洛神》	歌仔戲
1987	金庸（本名查良鏞，1924～2018）	《天龍八部》	小說
1987	余漢祥	《金縷歌》	歌仔戲
1987	彭碧玉	《洛神賦——曹子建與甄后的戀情》	小說

1993	畢珍（本名李世偉，1929～1998）	《洛神》	小說
1994	簡遠信	《洛神》	小說
1994	宗華（本名鄒宗志，1944～）	《洛神》	歌仔戲
1994	蔡琴	《洛神》	臺語歌曲
1999	胡曉明、胡曉暉	《洺神》	小說
2000	小明明（本名巫明霞，1941～2017）	《洛神》	歌仔戲
2001	陳雲川	《洛神》	歌仔戲劇本
2001	高宜三	《洛水女神》	歌仔戲劇本
2001	石玉坤	《洛神賦》	京劇
2002	伍兆榮	《洛神》	電視劇
2004	彭軍	《洛神續集》	電視劇
2004	王正平（1948～2013）	《洛神組曲——曹丕與甄宓》	國樂
2006	陳美娥（1954～）	《洛神賦》	南管舞劇
2008	梁建忠	《子建會洛神》	粵劇
2008	張曼君	《美兮洛神》	豫劇
2008	劉淩莉	《雲水洛神》	舞劇
2009	夏雪緣	《美人吟・飛花弄影》	小說
2010	王玫	《洛神賦》	舞劇
2010	佟睿睿（1977～）	《水月洛神》	舞劇
2011	鄭曉龍、高翊浚	《後宮甄嬛傳》	電視劇
2012	楊小青（1943～）、龍倩（1965～）	《七步吟》	桂劇
2012	戴君芳	《燕歌行》	歌仔戲
2013	朱莉莉、王淑志	《新洛神》	電視劇

2013	賈卿卿	《洛水神仙》	國語歌曲
2014	Winky 詩（本名趙景旭）	《洛神賦》	國語歌曲
2017	張永新	《大軍師司馬懿之軍師聯盟》	電視劇
2019	無双樂團江晴	《洛神賦》	國語歌曲
2019	SING 女團	《洛神賦》	國語歌曲

附錄二 〈洛神賦〉相關藝術創作圖像

圖一：王獻之《玉版十三行》

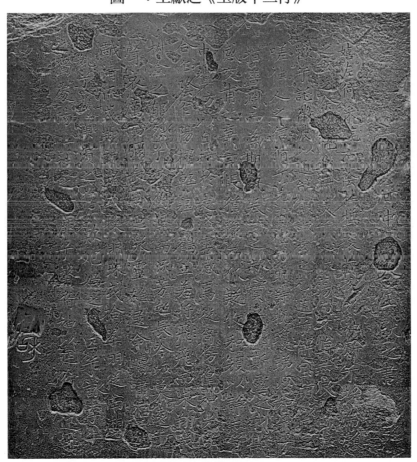

王獻之《玉版十三行》2021/07/31 下載自書法字典網站 http://www.
shufazidian.com/ziliao/31501.html

圖二：顧愷之《洛神賦圖》（遼寧本）

第一幕邂逅中第三景驚豔

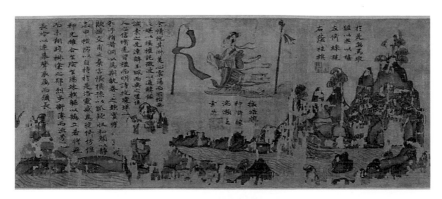

第二幕中第一景嬉戲

第二幕中第二景贈物

第三幕情變中第一景眾靈

第四幕分離中第一景備駕

第四幕分離中第二景離去

第五幕悵歸中第一景泛舟

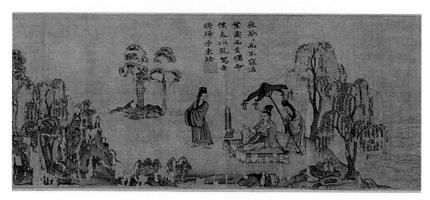

第五幕悵歸中第二景夜坐

第五幕悵歸中第三景東歸

以上顧愷之《洛神賦圖》2021/07/31 下載自 https://zh.wikipedia.org/wiki/洛神賦圖

圖三：楊麗花歌仔戲《洛神》1984 年版

翻攝自 DVD 封面

圖四：葉青歌仔戲團《金縷歌》

翻攝自 DVD 封面

圖五：楊麗花歌仔戲《洛神》1994 年版

劇照（2021/07/31 下載自 https://www.facebook.
com/Variety.ttv/posts/163117994403074/）

圖六：明霞歌劇團歌仔戲《洛神》

劇照（翻攝自公共電視臺畫面）

圖七：歌仔戲《燕歌行》

海報（2021/07/31 下載自 https://www.pts.org.tw/program/Template1B_About.
aspx?PNum=585）

圖八：新編京劇《洛神賦》

翻攝自 DVD 封面

圖九：粵劇《子建會洛神》

翻攝自 DVD 封面

圖十：豫劇《美兮洛神》

劇照（翻攝自河南衛星電視臺畫面）

圖十一：新編桂劇《七步吟》

劇照（2021/07/31 下載自 https://www.sohu.com/a/260420378_325523）

圖十二：北京電影製片廠京劇《洛神》

劇照（2021/07/31 下載自 https://kknews.cc/entertainment/r5jgov.html）

圖十三：香港大成影片公司粵劇《洛神》

翻攝自 CD 封面

圖十四：香港萬聲電影製片公司潮劇《洛神》

劇照（翻攝自電影畫面）

圖十五：香港銀彈電影事業公司《洛神傳》

海報（2021/07/31 下載自 https://www.bay

maxvods.com/video/196061/index.html）

圖十六：電視劇《洛神》

海報（2021/07/31 下載自 https://zh.wiki
pedia.org/wiki/洛神_(2002 電視劇)）

圖十七：電視劇《洛神續集》

翻攝自 DVD 封面

圖十八：電視劇《新洛神》

海報（2021/07/31 下載自 https://zh.wikipedia.org/wiki/新洛神）

圖十九：電視劇《人軍師司馬懿之軍師聯盟》

海報（2021/07/31 下載自 https://www.
tvmao.com/character/YmopY2Fj）

圖二十：南管舞劇《洛神賦》

海報（2021/07/31 下載自 http://ebook.teldap.tw/v2/reader/029.jsp）

圖二十一：中國舞劇《雲水洛神》

劇照（2021/07/31 下載自 http://ent.sina.com.cn/j/2008-04-08/15241
978471.shtml）

圖二十二：中國舞劇《洛神賦》

劇照（2021/07/31 下載自 http://ent.sina.com.cn/j/
p/2009-11-09/07512762419.shtml）

圖二十三：中國舞劇《水月洛神》

海報（2021/07/31 下載 http://www.chinawriter.
com.cn/2013/2013-04-12/159621.html）

附錄三 〈洛神賦〉研究論著目錄

（分類後依作者姓氏筆畫排序）

區域：臺灣、中國、日本。

時間：1933 年～2021 年 6 月。

範圍：專書、期刊論文、學位論文。

分類：

一、作者曹植研究

1. 于浴賢：〈論曹植對屈騷的接受傳播〉，《文史哲》2010 年第 4 期
   （總第 319 期），頁 113～118。

2. 于國華：《曹植詩賦緣情研究》（長春：吉林大學博士學位論文，
   2016 年 12 月）。

3. 孔昊天：〈曹植在文學史上的接受及其形象的建構〉，《現代語文
   （學術綜合版）》2013 年第 12 期，頁 11～14。

4. 王永清：《曹植賦研究》（桂林：廣西師範大學碩士學位論文，2008
   年 4 月）。

5. 王玫：〈曹植及其作品的效果史研究〉，《齊魯學刊》2005 年第 1 期
   （總第 184 期），頁 76～80。

6. 王玫：《建安文學接受史論》（上海：上海古籍出版社，2005 年 7
   月）。

7. 王津：《唐前曹植接受史》（濟南：山東大學博士學位論文，2014年 11 月）。

8. 王萍：《曹植研究》（西安：陝西師範大學博士學位論文，2012 年 5 月）。

9. 付玉、劉利軍：〈吟風弄月難為一世君王、真情流露卻成千古文章——略論曹植的詩才與治才〉，《瀘州職業技術學院學報》2008 年 第 1 期，頁 65～69、59。

10. 史雲嬌：《曹植的悲劇審美意識研究》（成都：四川師範大學碩士 學位論文，2018 年 5 月）。

11. 白雲：《元前曹植接受史》（哈爾濱：黑龍江大學碩士學位論文， 2005 年 6 月）。

12. 任豔麗：〈試析建安辭賦的文人化傾向——以曹植賦為例〉，《大眾 文藝》2010 年第 12 期，頁 176。

13. 朱浩：〈《文心雕龍》與《文選》對曹植評價的比較〉，《安慶師範 學院學報（社會科學版）》第 30 卷第 11 期（2011 年 11 月），頁 23～26、55。

14. 呂則麗：《曹植辭賦與散文研究》（濟南：山東師範大學碩士學位 論文，2005 年 5 月）。

15. 李娟：《論曹植辭賦中的人物形象》（長春：東北師範大學碩士學 位論文，2010 年 5 月）。

16. 沈金亮：〈曹植「七步詩」及其他〉，《文史雜誌》2010 年第 4 期 （總第 148 期），頁 58～60。

17. 邢培順：《曹植文學研究》（濟南：山東師範大學博士學位論文， 2010 年 11 月）。

18. 邱興躍、鄭永蘋：〈歷史上應該有曹植七步成詩一事〉，《成都大學 學報（教育科學版）》第 21 卷第 12 期（2007 年 12 月），頁 91～ 94。

19. 段凌穎：〈曹植詩賦對「香草美人」的接受與創新〉，《濮陽職業技術學院學報》第 25 卷第 4 期（2012 年 8 月），頁 73～75。

20. 孫明君：〈建國以來曹植研究綜述〉，《許昌師專學報（社會科學版）》第 15 卷第 4 期（1996 年），頁 27～30。

21. 孫綠江：〈曹植筆下女性形象的文化意義〉，《社科縱橫》2000 年第 2 期，頁 67～69。

22. 徐天祥：〈論曹植的政治悲劇及其對創作的影響〉，《江淮論壇》1994 年第 3 期，頁 100～107。

23. 高飛、衛席軍：〈曹植與六朝文學〉，《延安大學學報（社會科學版）》1996 年第 4 期第 18 卷（總第 69 期），頁 71～74。

24. 張靜：〈從文學傳播角度看曹氏兄弟地位差異形成的原因〉，《重慶郵電大學學報（社會科學版）》第 21 卷第 5 期（2009 年 9 月），頁 110～117、128。

25. 郭玉華：〈曹植辭賦中的人物形象背後的文化內蘊〉，《湖北經濟學院學報（人文社會科學版）》第 12 卷第 12 期（2015 年 12 月），頁 103～104。

26. 傅正義：〈中國詩歌抒情品格的確立者——曹植〉，《重慶工商大學學報（社會科學版）》第 24 卷第 5 期（2007 年 10 月），頁 86～89。

27. 黃守誠：《曹子建評傳》（臺北：水牛圖書出版事業有限公司，1987 年 5 月）。

28. 黃守誠：《曹子建新探》（臺北：雲龍出版社，1998 年 9 月）。

29. 楊夏月：〈試論曹植筆下的女性美〉，《山西廣播電視大學學報》2012 年第 3 期（總第 88 期）（2012 年 9 月），頁 90～92。

30. 楊娟：《從曹植接受史中考察歷代對曹植賦的接受情況——兼論曹植賦的藝術成就》（青島：中國海洋大學碩士學位論文，2008 年 6 月）。

31. 楊貴環：《曹植文學的批評史略》（揚州：揚州大學博士學位論文，2010 年 4 月）。

32. 雍國泰：〈〈七步詩〉與曹植〉，《四川師範學院學報（哲學社會科學版）》1991 年第 2 期，頁 51〜57。

33. 裴登峰、張音：〈曹植作品中女性美的象徵意義〉，《青海民族學院學報（社會科學版）》1994 年第 4 期，頁 58〜60。

34. 趙幼文：《曹植集校注》（臺北：明文書局，1985 年 4 月）。

35. 劉昌安：〈曹植詩文賦中的神話意蘊探析〉，《安徽農業大學學報（社會科學版）》第 22 卷第 3 期（2013 年 5 月），頁 88〜91。

36. 劉從武：〈論曹植的女性審美觀〉，《文學教育（中）》2010 年第 6 期，頁 25〜26。

37. 劉維崇：《曹植評傳》（臺北：黎明文化事業股份有限公司，1977 年）。

38. 蔣凡：〈《文心雕龍》建安三曹論評議〉，《贛南師範學院學報》2016 年第 1 期，頁 99〜105。

39. 鄧永康：《魏曹子建先生植年譜》（臺北：臺灣商務印書館，1981 年 12 月）。

40. 謝丹：〈由《文心雕龍》看劉勰對曹植的評價〉，《黔西南民族師範高等專科學校學報》2010 年第 1 期（2010 年 3 月），頁 47〜50、58。

41. 鍾桃：《曹植辭賦創作心態研究》（大連：遼寧師範大學碩士學位論文，2013 年 6 月）。

42. 魏金婷：〈從傳播過程看曹植與曹丕文學地位之高低〉，《長江大學學報（社科版）》第 37 卷第 5 期（2014 年 5 月），頁 20〜21、25。

43. 羅昌繁：〈曹植之貶的文學史典範意義〉，《山西師大學報（社會科學版）》第 45 卷第 2 期（2018 年 3 月），頁 52〜56、112。

44. 嚴雷：〈飄飄兮若輕雲之迴雪，彷彿兮若輕雲之蔽月——淺析曹植

的浪漫主義思想〉,《劍南文學(經典教苑)》2013 年第 10 期,頁
113、115。

45. 河北師範學院中文系古典文學教研組編:《三曹資料彙編》(北京:
中華書局,2004 年 1 月)。

二、〈洛神賦〉綜論

1. 于國華:〈情賦發展視域中的〈洛神賦〉愛情書寫〉,《瓊州學院學
報》第 23 卷第 3 期(2016 年 6 月),頁 3～10。

2. 王林飛:〈洛神故事的演變〉,《廣東技術師範學院學報(社會科學
版)》2015 年第 3 期,頁 29～35。

3. 王玫:《建安文學接受史論》(上海:上海古籍出版社,2005 年 7 月)。

4. 王挺宇:〈談曹植〈洛神賦〉〉,《北方文學(下旬刊)》2011 年第 7
期,頁 77～78。

5. 王挺秀:〈建安時期以女性為題材的賦作探析〉,《遼東學院學報
(社會科學版)》第 18 卷第 1 期(2016 年 2 月),頁 9～13。

6. 王莉:〈論宓妃形象在中古時期的新變及其成因〉,《貴州社會科
學》2013 年第 2 期(總第 278 期)(2013 年 2 月),頁 55～60。

7. 王雅媛:《《昭明文選》「情」類賦的抒情研究》(長春:長春師範
大學碩士學位論文,2013 年 6 月)。

8. 王新利、李陳:〈略論〈洛神賦〉歷史文化背景及價值〉,《中學語
文教學參考》2015 年第 9 期,頁 37～38。

9. 王德華:〈恨人神之道殊,申禮防以自持——曹植〈洛神賦〉解讀〉,
《古典文學知識》2013 年第 2 期(總第 167 期),頁 96～103。

10. 王懷平:〈論洛神原型在文圖符碼中的形象化演繹〉,《文藝爭鳴》
2014 年第 4 期,頁 187～192。

11. 江舉謙:〈曹植洛神賦論爭考評〉,《建設》第 2 卷第 9 期(1954 年
2 月),頁 32。

12. 吳冠文:〈論宓妃形象在中國古代文學史上的演變——兼論由此

反映的中國文學發展的趨勢〉,《復旦學報(社會科學版)》2011 年第 1 期,頁 32～42。

13. 宋定莉:〈曹植〈洛神賦〉與〈贈白馬王彪〉詩中的風骨意涵〉,《有鳳初鳴年刊》第 10 期（2015 年 11 月）,頁 571～588。

14. 李小玲:〈中國文學女性形象中的洛神原型及其現代重述〉,《華東師範大學學報（哲學社會科學版）》第 34 卷第 3 期（2002 年 5 月）,頁 55～61。

15. 李昕潮:〈宗教與文學——〈洛神賦〉從宗教儀式演變而來的美人幻夢型文學〉,《長沙鐵道學院學報（社會科學版）》第 8 卷第 1 期（2007 年 3 月）,頁 113～114。

16. 李洪亮:〈「眾靈雜遝」的〈洛神賦〉〉,《阜陽師範學院學報（社會科學版）》2016 年第 6 期（總第 174 期）,頁 13～18。

17. 李健:〈柔情麗質,哀怨蘊結——曹植〈洛神賦〉賞析〉,《名作欣賞》1984 年第 1 期,頁 31～36。

18. 李煥有:〈〈洛神賦〉幻想藝術產生誘因淺探〉,《名作欣賞》2008 年第 4 期,頁 4～6。

19. 李煥有:〈〈洛神賦〉的矩陣解讀〉,《河南大學學報（社會科學版）》第 49 卷第 6 期（2009 年 11 月）,頁 103～106。

20. 李鴻玟:〈「洛神賦」之賞析〉,《古今藝文》第 27 卷第 3 期（2001 年 5 月）,頁 26～29。

21. 汪偉:《論宓妃形象及其文化內涵的發展演變》（長春:長春理工大學碩士學位論文,2019 年 6 月）。

22. 沈達材:《曹植與洛神賦傳說》（上海:華通書局,1933 年 5 月）。

23. 肖煜薇:〈〈洛神賦〉「清陽」詞義訓詁〉,《現代語文（學術綜合版）》2015 年第 11 期,頁 122～123。

24. 林憲宏:〈〈洛神賦〉が「須磨」と「明石」への影響〉,《興國學報》第 12 期（2011 年 1 月）,頁 67～76。

25. 柯鎮昌：〈從〈洛神賦〉審讀曹植的貴族精神〉，《美與時代（下）》2010 年第 8 期，頁 34～36。

26. 洪安全：〈曹植與洛神〉，《故宮文物月刊》第 1 卷第 5 期（總第 5 期）（1983 年 8 月），頁 8～17。

27. 洪順隆：《辭賦論叢》（臺北：文津出版社，2000 年 9 月）。

28. 洪樹華、寧稼雨：〈近五十年來中國古代文學「人神之戀」研究的回顧與展望〉，《山東大學學報（哲學社會科學版）》2006 年第 4 期，頁 89～94。

29. 凌夢怡：〈一千個人，一千個洛神〉，《青年文學家》2018 年第 21 期，頁 102。

30. 孫明君：〈〈洛神賦〉：幻覺體驗與赴水隱喻〉，《北京大學學報（哲學社會科學版）》第 55 卷第 3 期（2018 年 5 月），頁 47～53。

31. 宮玉海：〈從〈陌上桑〉到〈洛神賦〉——圍繞美女羅敷發生的故事〉，《通化師院學報》1997 年第 2 期，頁 61～62、67。

32. 容藝梅：〈〈洛神賦〉韻律修辭分析〉，《文學教育（下）》2010 年第 12 期，頁 26～27。

33. 袁培堯：〈一幕人神戀愛的悲劇——曹植〈洛神賦〉賞析〉，《商丘職業技術學院學報》2004 年第 5 期（總第 14 期），頁 50～51。

34. 崔軍紅：〈從《文選》所收曹植賦看《文選》的編纂〉，《河南師範大學學報（哲學社會科學版）》第 39 卷第 3 期（2012 年 5 月），頁 174～176。

35. 張宏義：〈〈洛神賦〉若干問題之再探討〉，《駐馬店師專學報》1989 年第 4 期，頁 1～5。

36. 張則見：《曹植〈洛神賦〉接受史研究——以詩文為討論中心》（上海：華東師範大學碩士學位論文，2018 年 5 月）。

37. 張茜：《洛神宓妃形象演變研究》（南京：東南大學碩士學位論文，2011 年 11 月）。

38. 張琴鳳：〈「夢中洛神」的追尋——中國文學「美人幻象」〉,《現代語文（文學研究版）》2009 年第 6 期，頁 159～160。

39. 張譽兮：《〈洛神賦〉研究——以版本考察為中心》（廈門：廈門大學碩士學位論文，2018 年 5 月）。

40. 郭婷婷：〈近二十年〈洛神賦〉研究綜述〉,《安徽文學（下半月）》2012 年第 2 期，頁 146～147。

41. 郭蓉：《〈文選〉李善注徵引式訓詁研究》（濟南：山東大學博士學位論文，2007 年 5 月）。

42. 陳婧：《洛水文學審美研究》（南京：南京師範大學碩士學位論文，2012 年 4 月）。

43. 傅淑芳：〈曹植及其「洛神賦」〉,《新亞學術集刊》第 13 期（1994年），頁 263～273。

44. 傅淑芳：〈淺談曹植的〈洛神賦〉〉,《青海社會科學》1981 年第 2 期，頁 104～110、113。

45. 傅紹良：〈愛神的失落與回歸——中國古代神戀心態探微〉,《人文雜誌》1991 年第 5 期，頁 124～128、113。

46. 華唐：〈〈洛神賦〉的原型與流變〉,《明道文藝》248 期（1996 年11 月），頁 118～128。

47. 黃季耕：〈曹植〈洛神賦〉的思想和藝術管窺〉,《安徽教育學院學報（社會科學版）》1985 年第 2 期（總第 4 期），頁 68～71。

48. 黃彰健：〈曹植「洛神賦」新解〉,《故宮學術季刊》第 9 卷第 2 期（1991 年冬），頁 1～30。

49. 葉雁鵬：〈「陵波微步，羅襪生塵」闡微〉,《古典文學知識》2019 年第 12 期（總第 203 期），頁 150～155。

50. 董舒心：《漢魏六朝婚戀小說研究》（濟南：山東大學博士學位論文，2018 年 9 月）。

51. 解光穆：〈〈洛神賦〉語言五美〉,《固原師專學報》1995 年第 1 期

（總第 52 期），頁 21～23。

52. 廖君：〈以〈洛神賦〉分析李善注與五臣注〉，《中國語文》第 110 卷第 2 期（總第 656 期）（2012 年 2 月），頁 42～49。

53. 熊道會、鄧占揚：〈怎樣理解「離合的神光」之比喻〉，《中學語文教學參考》1999 年第 Z2 期，頁 36。

54. 劉杰：〈翩若驚鴻，矯若遊龍——從〈洛神賦〉看人神之戀的母題〉，《劍南文學（上半月）》2013 年第 8 期，頁 57～63。

55. 劉偉安：〈曹植〈洛神賦〉之美學特徵的多維考察〉，《渭南師範學院學報》第 29 卷第 1 期（2014 年 1 月），頁 37～41。

56. 劉滴川：〈跨藝術的洛神主題與自由嚮往——以〈洛神賦〉為題的文學、美術的審美形成與延伸〉，《中國美術館》2014 年第 5 期，頁 51～55。

57. 褔夢菴：〈洛神與洛神賦〉，《中國世紀》第 59 期，（1962 年 11 月 15 日），頁 14。

58. 鄭偉：〈羅襪何以生塵？〉，《語文學刊》2012 年第 24 期（2012 年 12 月），頁 57。

59. 鄭睿：〈女神之苦媚、洛水之絕唱——〈洛神賦〉的藝術形象與文學意義淺析〉，《當代藝術》2009 年第 3 期，頁 64～66。

60. 穆華亭：〈動人的形象，深刻的寓意——〈洛神賦〉譯析〉，《新疆石油教育學院學報》1988 年第 2 期，頁 54～58、67。

61. 戴紹敏：〈論〈洛神賦〉的古典美及其承傳〉，《大同職業技術學院學報》第 18 卷第 3 期（2004 年 9 月），頁 42～44。

62. 戴燕：〈〈洛神賦〉：從文學到繪畫、歷史〉，《文史哲》2016 年第 2 期，頁 29～47。

63. 韓濤：〈〈洛神賦〉中的隱喻世界〉，《現代語文》2021 年第 1 期（總第 703 期），頁 63～68。

64. 簡瑞隆：《〈洛神賦〉的傳播與接受》（花蓮：國立東華大學中國語

文學系博士學位論文，2020 年 7 月）。

65. 羅敬之〈洛神賦的創作動機及年代〉，《書和人》第 697 期（1992
年 5 月 16 日），頁 1～6。

66. 羅敬之：〈再論「洛神賦」〉，《中國文化大學中文學報》第 3 期（1995
年 7 月），頁 55～88。

67. 躍進：〈從〈洛神賦〉李善注看尤刻《文選》的版本系統〉，《文學
遺產》1994 年第 3 期，頁 90～97。

三、宓妃形象的接受

1. 方中政：《漢魏六朝神女賦研究》（安慶：安慶師範學院碩士學位
論文，2011 年 6 月）。

2. 王立洲：《神女意象的文化蘊涵》（長春：東北師範大學碩士學位
論文，2006 年 5 月）。

3. 王哲：〈從《詩經》到〈洛神賦〉——淺析中國古典文學中女性外貌
描寫的定型〉，《劍南文學（下半月）》2016 年第 6 期，頁 56～57。

4. 王紹燕：〈《離騷》中「求女」與〈洛神賦〉中「戀愛」之比較〉，
《文學教育》2013 年第 12 期，頁 9。

5. 江曉昀：《〈洛神賦〉中女神原型之思維發展研究》（嘉義：南華大
學文學系碩士學位論文，2006 年 5 月）。

6. 江曉輝：〈曹植〈洛神賦〉對洛神原型的襲用與改造及其背後之意
義〉，《中國韻文學刊》第 27 卷第 3 期（2013 年 7 月），頁 23～
29。

7. 艾初玲：〈一樣相思異樣情懷〈神女賦〉與〈洛神賦〉對讀〉，《湘
潭師範學院學報（社會科學版）》第 27 卷第 1 期（2007 年 1 月），
頁 85～86。

8. 吳光興：〈神女歸來——一個原型和〈洛神賦〉〉，《文學評論》1989
年第 3 期，頁 122～127。

9. 吳美卿、劉怡菲：〈論屈原〈離騷〉和曹植〈洛神賦〉中宓妃形象〉，

《韓山師院學報》第 31 卷第 1 期（2010 年 2 月），頁 51～56。

10. 呂菊：〈飄忽宓妃、跌宕文心〉，《肇慶學院學報》第 23 卷第 3 期（2002 年 6 月），頁 16～18。

11. 李文鈺：〈從〈神女賦〉到〈洛神賦〉──女神書寫的創造、模擬與轉化〉，《臺大文史哲學報》第 81 期（2014 年 11 月），頁 33～62。

12. 李航：〈〈洛神賦〉對宋玉「情賦」中美人意象的承繼〉，《桂林航天工業學院學報》2014 年第 3 期（總第 75 期），頁 269～272。

13. 李華：〈「靈均以後一人而已」──從〈洛神賦〉看曹植對〈離騷〉的接受〉，《語文學刊》2006 年第 9 期，頁 102～103。

14. 李華年：〈也談〈洛神賦〉和〈神女賦〉〉，《貴州民族學院學報（哲學社會科學版）》1994 年第 3 期，頁 70～75。

15. 汪雲霞：〈人神之道殊兮楚天悲歌──從《詩經・周南・漢廣》到〈洛神賦〉〉，《名作欣賞》2007 年第 15 期，頁 22～25。

16. 侯文學：〈張衡作品女性形象的文化解讀〉，《山西師大學報（社會科學版）》第 36 卷第 3 期（2009 年 5 月），頁 84～88。

17. 侯素利：〈略論屈原與曹植筆下的宓妃形象〉，《宿州學院學報》第 20 卷第 1 期（2005 年 2 月），頁 79～81。

18. 段凌穎：〈曹植詩賦對「香草美人」的接受與創新〉，《濮陽職業技術學院學報》第 25 卷第 4 期（2012 年 8 月），頁 73～75。

19. 徐國榮：〈漢魏豔情賦對高唐神女傳說的承繼與變異〉，《文藝研究》2009 年第 11 期，頁 46～53。

20. 馬玉珍：〈從《詩經・漢廣》到〈洛神賦〉──流變與審美視域中的人神戀〉，《社科縱橫》總第 30 卷第 3 期（2015 年 3 月），頁 128～134。

21. 高秋鳳：〈宋玉〈神女賦〉與曹植〈洛神賦〉的比較研究〉，《國文學報》第 26 期（1997 年 6 月），頁 61～89。

22. 張文錦：〈〈離騷〉中「宓妃」真實身份考辨綜述〉，《名作欣賞》

2017 年第 3 期，頁 44～45。

23. 張耀元：〈〈洛神賦〉對先秦人神戀歌文學的繼承與超越〉，《陝西師範大學學報（哲學社會科學版）》第 36 卷專輯（2007 年 9 月），頁 124～126。

24. 畢漾晴：〈羿與河伯故事中英雄形象的建構與偏離〉，《渭南師範學院學報》第 34 卷第 3 期（2019 年 3 月），頁 68～73。

25. 盛英：〈我看中國上古女神（三則）〉，《揚州大學學報（人文社會科學版）》第 16 卷第 1 期（2012 年 1 月），頁 31～45。

26. 郭令原：〈宓妃考索──兼論〈離騷〉中「求女」的比興意義〉，《湖南大學學報（社會科學版）》第 22 卷第 4 期（2008 年 7 月），頁 85～90。

27. 郭豔麗、李鑠瑤：〈〈洛神賦〉對〈神女賦〉的承傳與發展〉，《太原師範學院學報（社會科學版）》第 13 卷第 2 期（2014 年 3 月），頁 59～61。

28. 陳卓欣：〈曹植〈洛神賦〉女神形象探析〉，《中華人文社會學報》第 9 期（2008 年 9 月），頁 164～185。

29. 陳明華、鄭麗：〈淺析洛神形象──曹植對前代女性形象描寫的繼承與發展〉，《長春師範學院學報》第 23 卷第 6 期（2004 年 11 月），頁 75～77。

30. 程芳萍：〈從楚辭到魏晉文學看中國古典文學作品中神女形象的第一次嬗變〉，《蘭州教育學院學報》第 32 卷第 8 期（2016 年 8 月），頁 7～9。

31. 華豔霄：〈〈神女賦〉與〈洛神賦〉主人公形象展示藝術異同〉，《語文學刊》2015 年第 12 期（2015 年 6 月），頁 100～101。

32. 鈍刀：〈洛神傳說的緣由〉，《牡丹》2011 年第 9 期，頁 63。

33. 黃水雲：〈論〈洛神賦〉與《楚辭》之關係〉，《長春師範學院學報（人文社會科學版）》第 28 卷第 4 期（2009 年 7 月），頁 70～74。

34. 董靈超：〈談〈洛神賦〉女性美內涵的提升〉，《渭南師範學院學報》第 30 卷第 17 期（2015 年 9 月），頁 46～49。

35. 趙瑩瑩：〈「巫山神女」與「洛水女神」的形象差異及其原因〉，《遼東學院學報（社會科學版）》第 13 卷第 4 期（2011 年 8 月），頁 77～80。

36. 劉麗華：〈從世俗女子到神女「佳人」──試論曹植、阮籍詩賦作品中女性身份定位的差異〉，《黑龍江教育學院學報》第 28 卷第 10 期（2009 年 10 月），頁 119～121。

37. 歐陽竹：〈論前代文學對曹植女性題材作品的影響〉，《大眾文藝（理論）》2009 年第 2 期，頁 104。

38. 鄭柏彰：〈試詮以「神女」意符為象徵之書寫意識──從宋玉〈神女賦〉到曹植〈洛神賦〉看其「神女書寫」之演變軌跡〉，《中正大學中國文學研究所研究生論文集刊》第 8 期（2006 年 6 月），頁 137～154。

39. 鄭訓佐：〈淺談〈洛神賦〉的形象塑造──兼論〈神女賦〉〉，《雲南教育學院學報》第 8 卷第 4 期（1992 年 8 月），頁 48～50。

40. 蕭兵：〈九河之神及其妻洛嬪──《楚辭·九歌·河伯》新解〉，《鄭州大學學報（社會科學版）》1980 年第 2 期，頁 34～40。

41. 簡瑞隆：〈論〈洛神賦〉對宓妃形象的接受與發展〉，《有鳳初鳴年刊》第 14 期（2018 年 6 月），頁 439～456。

42. 魏澤奇：〈論〈離騷〉的「五求女」及其喻意〉，《牡丹江教育學院學報》2012 年第 1 期（總第 131 期），頁 1～2。

四、〈洛神賦〉主題思想

1. 木齋：〈論〈洛神賦〉為曹植辯誣之作〉，《山西大學學報（哲學社會科學版）》，第 33 卷第 1 期（2001 年 1 月），頁 17～23。

2. 木齋：《古詩十九首與建安詩歌研究》（北京：人民出版社，2009 年 12 月）。

3. 毋軍保：〈雖潛處於太陰，長寄心於君王——論曹植《洛神賦》的救贖性〉，《六盤水師範學院學報》第 29 卷第 2 期（2017 年 4 月），頁 10～13。

4. 王士珩：〈論〈洛神賦〉思想中的對立性與救贖性〉，《名作欣賞》2020 年第 18 期，頁 151～153。

5. 王玫：〈甄氏之死因〉，《文史知識》2013 年第 9 期，頁 57～62。

6. 王津：〈文本互證視角下李善注〈洛神賦〉引〈記〉之可能〉，《鄭州輕工業學院學報（社會科學版）》第 21 卷第 6 期（2020 年 12 月），頁 70～82。

7. 王書才：〈曹植〈洛神賦〉主旨臆解〉，《達縣師範高等專科學校學報（社會科學版）》第 15 卷第 3 期（2005 年 5 月），頁 37～39。

8. 王學軍、賀威麗：〈曹植〈洛神賦〉意旨蠡測〉，《貴州文史叢刊》2011 年第 3 期，頁 97～104。

9. 申安寧：〈借離合之情、抒身世之悲——再論〈洛神賦〉的主題〉，《西藏民族學院學報（哲學社會科學版）》第 31 卷第 1 期（2010 年 1 月），頁 101～103、106。

10. 石垂：〈歷史上的甄宓與〈洛神賦〉〉，《新天地》2017 年第 8 期，頁 34～35。

11. 江達煌：〈甄后・甄后詩・甄后墓〉，《殷都學刊》1992 年第 4 期，頁 100～108。

12. 余才林：〈〈感甄記〉探源〉，《文學遺產》2009 年第 1 期，頁 118～121。

13. 吳從祥：〈生命的焦慮，苦悶的宣洩——〈洛神賦〉主旨新論〉，《阜陽師範學院學報（社會科學版）》2009 年第 1 期（總第 127 期），頁 48～50。

14. 李文文、王世民、馬捷：〈從〈洛神賦〉的主旨分析中看曹植的內心世界〉，《商》2013 年第 18 期，頁 321。

15. 李孟宣:〈木齋甄后研究的學術反思〉,《瓊州學院學報》第 20 卷第 3 期 (2013 年 6 月),頁 32～37。

16. 李修齊:〈〈洛神賦〉創作動機探析〉,《新校園》2017 年第 3 期,頁 179～180。

17. 李雪:〈淺析曹植〈洛神賦〉中的情感隱喻〉,《文學教育(上)》2012 年第 8 期,頁 142～143。

18. 李煥有:〈迷茫而困頓、掙扎而無望——曹植〈洛神賦〉再解讀〉,《鄭州大學學報(哲學社會科學版)》第 42 卷第 4 期 (2009 年 7 月),頁 43～45。

19. 李煥有:〈曹植和他的〈洛神賦〉〉,《河北師範大學學報(哲學社會科學版)》第 33 卷第 2 期 (2010 年 3 月),頁 99～103。

20. 李學珍:〈解讀〈洛神賦〉原型〉,《大眾文藝》2014 年第 13 期,頁 41～42。

21. 杜學峰:〈千古風流話甄宓〉,《文史春秋》2013 年第 6 期,頁 61～63。

22. 邢培順:〈曹植黃初初年獲罪事由探隱〉,《濱州學院學報》第 26 卷第 1 期 (2010 年 2 月),頁 81～84。

23. 周明:〈怨與戀的情結〈洛神賦〉寓意解說〉,《南京大學學報(哲學人文社會科學)》1994 年第 1 期,頁 43～50。

24. 周樹田、丁毅:〈〈洛神賦〉主旨新議〉,《學習與探索》1998 年第 1 期(總第 114 期),頁 120～123。

25. 林世芳:〈用佛洛伊德學說重新詮釋〈洛神賦〉〉,《福建師大福清分校學報》1999 年第 1 期(總第 42 期),頁 69～71、82。

26. 胡旭:〈《文選·洛神賦》題注發微〉,《中國韻文學刊》第 27 卷第 2 期 (2013 年 4 月),頁 63～67。

27. 范子燁:〈驚鴻瞥過遊龍去,虛惱陳王一事無——「感甄故事」與「感甄說」證偽〉,《文藝研究》2012 年第 3 期,頁 60～67。

28. 夏冰:〈曹植〈洛神賦〉中「洛神」指的是「誰」謎面千年〉,《中國地名》2013 年第 7 期,頁 64。

29. 孫鴻飛:〈論〈洛神賦〉的創作目的〉,《黑龍江教育學院學報》第 24 卷第 6 期(2005 年 11 月),頁 82～83。

30. 袁濟喜:〈「說詩者,不以文害辭,不以辭害志」——木齋先生《古詩十九首》主要作者為曹植說商兌〉,《中國文化研究》2013 年冬之卷,頁 41～54。

31. 高幸佑:〈論植甄隱情為古詩背景的接受——木齋學說的情愛革命〉,《瓊州學院學報》第 20 卷第 4 期(2013 年 8 月),頁 30～37。

32. 張文勛:〈苦悶的象徵——〈洛神賦〉新議〉,《社會科學戰線》1985 年第 1 期,頁 222～227。

33. 張平、黃潔:〈〈洛神賦〉主題再探〉,《重慶師專學報(社會科學版)》1996 年第 1 期,頁 56～59。

34. 張亞新:〈略論洛神形象的象徵意義〉,《中州學刊》,1983 年第 6 期,頁 100～112。

35. 張乘健:〈甄夫人與建安文學公案〉,《溫州師範學院學報(哲學社會科學版)》,第 20 卷第 1 期(1999 年 2 月),頁 6～12。

36. 張瑗:〈〈洛神賦〉為寄心文帝說質疑〉,《南京師大學報(社會科學版)》1983 年第 4 期,頁 50～52。

37. 張瑗:〈再談〈洛神賦〉的主旨〉,《南京師大學報(社會科學版)》1986 年第 1 期,頁 86～90。

38. 張豔存、于向輝:〈論曹植〈洛神賦〉與甄宓的淵源〉,《古代文學研究》,2014 年 2 月,頁 122～124。

39. 曹方林:〈〈洛神賦〉創作動機辨析〉,《成都師專學報》第 20 卷第 1 期(2001 年 3 月),頁 19～26。

40. 曹淵:〈〈洛神賦〉寓意新探——一齣自我分裂的獨角戲〉,《黔南民族師範學院學報》第 36 卷第 3 期(2016 年 5 月),頁 33～35、42。

41. 梁海燕:〈〈洛神賦〉的淵源及其魅力所在〉,《中國韻文學刊》1998
    年第 2 期,頁 88～90。

42. 莫莉:〈曹植〈洛神賦〉主題新論〉,《安徽文學(下半月)》2008
    年第 11 期,頁 138～139。

43. 許麗:〈〈洛神賦〉企慕主旨探微〉,《現代語文(學術綜合版)》2014
    年第 3 期,頁 24。

44. 陳祖美:〈〈洛神賦〉的主旨尋繹——為「感甄」說一辯兼駁「寄
    心君王」說〉,《北方論叢》1983 年第 6 期,頁 48～53。

45. 陳祖美:〈「恨人神之道殊,怨盛年之莫當」——〈洛神賦〉的主
    題和藝術特色〉,《文史知識》1985 年第 8 期,頁 30～37。

46. 陳麗妍:〈從對儒家詩教之依違看〈洛神賦〉主題〉,《長春師範大
    學學報》第 37 卷第 9 期(2018 年 9 月),頁 96～98。

47. 傅正谷:〈〈洛神賦〉的夢幻辭賦史地位及當代論辯〉,《社會科學
    輯刊》1996 年第 2 期(總第 103 期),頁 122～127。

48. 傅剛:〈曹植與甄妃的學術公案——《文選·洛神賦》李善注辨析〉,
    《中國典籍與文化》,2010 年第 1 期(總第 72 期),頁 18～20。

49. 梁曉雲:〈曹植〈洛神賦〉的另一種解讀〉,《電影評介》2007 年第
    15 期,頁 89～90。

50. 黃金明:〈論曹植〈洛神賦〉的寓意〉,《文藝理論與批評》2005 年
    第 3 期,頁 140～143。

51. 楊昌年:〈洛神賦史事〉,《歷史月刊》第 197 期(2004 年 6 月),
    頁 131～136。

52. 楊柳:〈〈洛神賦〉的雙重敘述方式〉,《文藝評論》2013 年第 10
    期,頁 15～19。

53. 楊茂文、閆續瑞:〈曹植〈洛神賦〉創作動機新解〉,《前沿》2011
    年第 12 期(總第 290 期),頁 164～166。

54. 葉通賢:〈政治失落的遺懷——〈洛神賦〉主旨之再探索〉,《銅仁

師專學報（綜合版）》2001 年第 4 期，頁 25〜29、80。

55. 董舒心：〈論「感甄」故事的產生〉，《殷都學刊》2018 年第 3 期，頁 69〜75。

56. 廖儷琪：〈曹植甄后戀情的心理學闡釋及與五言詩形成之關係——以木齋相關研究為基礎〉，《江西師範大學學報（哲學社會科學版）》第 46 卷第 2 期（2013 年 4 月），頁 88〜94。

57. 熊偉業：〈魏晉時期的入神觀念與曹植〈洛神賦〉的創作動機〉，《電影文學》2007 年第 18 期（2007 年 9 月下半月），頁 77〜78。

58. 劉大為：〈〈洛神賦〉主題新論〉，《新疆社科論壇》1997 年第 2 期，頁 51〜54。

59. 劉玉娥：〈甄妃簡論〉，《中華文化論壇》2007 年第 12 期，頁 65〜70。

60. 劉玉新：〈〈洛神賦〉——兼談曹植與甄后的曖昧關係〉，《聊城師範學院學報（哲學社會科學版）》1996 年第 1 期，頁 87〜93。

61. 劉志偉、陳淑婭：〈《文選》李善注中「感甄」故事考論〉，《蘭州大學學報（社會科學版）》第 42 卷第 5 期（2014 年 9 月），頁 21〜26。

62. 劉玲：〈曹植〈洛神賦〉與曹彰之死〉，《美與時代（下）》2009 年第 12 期，頁 101〜103。

63. 劉婷婷：〈〈洛神賦〉中洛神的性格特徵研究〉，《教書育人》2009 年第 S3 期（2009 年 3 月），頁 90〜91。

64. 劉躍進：〈文學史研究的多種可能性——從木齋《古詩十九首與建安詩歌研究》說起〉，《文學遺產》2011 年第 5 期，頁 48〜50。

65. 歐安年：〈〈洛神賦〉史實鉤沉〉，《語文學習》1989 年第 7 期，頁 13。

66. 鄭慧生：〈〈洛神賦〉發微〉，《洛陽師範學院學報》2003 年第 1 期，頁 77〜79。

67. 戴燕：〈半為當年賦洛神〉，《書城》2014 年第 6 期，頁 5〜14。

68. 羅敬之：〈甄后與曹丕兄弟是否有「三角」關係——讀「洛神甄宓戀歌傳奇」後〉,《國文天地》第 17 卷第 1 期（總第 193 期）（2001年 6 月）,頁 75～78。

69. 顧農：〈〈洛神賦〉新探〉,《貴州文史叢刊》1997 年第 1 期,頁 57～62。

70. 龔斌：〈驚人之論、精湛考索——關於木齋《古詩十九首》與建安詩歌研究的思考〉,《江西師範大學學報（哲學社會科學版）》第 43卷第 6 期（2014 年 11 月）,頁 39～47。

五、〈洛神賦〉寫作年代

1. 石雲濤：〈〈洛神賦〉的寫作時間〉,《河南師大學報（社會科學版）》1981 年第 5 期,頁 100～101。

2. 李文紅：〈〈洛神賦〉寫作年代與背景重探〉,《書目季刊》第 42 卷第 3 期（2008 年 12 月）,頁 55～73。

3. 李洪亮：〈〈洛神賦〉寫作時間新辨〉,《洛陽師範學院學報》2004年第 6 期,頁 66～68。

4. 阮廷卓：〈洛神賦成於黃初四年考〉,《大陸雜誌》第 16 卷第 1 期（1958 年 1 月 15 日）,頁 23、29。

5. 許浩然：〈曹植〈洛神賦〉作年新考〉,《洛陽師範學院學報》2009年第 3 期,頁 76～79。

6. 楊帆：〈不走尋常路的鄄城王〈洛神賦〉首句探微〉,《鴨綠江（下半月版）》2014 年第 8 期,頁 28。

7. 諸葛琳璿：〈基於地理文化分析〈洛神賦〉創作〉,《散文百家》2018年第 9 期,頁 40。

8. 顏廷亮：〈由地理文化看〈洛神賦〉創作時間〉,《菏澤學院學報》第 29 卷第 4 期（2007 年 8 月）,頁 35～37。

六、〈洛神賦〉對後世文學作品的影響

1. 王玉亮：〈論南朝宮體詩中的女性描寫〉,《文學教育》2008 年 2

月，頁 133～135。

2. 王亞培：〈〈洛神賦〉對後世小說的影響〉，《湖北社會科學》2012
年第 8 期，頁 128～130。

3. 王偉偉：〈論〈懷風藻〉漢詩對曹植〈洛神賦〉的接受〉，《長春工
程學院學報（社會科學版）》第 21 卷第 3 期（2020 年），頁 80～
84。

4. 王德華：〈漢末魏晉辭賦人神相戀題材的情感模式及文體特徵〉，
《浙江大學學報（人文社會科學版）》第 37 卷第 1 期（2007 年 1
月），頁 102～109。

5. 王曉東：〈中古語境中的〈洛神賦〉〉，《鄭州師範教育》第 1 卷第
2 期（2012 年 4 月），頁 59～69。

6. 古遠清：〈從歷史權爭把握現實──評胡曉明、胡曉暉的《洛神》〉，
《明報月刊》第 35 卷第 2 期（總第 410 期）（2000 年 2 月），頁
106。

7. 江少川：〈歷史的詩學與詩意的敘事──評《洛神》〉，《高等函授
學報（哲學社會科學版）》第 21 卷第 2 期（2008 年 2 月），頁 40
～42。

8. 江俊逸：《南宮搏歷史小說研究》（臺北：中國文化大學中國文學
研究所博士學位論文，2004 年 12 月）。

9. 池萬興：〈魏晉南北朝戀情賦初探〉，《西藏民族學院學報（社會科
學版）》1999 年第 4 期，頁 60～65。

10. 何靄茜：〈〈詠懷‧西方有佳人〉和〈洛神賦〉的對比分析〉，《昆
明學院學報》2021 年第 1 期，頁 128～132。

11. 杜培響、黃義樞：〈論呂履恒《洛神廟》傳奇思想藝術及傳統遵循〉，
《湖南科技大學學報（社會科學版）》第 15 卷第 1 期（2012 年 1
月），頁 136～139。

12. 周玉華：〈論李商隱對曹植的心靈共鳴〉，《求索》2012 年第 3 期，

頁 195～196、251。

13. 尚慧鵬：〈神女賦系列作品在魏晉發展狀況研究〉，《齊齊哈爾師範高等專科學校學報》2019 年第 5 期（總第 170 期），頁 52～54。

14. 林潔：〈論唐詩的「美人幻夢」主題及其變形〉，《唐都學刊》第 35 卷第 4 期（2019 年 7 月），頁 39～45。

15. 孫敏強：〈「蒙清塵」與「羅襪生塵」新解〉，《紹興文理學院學報（哲學社會科學版）》第 21 卷第 2 期（2001 年 4 月），頁 48～50。

16. 徐煉：〈李商隱的宓妃情結〉，《中國韻文學刊》2003 年第 2 期，頁 19～24。

17. 馬黎麗：〈魏晉美女賦之演變〉，《貴州民族大學學報（哲學社會科學版）》2013 年第 6 期（總第 142 期），頁 88～92。

18. 張萁：〈略論古代小說中的人神戀故事〉，《西南師範大學學報（哲學社會科學版）》1991 年第 1 期，頁 94～99。

19. 盛學民：〈論李商隱詩中的宓妃的象徵意義〉，《青年文學家》2015 年第 17 期，頁 56～57。

20. 郭孟穎：〈宛轉入宵夢、無心向楚君──從唐前神女賦中「神女」意象看唐前文人的命運觀〉，《陝西學前師範學院學報》第 30 卷第 1 期（2014 年 2 月），頁 70～73。

21. 陳必應：〈從〈洛神賦〉到〈男洛神賦〉──賦作中的女性意識呈現〉，《河南科技大學學報（社會科學版）》第 38 卷第 6 期（2020 年 12 月），頁 106～112。

22. 曾偉：〈試論李商隱與曹植詩歌的相承關係〉，《楚雄師範學院學報》第 25 卷第 8 期（2010 年 8 月），頁 17～21。

23. 黃守誠：〈曹植對江淹的影響──兼論〈洛神賦〉與〈麗色賦〉〉，《書和人》第 654 期（1990 年 9 月 8 日），頁 1～4。

24. 趙艷喜：〈裊娜多姿與悲憫情懷──試論魏晉南北朝賦中的女性形象〉，《天府新論》2006 年第 2 期，頁 155～158。

七、〈洛神賦〉對後世藝術創作的影響

1. 丁玲:〈是誰又懂「苟活」——品讀舞劇《洛神賦》〉,《戲劇之家》
   2017 年第 2(上)期(總第 243 期),頁 170。

2. 丁綠倩:〈《洛神賦圖》的山水之境——以沃爾夫林的五對概念展
   開分析〉,《美與時代(中)》2021 年第 3 期,頁 38〜39。

3. 于平:〈從《塵埃落定》到《雲水洛神》——劉凌莉大型舞劇創作
   隨想〉,《舞蹈》2009 年第 2 期,頁 24〜27。

4. 孔翎:〈顧愷之《洛神賦圖》中山水畫法對山水畫創作的啟發〉,
   《美與時代(中)》2014 年第 12 期,頁 26〜27。

5. 支琪皓:〈〈洛神賦〉的文化衍生——從文本到繪畫、書法〉,《常
   州工學院學報(社科版)》第 36 卷第 5 期(2018 年 10 月),頁 63
   〜66。

6. 支琪皓:〈中西女神視覺圖像的差異——《洛神賦圖》與《維納斯
   的誕生》之比較〉,《山東農業大學學報(社會科學版)》2019 年
   第 3 期(總第 82 期),頁 126〜130、137。

7. 支琪皓:〈歷代《洛神賦》書法藝術風格之流變〉,《齊齊哈爾大學
   學報(哲學社會科學版)》2018 年第 10 期,頁 147〜149。

8. 毛雯穎:〈以顧愷之繪畫作品探析六朝服飾審美內涵〉,《東方收
   藏》2021 年第 1 期,頁 97〜99。

9. 王永貴:〈王羲之《洛神賦》的身世之謎〉,《收藏界》2012 年第 9
   期,頁 75〜79。

10. 王安潮:〈美神歸來,傾國驚豔——臨觀舞劇《雲水洛神》〉,《音
    樂愛好者》2008 年第 7 期,頁 32〜33。

11. 王玫:〈調度:舞劇的敘事功能——以我的《洛神賦》第二場為例〉,
    《文化藝術研究》第 7 卷第 3 期(2014 年 7 月),頁 64〜84。

12. 王紅偉:〈從《洛神賦圖》看詩與畫的關係〉,《吉林藝術學院學報·
    學術經緯》2012 年第 1 期(總第 106 期),頁 18〜22。

13. 王涵琳：〈中國文化於國畫的流傳——以《洛神賦圖》為例〉,《藝術科技》2019 年第 8 期,頁 135。

14. 王淩焱：〈中國古典舞的現代表達——從舞劇《水月洛神》談起〉,《藝術評鑒》2017 年第 23 期,頁 84～85、136。

15. 王新春：〈《洛神賦圖》從文學到美術的飛躍〉,《國家人文歷史》2017 年 2 月,頁 32～39。

16. 王曉鳴：〈感洛靈——淺析顧愷之及其《洛神賦圖》〉,《文物鑒定與鑒賞》2018 年第 6 期(2018 年 3 月),頁 28～29。

17. 王穎潔：〈《洛神賦圖》的空間敘述方式〉,《美與時代(下)》2016 年第 4 期,頁 73～74。

18. 王霖：〈王獻之小楷《洛神賦十三行》賞析〉,《畫刊(學校藝術教育)》2013 年第 4 期,頁 41。

19. 王靜：〈淺析《洛神賦圖》的藝術美感〉,《戲劇之家(上半月)》2013 年第 7 期,頁 214。

20. 王懷平：〈審美自覺與魏晉南北朝圖——文會通的嬗變——兼論文學圖像化審美轉向的發生〉,《雲南社會科學》2012 年第 4 期,頁 145～150。

21. 王懷平：〈論中國古代文學故事與美術圖像同存共生的內在邏輯——以《蘭亭序》、《洛神賦圖》、《璇璣圖》為例〉,《美與時代(下)》2016 年第 12 期,頁 33～36。

22. 王蘊明：〈舊篇著新意、古章寓卓識——新編桂劇《七步吟》觀後走筆〉,《中國戲劇》2012 年第 11 期,頁 18～20。

23. 付婧、王俊峰：〈顧愷之繪製《洛神賦圖》的原因〉,《科技創新導報》2008 年第 1 期,頁 180。

24. 田珊：《王獻之小楷《洛神賦》的複製與傳承》(廣州：暨南大學碩士學位論文,2016 年 3 月)。

25. 石守謙：〈《洛神賦圖》：一個傳統的形塑與發展〉,《國立臺灣大學

美術史研究集刊》第 23 期（2007 年），頁 51～80。

26. 石英：〈淺談顧愷之繪畫中的魏晉社會〉，《安徽文學（下半月）》2008 年第 10 期，頁 129。

27. 石常喜：〈從〈洛神賦〉到《洛神賦十三行》——談書法與文學作品的融合〉，《大學書法》2020 年第 3 期，頁 141～147。

28. 全婕：〈溫婉中的悲情——談桂劇《七步吟》的音樂形象塑造〉，《歌海》2013 年第 1 期，頁 83～84。

29. 安雪晴：〈魏晉南北朝時期故事畫的敘事表現——以《洛神賦圖》和《鹿王本生圖》為例〉，《藝海》2020 年第 4 期，頁 40～41。

30. 朱宏璐：〈《陳思王悲生洛水》戲劇性試析〉，《安徽文學（下半月）》2010 年第 7 期，頁 21。

31. 朱狄：〈不負子建琳瑯筆，善攝詩情付丹青——〈洛神賦〉詩畫比較〉，《美術》1962 年第 1 期，頁 25～31。

32. 朱婷俠、唐星明：〈連環之美——論《洛神賦圖》卷的連環特質〉，《牡丹江教育學院學報》2010 年第 1 期（總第 119 期），頁 101～102。

33. 老九：〈《洛神賦圖》與京劇《洛神》〉，《戲劇之家》1998 年第 2 期，頁 32～33。

34. 艾小錚：〈圖像學在中國美術史研究中的應用——以顧愷之的《洛神賦圖》為例〉，《大眾文藝》2014 年第 19 期，頁 117。

35. 艾小錚：〈論曹植〈洛神賦〉到顧愷之《洛神賦圖》的視覺意蘊再現〉，《大眾文藝》2014 年第 9 期，頁 121。

36. 何玉人：〈步臨川之夢追莎翁之風——京劇《洛神賦》觀後〉，《中國京劇》2002 年第 1 期，頁 39～41。

37. 何建波：〈早期圖文關係中比擬句的視覺轉換——以傳顧愷之《洛神賦圖》、《女史箴圖》為例〉，《南京藝術學院學報（美術與設計）》2018 年第 4 期，頁 60～64。

38. 余大洪、陳瑞：〈雲水洛神〉，《東方藝術》2012 年第 24 期，頁 100。

39. 吳福秀：〈《洛神賦》賦畫傳播的孿點透視〉，《湖北師範大學學報（哲學社會科學版）》第 41 卷第 3 期（2021 年），頁 58～63。

40. 呂育忠：〈僅僅是一種「意圖」──《七步吟》創作談〉，《劇本》2013 年第 1 期，頁 40～41。

41. 宋丹鳳：〈淺析顧愷之《洛神賦圖》的古典浪漫主義〉，《中國藝術》2016 年第 1 期，頁 128～129。

42. 李丹娜、王蕾：〈從「閾限」中的曹植看舞劇《洛神賦》的舞臺調度〉，《北京舞蹈學院學報》2010 年第 3 期，頁 36～40。

43. 李如珊：〈凌波仙子，神話微步入境：天上到人間──追溯中國的完美女神〉，《典藏古美術》第 240 期（2012 年 9 月），頁 150～155。

44. 李恒濱：〈王獻之《洛神賦十三行》〉，《視野》2016 年第 7 期，頁 69。

45. 李春霞：〈論繪畫與文學的悖論空間與創作轉釋──以《洛神賦圖》和〈洛神賦〉為例〉，《美術觀察》2017 年第 10 期，頁 129～130。

46. 李茂昌：〈顧愷之《洛神賦圖》的藝術創造與特點〉，《河南大學學報（哲學社會科學版）》1988 年第 5 期，頁 106~107。

47. 李崢：〈《洛神賦圖》作者考〉，《藝術品鑒》2020 年第 8 期，頁 257～258。

48. 李媛、顧頂：〈顧愷之《洛神賦圖》初探〉，《參花（上）》2017 年第 9 期，頁 144。

49. 李媛媛：〈淺談魏晉南北朝時期的繪畫藝術與風格特徵──以《洛神賦圖》為例〉，《明日風尚》2017 年第 7 期，頁 22。

50. 李鋼：〈從《洛神賦》中的山水描繪再解晉人對漢壁畫傳承與修正〉，《書畫藝術學刊》第 14 期（2013 年 7 月），頁 43～56。

51. 杜娟：〈淺談京劇《洛神》對曹植〈洛神賦〉的繼承性改編與突破性創造〉，《北方文學（下旬刊）》2012 年第 9 期，頁 62～63。

52. 杜鑫：《《洛神賦圖》的意境對建築環境設計的啟示》（石家莊：河北師範大學碩士學位論文，2015 年 9 月）。

53. 汪沛炘、朱繼彭：〈螢屏覓梅影，洛水憶故人——評京劇《洛神》〉，《戲曲藝術》1990 年第 2 期，頁 48～53。

54. 汪涵：〈顧愷之《洛神賦圖》的人物形象美學賞析〉，《美與時代（下）》2017 年第 2 期，頁 69～71。

55. 沈以正：〈論女史箴與洛神賦圖之斷代〉，《藝文薈粹》第 3 期（2008 年 1 月），頁 40～47。

56. 肖恒莉、鄧晨霞：〈從舞劇《水月洛神》談舞蹈的意象創造〉，《中國民族博覽》2018 年第 3 期，頁 144～145。

57. 阮忠勇、陳晟：〈為賦新愁寫洛神——論王獻之對〈洛神賦〉的接受〉，《浙江海洋學院學報（人文科學版）》第 30 卷第 2 期（2013 年 4 月），頁 20～24。

58. 周宗亞：《故宮藏《洛神賦圖》之圖像研究》（北京：中國藝術研究院博士學位論文，2008 年 4 月）。

59. 周晴：《淺談《洛神賦圖》的時空表現特點》（瀋陽：魯迅美術學院碩士學位論文，2016 年 6 月）。

60. 季國平：〈同根生、心相印，地闊天寬——看桂劇《七步吟》〉，《戲劇文學》2012 年第 11 期（總第 354 期），頁 52～53。

61. 屈紅梅、葉進：〈「悲風激於中流」——觀王玫舞劇新作《洛神賦》〉，《舞蹈》2009 年第 12 期，頁 24～25。

62. 易城：〈人神苦戀傷情絕、千年一畫共餘香——淺析顧愷之的《洛神賦圖》〉，《美術大觀》2012 年第 9 期，頁 46。

63. 林銘亮：〈溯靈——談《洛神賦》幕後〉，《福建藝術》2006 年第 4 期，頁 23～26。

64. 邵斐：〈剖析顧愷之《洛神賦圖》中的神仙意蘊〉，《短篇小說（原創版）》2013 年第 26 期，頁 123～124。

65. 施如芳:〈燕子飛了,洛神錯過曹丕的美——施如芳筆下的新編歷史劇《燕歌行》〉,《典藏古美術》第 240 期(2012 年 9 月),頁 158～163。

66. 施政昕:〈論漢唐樂府的《洛神賦》編演策略:以場次安排、原典應用與音樂設計為中心〉,《中國文學研究》第 49 期(2020 年 2 月),頁 41～73。

67. 柳悅霄:〈趙孟頫《洛神賦》的美學特色〉,《中國書法》2013 年第 5 期(總第 241 期),頁 188～189。

68. 胡傳江:〈從《洛神賦圖》看傳統中國畫的時空觀〉,《牡丹江教育學院學報》2016 年第 5 期(總第 171 期),頁 126～128。

69. 胡嘉綺:〈情意綿長——淺談曹植〈洛神賦〉與遼寧本《洛神圖》〉,《藝術欣賞》第 12 卷第 3 期(總第 72 期)(2016 年 12 月),頁 38～47。

70. 員智力:〈由《洛神賦圖》背景山水窺探早期青綠山水畫的裝飾性體現〉,《南京藝術學院學報(美術與設計)》2019 年第 5 期,頁 190～193。

71. 韋秀玉:〈《洛神賦圖》的造型與圖像研究〉,《中國國家博物館館刊》2019 年第 12 期,頁 98～108。

72. 韋璽:〈動「情」的曹丕——新編歷史劇《七步吟》中人文精神的塑造〉,《歌海》2013 年第 1 期,頁 76～79。

73. 倪瑩:〈以圖像學分析《洛神賦圖》〉,《大眾文藝》2014 年第 11 期,頁 118～119。

74. 凌雲:〈共生效應:曹植〈洛神賦〉經典化進程試探〉,《中國文學研究》2020 年第 4 期,頁 46～53。

75. 原雪:《試論舞劇《洛神賦》中「甄宓」的角色塑造》(泉州:泉州師範大學碩士學位論文,2017 年 6 月)。

76. 唐勉嘉:《從文本到繪畫:《洛神賦圖卷》、《女史篇圖卷》、《列女

仁智圖卷》研究》（上海：復旦大學碩士學位論文，2011 年 6 月）。

77. 唐慧霞：〈舞劇《水月洛神》的藝術特徵與成功經驗研究〉，《大眾文藝》2014 年第 4 期，頁 150～152。

78. 唐翼明：〈中國傳統的現代闡釋≠中國傳統的西式闡釋——看漢唐樂府演出《洛神賦》有感〉，《福建藝術》2008 年第 5 期，頁 21。

79. 孫涵：〈顧愷之——《洛神賦圖》佛、道、人思想的美學體現原則〉，《藝術科技》2016 年第 1 期，頁 220。

80. 孫麗媛：〈從顧愷之《洛神賦圖》看藝術的自覺〉，《美與時代（中）》2019 年第 7 期，頁 47～49。

81. 徐江楓、郭嘉薇：〈探究中西方敘事異同——以《洛神賦圖》等故事畫為例〉，《漢字文化》2019 年第 22 期，頁 45～46。

82. 晁佳、姜今海：〈顧愷之《洛神賦圖》的線性解讀〉，《美與時代（中）》2020 年第 1 期，頁 54～55。

83. 郝譽翔：〈最美的剎那：漢唐樂府《洛神賦》〉，《聯合文學》第 22 卷第 6 期（總第 258 期）（2006 年 4 月），頁 89～93。

84. 馬延岳：〈〈洛神賦〉與《洛神賦圖卷》〉，《美術大觀》2008 年第 4 期，頁 70～71。

85. 常德強：〈《洛神賦圖》情感表達中的三重蘊涵〉，《揚州職業大學學報》第 12 卷第 4 期（2008 年 12 月），頁 13～16。

86. 張元：〈紅顏重情君寧死——淺談舞劇《洛神賦》〉，《大眾文藝》2017 年第 13 期，頁 170。

87. 張玉勤：〈宣物莫大於言存形莫善於畫——「語－圖」互文語境中的洛神形象〉，《蘭州學刊》2009 年第 7 期，頁 176～179。

88. 張克鋒：〈歷代《洛神賦》書法述評〉，《書法賞評》2018 年第 1 期，頁 18～27。

89. 張志平：〈詩畫異質視野下中國古代圖文關係再認識〉，《晉中學院學報》第 38 卷第 3 期（2021 年 6 月），頁 100～104。

90. 張佳：〈魏晉時期繪畫文學敘事研究——以《洛神賦圖》為中心〉，《大眾文藝》2018 年第 15 期，頁 90～91。

91. 張佳彬：〈《洛神賦圖》對〈洛神賦〉中「我」和洛神的圖像闡釋〉，《文化藝術研究》第 7 卷第 3 期（2014 年 7 月），頁 149～157。

92. 張佳彬：〈《洛神賦圖》與〈洛神賦〉形象層面「語－圖互文」的得失〉，《藝術生活—福州大學廈門工藝美術學院學報》2014 年第 5 期，頁 16～17。

93. 張佳彬：〈《洛神賦圖》對〈洛神賦〉圖像闡釋的當代啟示〉，《文化學刊》2015 年第 1 期，頁 48～50。

94. 張明學：〈顧愷之《洛神賦圖》中的道教神仙意蘊〉，《世界宗教文化》2007 年第 1 期，頁 30～33。

95. 張朋：〈論中國傳統繪畫的當代體驗——以動畫創作《洛神賦》為實例〉，《美術大觀》2019 年第 10 期，頁 124～125。

96. 張珊、丁潔雯：〈傳顧愷之《洛神賦圖》祖本創作時代再探——從東晉南朝服飾角度談起〉，《南京藝術學院學報（美術與設計）》2018 年第 6 期，頁 71～81。

97. 張紅：《解析《洛神賦圖》的美學思想》（蘭州：西北師範大學碩士學位論文，2009 年 5 月）。

98. 張娟：〈淺談《洛神賦圖》的歷史價值〉，《美術教育研究》2013 年第 12 期，頁 120。

99. 張起、張心儀：〈《洛神賦圖》中的「神獸」尋蹤〉，《成都理工大學學報（社會科學版）》第 28 卷第 2 期（2020 年 3 月），頁 110～118。

100. 張清治：〈洛神的神話與神畫——顧愷之《洛神賦》畫卷之審美試析〉（上），《國立歷史博物館館刊：歷史文物》第 22 卷第 9 期（總第 230 期）（2012 年 9 月），頁 46～58。

101. 張清治：〈洛神的神話與神畫——顧愷之《洛神賦》畫卷之審美試

析〉（下），《國立歷史博物館館刊：歷史文物》第 22 卷第 10 期
（總第 231 期）（2012 年 10 月），頁 50～66。

102. 張爽：〈視覺審美下洛神賦圖的傳承與重構〉，《輕紡工業與技術》
2020 年第 2 期（總第 173 期），頁 19～21。

103. 張淼：〈雲水柔情畫洛神──舞劇《雲水洛神》的舞臺美術特色〉，
《演藝設備與科技》2008 年第 3 期（總第 28 期），頁 65～70。

104. 張曉彤：〈遷想妙得──顧愷之《洛神賦圖》〉，《藝海》2019 年第
7 期，頁 69～70。

105. 張燕清：《由顧愷之《洛神賦圖》看魏晉繪畫的自覺性》（福州：
福建師範大學碩士學位論文，2014 年 5 月）。

106. 張靜：〈論曹植與曹丕在影視劇中的形象建構與傳播接受〉，《語文
學刊》第 39 卷第 2 期（2019 年 4 月），頁 102～108。

107. 張璽：〈中國早期道教人神對話現象透析──以顧愷之《洛神賦圖》
為例〉，《許昌學院學報》第 31 卷第 4 期（2012 年），頁 70～72。

108. 張露芹：〈淺析《洛神賦圖》中的高古游絲描的技法特色及審美內
涵〉，《美術教育研究》2020 年第 8 期，頁 12～13。

109. 曹鐵娃、曹鐵錚、王一建：〈顧愷之《洛神賦圖》中的漢畫元素分
析〉，《國畫家》2016 年第 2 期，頁 71～72。

110. 莫雲峰：〈分科之源頭、山水之濫觴──論《洛神賦圖》和《畫雲
臺山記》對中國山水畫的開創意義〉，《美術教育研究》2017 年第
12 期，頁 15～17。

111. 許結：〈「洛神」賦圖的創作與批評〉，《安徽師範大學學報（人文
社會科學版）》第 48 卷第 4 期（2020 年 7 月），頁 32～39。

112. 郭妍琳：〈生變之訣，虛虛實實，實實虛虛──評新編歷史劇《洛
神賦》虛實藝術表現手法的得與失〉，《藝術百家》2002 年第 3 期，
頁 74～76。

113. 陳千、石力：〈顧愷之及代表作品《洛神賦圖》考究〉，《蘭臺世界》

2015 年第 18 期（2015 年 6 月），頁 118～119。

114. 陳巧燕：〈俯仰天地一息間——新編歷史桂劇《七步吟》論談〉，
《藝術評論》2012 年第 9 期，頁 77～79。

115. 陳沛捷：〈視覺的輪迴：《洛神賦圖卷》的圖像敘事研究〉，《美與
時代（中）》2016 年第 2 期，頁 45～47。

116. 陳添翼：〈以洛神為例淺析佛教造像藝術對文學形象塑造的影響〉，
《美術文獻》2020 年第 12 期，頁 47～49。

117. 陳葆真：〈從遼寧本《洛神賦圖》看圖像轉譯文本的問題〉，《國立
臺灣大學美術史研究集刊》第 23 期（2007 年 9 月），頁 1～50。

118. 陳葆真：〈關於遼寧本《洛神賦圖》的一些問題〉，《故宮學術季刊》
第 25 卷第 4 期（2008 年 6 月），頁 49～106。

119. 陳葆真：《《洛神賦圖》與中國古代故事畫》（杭州：浙江大學出版
社，2012 年 5 月）。

120. 陳嘯宏：〈《洛神賦》的「長、恨」之美〉，《中國書法》2014 年第
12 期，頁 66～73。

121. 麥文潔：〈反覆折騰才是戲——我演宓妃的心得體會〉，《南國紅豆》
2011 年第 4 期，頁 45。

122. 彭青：《「輕雲蔽月，流風迴雪」——淺析《洛神賦圖》的詩意美》
（長沙：湖南師範大學碩士學位論文，2017 年 5 月）。

123. 景俊美：〈揭櫫普世的人性力量——談桂劇《七步吟》的編劇藝術〉，
《戲劇文學》2015 年第 8 期（總第 387 期），頁 79～84。

124. 程立斌：〈從中庸美學管窺王獻之《洛神賦十三行》之中和美〉，
《書畫世界》2016 年第 1 期（總第 173 期），頁 88～89。

125. 程咪咪：〈從文學到書法的《洛神賦》〉，《書與畫》2017 年第 12
期，頁 48～51。

126. 粟紹巍：〈淺談《洛神賦圖》的文魚形象〉，《美與時代（上）》2020
年第 9 期，頁 56～59。

127. 舒志龍：《淺析《洛神賦圖》中的道教元素》（武漢：湖北美術學院碩士學位論文，2019 年 6 月）。

128. 鈍夫：〈曹植與「洛神」〉，《戲劇之家》1999 年第 5 期，頁 28～31。

129. 馮帆：《文學形象轉化舞蹈形象之探究──以王玫《洛神賦》中甄宓形象為例》（濟南：山東藝術學院碩士學位論文，2019 年 6 月）。

130. 黃帥華：〈從女性主義視角透析《洛神賦圖》〉，《美與時代（下）》2017 年第 11 期，頁 56～57。

131. 黃斌：〈乾坤七動吟步七──新編歷史桂劇《七步吟》雙「圓」的舞美設計創意〉，《戲劇叢刊》2013 年第 2 期，頁 77～79。

132. 黃鳴奮：〈若無新變，不能代雄──略論南音樂舞《洛神賦》的創造性〉，《福建藝術》2008 年第 5 期，頁 22～25。

133. 楊兵：〈「遷想」與「妙得」──顧愷之《洛神賦圖》品鑒〉，《藝術品鑒》2020 年第 19 期，頁 160～163。

134. 楊娜：〈遼寧本《洛神賦圖》之內涵探析〉，《今傳媒》2016 年第 7 期，頁 154～155。

135. 楊萍：〈奇麗水月間、大美洛神賦──簡評舞劇《水月洛神》〉，《東方藝術》2014 年 S1 期，頁 54～55。

136. 楊嘉晨：〈《洛神賦圖》──魏晉風骨與人的自我覺醒〉，《美與時代（中）》2021 年第 1 期，頁 10～11。

137. 楊鍵：〈以美勸世的《洛神賦圖》〉，《國學》2014 年第 2 期，頁 52～53。

138. 源洪：〈呼喚和諧與人性《七步吟》創作談〉，《戲劇文學》2012 年第 4 期（總第 347 期），頁 35。

139. 源洪：〈新編歷史劇七步吟〉，《戲劇文學》2012 年第 4 期（總第 347 期），頁 24～34。

140. 葉沁怡：〈淺析顧愷之畫論〉，《明日風尚》2020 年第 7 期，頁 69～70。

141. 董一帆：〈淺析文化於國畫的流傳——以《洛神賦圖》為例〉，《今古文創》2020 年第 48 期，頁 55～56。

142. 賈瓊、華麗：〈顧愷之《洛神賦圖》中的美學意蘊〉，《蘭臺世界》2013 年第 14 期（2013 年 5 月），頁 127～128。

143. 廖堯震：〈文學強檔，首次跨界畫劇——傳世《洛神賦圖》的圖像敘事與表現〉，《典藏古美術》第 240 期（2012 年 9 月），頁 144～149。

144. 熊燕霞：〈〈洛神賦〉與《洛神賦圖卷》的審美比較〉，《貴州大學學報（藝術版）》2009 年第 3 期，頁 20～24。

145. 褚天芸：〈從《洛神賦圖》看中國古代長卷中的意象表現〉，《上海藝術家》2006 年第 6 期，頁 72～73。

146. 趙啟斌：〈「上林苑圖」、「洛神賦圖」、「赤壁賦圖」的迭次興起——文人畫價值理念闡微〉，《中國文物世界》第 193 期（2001 年 11 月），頁 72～81。

147. 趙錦屏：〈從顧愷之的《洛神賦》看中國畫的發展〉，《大眾文藝》2015 年第 11 期，頁 65～66。

148. 齊崧：〈談梅蘭芳的洛神〉，《傳記文學》第 27 卷第 3 期（1975 年 9 月），頁 53～58。

149. 劉小林：〈趙孟頫《洛神賦》探究〉，《美與時代（中）》2016 年第 11 期，頁 141～142。

150. 劉工：〈畫家顧愷之《洛神賦圖》的創作心境〉，《公關世界》2019 年第 12 期，頁 70～73。

151. 劉丹、崔榮榮、牛犁：〈兩漢時期舞蹈形態與舞蹈服飾分析——兼論我國傳統服飾表現在舞劇《水月洛神》中的運用〉，《內蒙古大學藝術學院學報》2014 年第 3 期，頁 122～129。

152. 劉平：〈只有真情不泯——看桂劇《七步吟》有感〉，《福建藝術》2012 年第 5 期，頁 25～26。

153. 劉沛文：〈《洛神賦》與《洛神賦圖卷》的審美比較〉，《中國文藝家》2020 年第 10 期，頁 32～33。

154. 劉亞寧：〈《洛神賦圖》的美學思想研究〉，《美術教育研究》2017 年第 9 期，頁 14～15。

155. 劉佳穎：〈淺析舞劇《洛神賦》的動作語彙與構圖〉，《藝術科技》2019 年第 7 期，頁 144。

156. 劉芳如：〈衛九鼎與洛神圖——兼談元代的白描人物與合作畫〉，《故宮文物月刊》第 20 卷第 1 期（總第 229 期）（2002 年 4 月），頁 20～43。

157. 劉青弋：〈「苟活」之批判與人性生存的拷問——舞劇《洛神賦》的思想深度與藝術超越〉，《舞蹈》2013 年 12 月，頁 19～21。

158. 劉紅星：〈東晉顧愷之《洛神賦圖》摭談〉，《美與時代（中）》2016 年第 6 期，頁 34～35。

159. 劉楠：〈舞劇《水月洛神》舞美設計淺析〉，《東方藝術》2013 年 S2 期，頁 114～115。

160. 歐陽逸冰：〈以形寫神氣韻生動——舞劇《水月洛神》觀後〉，《藝術評論》2011 年第 4 期，頁 58～60。

161. 潘邦榛：〈浪漫纏綿的《子建會洛神》〉，《南國紅豆》2012 年第 3 期，頁 42。

162. 蔡欣欣：〈邂逅洛神〉，《福建藝術》2006 年第 4 期，頁 20。

163. 蔡曉楠、王卉寧：〈基於人物美學視角下的《洛神賦圖》賞析〉，《大眾文藝》2017 年第 16 期，頁 149～150。

164. 蔣岳紅：〈有關《洛神賦圖》研究的評介〉，《中華書畫家》2013 年第 7 期（總第 45 期），頁 8～10。

165. 蔣娜：〈從〈洛神賦〉到《洛神賦圖》的審美轉化〉，《大理學院學報》第 6 卷第 1 期（2007 年 1 月），頁 44～46。

166. 蔣逸凡：〈現代影視藝術對於洛神形象的接受與改造〉，《北方文學》

2020 年第 23 期，頁 124～126。

167. 鄭文惠：〈絕章的情賦：人神戀曲 223──洛神形象暨曹植〈洛神賦〉及其接受史〉，《典藏古美術》第 240 期（2012 年 9 月），頁 136～141。

168. 鄭淑方：〈西風迴雪、長吟永慕──從丁觀鵬〈摹顧愷之洛神圖〉看經典圖式的創新〉，《故宮文物月刊》第 346 期（2012 年 1 月），頁 4～18。

169. 鄭義敏：〈中西繪畫空間比較──以《春》與《洛神賦圖》為例〉，《美術教育研究》2014 年第 20 期，頁 17。

170. 盧卡斯・漢柏（Lukas Hemleb）：〈洛神賦──恩典的境界〉，《福建藝術》2006 年第 4 期，頁 21。

171. 霍晉峰、彭霞玲：〈三國題材影視劇中對中國古典詩詞的傳承〉，《山西能源學院學報》第 32 卷第 1 期（2019 年 2 月），頁 94～95。

172. 戴一菲：〈唐代「凌波」「生塵」步態形塑及其詩畫互文〉，《北京社會科學》2020 年第 8 期，頁 64～74。

173. 濮琳：〈「質樸戲劇」於舞蹈的拓展──以舞劇《洛神賦》為例〉，《人眾文藝》2017 年第 11 期，頁 183。

174. 韓建識：〈白玉版《洛神賦十三行》考〉，《中國書法》2013 年第 3 期（總第 239 期），頁 94～101。

175. 魏三綱：〈略說洛神賦十三行〉，《收藏家》2010 年第 1 期，頁 47～48。

176. 繩欣：〈淺談舞美在舞劇《水月洛神》中的應用〉，《戲劇之家》2018 年第 28 期，頁 144。

177. 羅思德：〈以文解畫，以畫解文：中國古代繪畫與文學之間的關係〉，《復旦學報（社會科學版）》2015 年第 4 期，頁 26～30。

178. 羅蘭：〈顧愷之《洛神賦圖》的人物畫美學特徵〉，《美與時代（下）》

2015 年第 4 期，頁 79～81。

179. 譚潔瑩：〈探析中國傳統詩詞歌賦在現代繪本中的表現〉，《青年文學家》2020 年第 10 期，頁 102。

180. 蘇涵：〈「洛神」迷醉與魏晉繪畫的審美理性——從〈洛神賦〉到《洛神賦圖》〉，《山西師大學報（社會科學版）》第 31 卷第 3 期（2004 年 7 月），頁 55～60。

181. 饒丹：〈中國藝術傳統中「線」的視覺轉化——以「洛神賦」主題的藝術表現為例〉，《美育學刊》2018 年第 4 期（總第 47 期），頁 64～71。

182. 觀者談：〈輕雲蔽月，流風迴雪——眾說《雲水洛神》〉，《舞蹈》2009 年 6 月，頁 18～21。

八、日本方面〈洛神賦〉研究

1. 山口為広：〈曹植「洛神賦」考——その作意のめぐって〉，《國文學論考》第 27 期（1991 年 3 月），頁 27～34。

2. 目加田誠：《洛神の賦》（東京：株式會社講談社，1989 年 8 月）。

3. 渡辺滋：〈古代日本における曹植「洛神賦」受容：秋田城出土木簡の性格を中心として〉，《文學・語學》第 207 期（2013 年 11 月），頁 1～13。

4. 溝口晋子：〈曹植「洛神」賦に見られる構成の特徴について〉，《時の扉：東京學芸大學大學院伝承文學研究レポート》第 3 期（1999 年 3 月），頁 21～26。

5. 猿渡留理：〈曹植「洛神賦」の特徴：『楚辭』の典故援用を手がかりとして〉，《日本文學》第 113 期（2017 年 3 月），頁 201～216。

6. 鈴木崇義：〈曹植「洛神賦」小考〉，《中國古典研究》第 53 期（2008 年 12 月），頁 49～67。

7. 寧佳文：〈曹植文學の後世への影響：「洛神賦」を中心〉，《大手前比較文化學會會報》第 15 期（2014 年），頁 3～8。